诗论与诗评

郑伯农 著

作家出版社

作者简介

郑伯农，1937年生，福建长乐人。1951年进入中央音乐学院附属中学，1962年毕业于中央音乐学院音乐系。历任中央音乐学院教师、中央戏剧学院兼职教师，文化部政策研究室干部，中国文联研究室理论组组长、研究室负责人，《文艺理论与批评》常务副主编，中国作家协会党组成员、《文艺报》总编辑，中国作家协会全国委员会委员、名誉委员，中国社会主义文艺学会会长、名誉会长，中华诗词学会常务副会长、代会长、名誉会长，《中华诗词》主编。1958年开始发表文章，部分作品被翻译到国外。著有《郑伯农文选》（文论卷、诗词卷、诗论卷）等。曾任"五个一工程"奖、国家图书奖、茅盾文学奖、鲁迅文学奖、电视剧"飞天奖"、电视文艺"星光奖"、华夏诗词奖、刘征青年诗人奖等全国性文艺奖项评委及国家社会科学基金评审委员会成员。

目录

第四辑 关于新诗

第一辑

关于古代诗词

从竹枝词谈到诗体创新

从二十世纪九十年代开始，北京诗词学会的同仁们大声呼吁，着力提倡写当代竹枝词，并在创作实践中取得显著成绩。会长段天顺有一篇关于竹枝词的讲演，梳理了它的来龙去脉，回顾了它的发展历史，对古今竹枝词进行了科学的评析。这篇文稿引起诗词界广泛注意，被多种媒体转发。不仅北京市，湖北、湖南、江苏、重庆、四川、广东等地的诗友，也在倡导竹枝词上做了不少工作。前年，湖北省鄂州市的几位方家编了一本《当代中华竹枝词》，收入全国二十八个省、市、自治区的三百七十多位作者的近两千首竹枝新唱，可见竹枝词在全国各地的普及。这只是当代"竹枝"花园之一隅，集子之外还有许多新作。毫无疑问，竹枝词已成为当代诗词创作中的一道重要景观。据有关专家统计，自中唐以来，光是收在各种诗集中的竹枝词，数量就在十万首以上，大大超过了全唐诗。有同志提出，需要协调人力、加大力度，对竹枝词进行更深入的专题研究。我很赞同这个意见。

竹枝、竹枝子、竹枝词

文人写竹枝词，始于中唐。成就最高、影响最大的是刘禹锡。

近一千二百年前，刘禹锡在夔州当刺史，依据当地民歌填了两组十一首竹枝词，被广为传唱。此后，文人写竹枝词蔚然成风。不过，刘禹锡不是创始者，比刘禹锡早约半个世纪的顾况就写过竹枝体的诗歌，并流传至今。

在文人写竹枝词之前，作为一种民间歌舞，"竹枝"已在老百姓中广泛流传。明朝的方以智说，竹枝诞生于晋朝。此说虽缺乏旁证和具体例证，却很值得留意。古籍中关于"竹枝"的记载，最早见于唐代崔令钦的《教坊记》。此书记载了盛唐时期教坊所演唱、演奏的曲目，其中有"竹枝子"。关于"竹枝子"和"竹枝词"的关系，研究者的看法不尽相同。著名专家任二北拿敦煌写卷中的两首"竹枝子"和中唐以来文人填的"竹枝词"相比较，认为二者相差甚远，不可能出自同一个源头。任先生说："崔记曲名内，有竹枝子，而无竹枝。此调以'子'名。但敦煌传辞六十四字，作七、五、六、七、七之双叠，较之中晚唐及五代之'竹枝'声诗，作七言四句者，长且倍之；句调参差，亦无从比附。足见其必别有来源，或独自生成，与后起之竹枝，由民歌改作者无关。"（《敦煌曲初探》，上海文艺联合出版社1954年版，第35页）另一位著名学者王运熙虽没有拿《教坊记》中的"竹枝子"和敦煌写卷中的同名曲目作直接的比较，但他认为"竹枝子"中的"子"字"系加在名词后的尾语，没有意义可言"。也就是说，"竹枝"和"竹枝子"是同一个东西。他引用刘毓盘先生《词史》中的论述，提出一个很引人注目的意见。王先生说，南北朝乐府中有《女儿子》二首。"首篇云：'巴东三峡猿鸣悲，夜鸣三声泪沾衣。'盖原为巴东的歌谣，其后被演为乐曲……"按照王先生的推断，民间的"竹枝"发源于巴渝，六朝的《女儿子》亦是巴渝民歌。民间的"竹枝"在演唱的时候，每句有"竹枝""女儿"之和声（即由群体伴唱的衬词）。《女儿子》既以"女儿"命名，很可能以"女儿"作为和声。所以，后世之竹枝词，"必定渊源于《女儿子》……"（见《六朝乐府与民歌》，古典文学出版社1957年版，第112—113页）那么，这两种意见孰是孰非？我以为，两位先生的意见都有一定的道理，都能给人以启迪。重要的不在于评出谁是正方，谁是反方，而在于汲取双方的合理因素，使我们能够更客观、更科学地把握古代诗词的具体面貌。

白居易有诗曰："幽咽新芦管，凄凉古竹枝。"白氏熟谙音律，他把"竹枝"定为古曲，这个判断具有权威性。那么，白氏所说的"古"，到底古到什么地步？任二北先生曾经写下这样一段话："唐冯贽《云仙杂记》四，谓张旭醉后唱《竹枝曲》，反复必至九回乃止。足见在盛唐以前，即已有之，当为竹枝子之所本也。"（《敦煌曲初探》，上海文艺联合出版社1954年版，第35页）宋人王灼在《碧鸡漫志》中写道："唐时，古意亦未全丧。竹枝、浪淘沙、抛毬乐、杨柳枝乃诗中绝句，而定为歌曲，故李太白清平调词三章，皆绝句。"（《中国古典戏曲论著集成》，中国戏剧出版社1959年版，第109页）任二北先生认为，"竹枝"的产生，当在"盛唐以前"，也就是初唐乃至更早。王灼则明确认定"竹枝"为唐以前之"古意"。士大夫填写竹枝词始于中唐，但中唐不是民间竹枝的萌生期，而是它的鼎盛期、高潮期。宋人郭茂倩说，"竹枝本出于巴渝"。大量材料说明，到了唐朝中期，它已在全国许多地方特别是长江流域广为流传。顾况有诗曰："渺渺春生楚水波，楚人齐唱竹枝歌。"刘禹锡在朗州（今湖南常德）创作的《洞庭秋月歌》和《踏歌词》写道："荡桨巴童唱竹枝，连樯估客吹羌笛"，"日暮江头闻竹枝，南人行乐北人悲"。据《填词名解》记载，唐朝有"蜀竹枝""江南竹枝""渔家竹枝"……至晚到了唐永贞、元和年间，"竹枝"不仅盛传于荆楚吴越，而且融入当地民俗，成为妇孺皆能掌握的群众艺术。古代没有现代化的传媒体。一种艺术产品流入一个地区，并在当地生根开花，成为本土本乡的民间艺术，是需要相当长时间的。所以，判定"竹枝"产生在盛唐之前甚至更早，是有事实依据，也比较合理的。

作为民间文艺领域中的专用名词，"竹枝"指一种歌舞、一种曲调，或者说，指的是以特定曲调为主要标志的一种民间歌舞。之所以叫"竹枝"，因为演唱时经常重复"竹枝"这个词。刘禹锡在《竹枝词九首》引中写道："四方之歌，异音而同乐。岁正月，余来建平，里中儿联歌竹枝，吹短笛，击鼓以赴节。歌者扬袂睢舞，以曲多为贤。聆其音，中黄钟之羽。其卒章激讦如吴声，虽伧伫不可分，而含思宛转，有淇、濮之艳。"（《刘禹锡集》，中华书局1990年版，第359页）可以看出，"竹枝"是比较复杂的民间艺术。有歌，有舞；有人声，有吹奏乐和打击乐伴唱伴舞；有领唱，有伴唱。唱头四个字后，伴唱者应以"竹枝"，唱到句末伴唱者应以"女儿"。由于长期流传以及和各地民风民俗的结合，"竹枝"难免有多种变体，但基本格局是一致的：歌谣体，七字一句，上下句或四句为一首，可以多首联起来唱，"以曲多为贤"。结尾的时候曲调有变化，按刘禹锡的描述，"其卒章激讦如吴声"。古代吴楚是产生《垓下歌》和《大风歌》的地方，那时的吴声大约比今天的吴地民歌更激越一些。

"竹枝词"这个词，是刘禹锡首先使用的。刘氏之前，作为一种称谓，只有"竹枝""竹枝歌""竹枝曲""竹枝子"，未见"竹枝词"。刘禹锡被贬到南方当官后，更频繁地接触民间艺术。他本人又善于唱歌。白居易曾说："梦得能唱竹枝，听者愁绝。"他拿民歌填词，都在该民歌后头加一个"词"字。《刘禹锡集》中，有《踏歌词》《竹枝词》《杨柳枝词》《浪淘沙词》《抛毬乐词》《纥那曲词》。众所周知，《杨柳枝》《浪淘沙》《抛毬乐》《纥那曲》《踏歌》等，都是唐朝很风靡的歌曲。"李白乘舟将欲行，忽闻岸上踏歌声。"踏歌在唐朝的流行程度，大约能赶上解放初期的秧歌。刘禹锡为那么多民歌填了词，为什么独有《竹枝词》影响那么大，广为后人所仿效，以至开了《竹枝词》写作之先河，风靡千余载而不衰？其中的奥妙，有待于方家们进一步研究。

现在回到我们在前面提到的问题：怎样看待"竹枝""竹枝子"与"竹枝词"的关系？中唐之后，"竹枝"已有了多种变体。刘禹锡、白居易等人的"竹枝词"七言一句，四句二十八个字，中间没有"和声"。皇甫松的有和声，只有上下句十四个字。孙光宪的有和声，四句二十八个字。六朝清商乐中有"和声""送声"，即伴唱者和领唱者互相呼应，在句中或句末唱出衬词。"竹枝"中的"和声"，当与清商乐中的这一传统有密切联系。古人记录民歌，往往把衬词省略掉。刘禹锡的"竹枝词"没有衬词，未必演唱的时候没有"和声"。总之，尽管唐朝的"竹枝"有多种变体，但它们多是歌谣体，七言一句，两句或四句为一首，风格比较一致。而敦煌写卷中的两首"竹枝子"，样式很独特，上下两阕，每阕五句，字数参差不齐，是典型的长短句。是否因为它叫"竹枝子"，就意味着是和"竹枝"毫不相干的另一曲目？唐代乐曲叫"子"的很多，如"生查子""捣练子""山花子""天仙子""胡蝶子""酒泉子""甘州子""破阵子""南乡子"……除了"何满子"是人名外，诚如王运熙先生所说，"子"是尾词，没有具体意义。所以不排除"竹枝子"和"竹枝"有血缘关系。但刘禹锡等人的"竹枝词"，不可能直接源于宫廷或敦煌的"竹枝子"，因为刘氏交代得很清楚，他的"竹枝词"是根据当地民歌填写的。至于山歌体的民歌经过一段时间的演化，会不会形成长短句？这种可能性是存在的。譬如刘禹锡填词的"浪淘沙"，是七言四句山歌体。到了一百五十年后，李煜的"浪淘沙"就是上下阕各五句的长短句。所以不排除敦煌写卷中的"竹枝子"是山歌体"竹枝"的一个变种。无论民间、宫廷，还是寺庙的"竹枝""竹枝曲""竹枝子"，都没有留下曲谱，我们只能凭有限的文字材料去推测当时的曲体。更有说服力的结论，有赖于更丰富的史料作为后盾。

从民歌到文人诗

对于"竹枝"来讲，中唐是转折期。在这之前，它主要在民间流传，是一种民间歌舞。中唐之后，文人们纷纷被它所吸引，投入"竹枝"的创作，依"竹枝"之声填词，叫"竹枝词"。唐朝的顾况、刘禹锡、白居易、李涉、皇甫松、孙光宪，两宋的苏轼、苏辙、黄庭坚、范成大、杨万里、汪元量，元朝的杨维桢、虞集，明朝的李东阳、杨升庵、徐渭、袁宏道、冯梦龙，清朝的王士祯、郑板桥、孔尚任、袁枚，都曾涉足"竹枝词"，留下动人的诗章。一般来说，文人写"竹枝词"，都尽量弘扬这一诗体的民间特色，或直接从民歌中吸取词句，或模仿民间风格，因此，大多带有浓郁的泥土气息和地域特色。北京有"燕山竹枝词"，江淮有"扬州竹枝词"，浙江有"西湖竹枝词"，广东有"潮州竹枝词""榕江竹枝词"。如果要在诗歌中寻找"乡土文学"，我以为竹枝词就是地地道道的"乡土文学"。近代以来，国门进一步打开，不少华人旅居海外，"竹枝词"也走出国门。据段天顺同志著文介绍："郁达夫有《日本竹枝词》，郭则沄有《江户竹枝词》，潘飞声有《柏林竹枝词》，还有《伦敦竹枝词》《海外竹枝词》等。"据贝闻喜同志著文介绍，日本近代诗人北洲仙史曾创作二十八首"新潟竹枝词"。日本还有"樱枝词"，学中国的"竹枝词"，是两个民族文化交融的混血儿。

人们会提出这样的问题：绝句和律诗在唐朝已经发展得很完备，为什么人们对此仍不满足，还要另辟蹊径写竹枝词？其实，人们在艺术上总是不断求新求变。任何一个艺术品种，不论发展得何等完备，都不可能穷尽天下的真善美。段天顺同志曾经分析过"竹枝词"的艺术特征和优长之处。他归纳了以下四点：

一、语言流畅，通俗易懂。"民间的口语、俚语皆可入诗，且极少用典，读起来朗朗上口，雅俗共赏。"

二、格律较宽，束缚较少。它以民歌拗体为常体，以绝句为别体，和律诗、绝句是两码事。

三、格调明快，诙谐风趣。

四、广为纪事，以诗存史。

这四条概括了"竹枝词"的优长之处，也说明了它在绝句如林的诗歌王国中能够别树一帜、长盛不衰的根本原因。我们须要留意一个事实，由于它和民俗民风结合得十分紧密，由于它"广为纪事，以诗存史"，以至填补了不少空白，一些不曾入史的国事、民事、社会逸闻、生活花絮，通过"竹枝词"这种风土味道很浓的诗歌进入艺术画廊，得以传之于世。

譬如清朝末年，有一首写北京六国饭店的竹枝词，收在《清代竹枝词》一书中：

> 海外珍奇费客猜，西洋风味一家开。
> 外朋座上无多少，红顶花翎日日来。

六国饭店即今北京饭店的前身。这首竹枝词从一个独特的角度，反映了社会大转折时期社会风尚的新变化和上流社会的腐败，留下了耐人寻味的历史剪影。

又如"七七"抗战爆发前夕，蒋介石在全国推广"新生活运动"，引起种种社会震荡。著名医学家萧龙友写了一组竹枝词，其中一首是这样的：

> 小卖凋零讲卫生，薯炉汤担绝呼声。
> 贫家活计真难得，垂首街头盼早晴。

诗人在竹枝词后头写了一段注释："作者一日早往车站送行，见小巷头三五成排，问其来历，皆曰：曾以卖白薯为业者，隆冬无衣，只好晒太阳。北平卖白薯及售汤锅担者，每到秋冬之交，沿街叫卖，彻夜呼声不绝。小民以此为生计垂数百年，乃卫生局以为不洁，一概禁止，此声遂绝。从兹数百家无活计矣，伤哉！"城市卖白薯、卖小吃者的生活，很少进入诗家的视野。这首诗同样从一个不被常人所注意的生活点切入，反映了特定历史时期的民情民瘼。

一千多年来，从民歌到文人诗，从水上田间到文房案头，"竹枝"的发展一直没有间断过。它是一个典型，反映了古代诗歌发展的轨迹。那么，文人进入"竹枝"园林，拿起了"竹枝"创作的接力棒之后，到底使"竹枝"的命运发生了什么变化？

鲁迅说："东晋到齐陈的'子夜歌'和'读曲歌'之类，唐朝的'竹枝词'和'柳枝词'之类，原都是无名氏的创作，经文人的采录和润色之后，留传下来的。这一润色，留传固然流传了，但可惜的是一定失去了许多本来面目。"（《门外文谈》，《鲁迅全集》第6卷，人民文学出版社1981年版，第94页）鲁迅甚至很严厉地指出："歌、诗、词、曲，我以为原是民间物，文人取为己有，越做越难懂，弄得变成僵石，他们就又去取一样，又慢慢慢的绞死它。"（《致姚克》，《鲁迅全集》第12卷，第339页）鲁迅的上述言论讲的是问题的一个方面，他还讲到问题的另一个方面，我们一定要全面地看待鲁迅的论述。他曾指出，文人能使民间创作得到提高，"从唱本说书里是可以产生托尔斯泰、弗洛培尔的"（《论第三种人》，《鲁迅全集》第4卷，第441页）。他说，文人经常从民间文学中吸收养料，"旧文学衰颓时，因为摄取民间文学或外国文学而起一个新的转变。这例子是常见于文学史上的"（《门外文谈》，《鲁迅全集》第6卷，第76页）。

首先要看到，文人从民间文艺中吸取营养，利用民间形式进行创作，不但是不可避免的，而且有助于推动文学的进步。肯于而且善于向民间学习的大多是文人中的有识之士。大诗人屈原，就从民歌中大量吸取养料。他的《离骚》《九歌》《九章》等名篇，大多利用湘楚民歌的诗体而作，并从思想和艺术上把它们提升到前所未有的高度。唐朝大诗人李白，也是民歌的热恋者。他的《子夜歌》《折杨柳》《陌上桑》《杨叛儿》《乌夜啼》《公无渡河》《战城南》《野田黄雀行》《关山月》《丁督护歌》《捣衣篇》《长门怨》

等，用的都是乐府旧题，都是根据当时盛传的民歌或古曲填的词。他的创作同样把民歌提升到一个崭新的高度。比李白晚生七十多年的刘禹锡，不仅写了十一首"竹枝词"，还利用当时流行的"杨柳枝""浪淘沙""纥那曲""捣衣曲"等诸多民歌进行创作。刘氏善于写作，也善于歌唱。他的诗不但追求文学性，也追求适于老百姓演唱。明朝胡震亨说，刘诗"语语可歌"。《旧唐书》写道："武陵溪间夷歌，率多禹锡之辞也。"直到宋朝，他的竹枝词仍在民间传唱。邵博在《闻见后录》中写道："夔州营妓为喻迪孺扣铜盘，歌刘尚书竹枝词九解，尚有当时含思宛转之艳。"胡仔在《苕溪渔隐丛话》中也记载了他在苕溪听当地人唱"东边日出西边雨，道是无情还有情"的生动情景。文人投入"竹枝"的创作与传播，起码有以下两点积极作用是不可抹杀的：一、过去靠口传心授的民间歌曲，通过文人的劳作有了文字记载，得以更好地保存、留传；二、一些才华横溢的诗人在民歌的基础上进行创作，使其得到提高，使其发展得更加完美。

当然，我们也要看到问题的另一面。鲁迅指出，民歌到了文人手里，往往一步步走向刻板、僵硬，失去了原来的生动性与丰富性。这种现象的确存在。"竹枝"产生的初期，是十分生动活泼的：有歌、有舞，有领唱、有伴唱，有和声、有衬词。作为诗歌，有两句一首的，有四句一首的，有多首连缀的。"里中儿联歌竹枝，吹短笛，击鼓以赴节。歌者扬袂睢舞，以曲多为贤"，这样的情景是十分动人的。据古籍记载，笔者推测，唐朝的"竹枝"大致保留了民间表演的生动风貌，到了宋朝，它仍在民间广泛传唱。苏辙在《竹枝九首》中写道："扁舟日落驻平沙，茅屋竹篱三四家。连春并汲各无语，齐唱竹枝如有嗟。"宋之后，鲜有演唱"竹枝"的记载，出现了纯书面的"竹枝词"。有的虽可吟唱，但多是以当地的吟诗调，或当地的山歌调引吭歌之，缺乏独特的音乐特色。与此相联系，诗的格式也越来越单一化。一般都是七言四句（宋代贺铸有《变竹枝》九首，清代袁枚有《西湖小竹枝词》五首，均为每首四句每句五言，此种体例极为罕见）。其中虽有乡土、民俗风味很浓的佳作，但确有不少只是格律放宽的七言绝句，思想和艺术都缺乏特色。段天顺同志在《漫话竹枝词》中也指出："综观竹枝词的格律变化，早期的作品由于歌舞曲和词没有脱离，歌词的格律较自由。但元明以后词与曲逐渐脱离后，词的格律即向七言绝句发展，清代大部分成为用白话写的七言绝句，民歌风味已减。"

当代竹枝与诗体创新

当代诗词以绝句、律诗、古风、长短句、散曲等为主要品种，但人们并不满足于传统诗体，不断地在诗体上进行新的尝试。目前看来，以下几种诗体是很值得留意的。

竹枝词 竹枝词不是新品种，本文在前面讲过，它的年龄不短于绝句和律诗，已经有了一千多年的历史。有人认为竹枝词就是放宽格律的绝句。是的，竹枝词的格律没有绝句那么严格，但它的特色不仅表现在格律上，也表现在诗的内容、题材、风格上。如前所述，它写的是生活中的普通事件，和民风民俗有特别密切的联系，即便反映大问题，也往往从平凡小事切入；它的语言更接近白话，口语、俚语皆可入诗；它的风格是诙谐风趣的，即便反映民瘼民怨，也不乏幽默感。有人认为竹枝词就是民歌。是的，"竹枝"来源于民间，但经过文人的介入，它已不是纯"原生态"

的民间艺术。民歌离不开各地方言，竹枝词使用口语、俚语，一般不使用方言；民歌的表现形式是多样的，"竹枝词"是民歌风的七言短制。唐时有"子夜歌""竹枝歌"，前者是五言，后者是七言。"歌谣数百种，子夜最可怜。"它曾经风靡一时。后人把某些民歌风格的五言短制也称为竹枝词，这是一种误会。

当代竹枝词的内容是很丰富的，基本内容离不开两个方面：美和刺，或张扬生活中的真善美，或针砭生活中的假恶丑。确有不少新作既有鲜明的时代气息，又有独特的竹枝韵味，令人一读难忘。我们举几首作品请大家共同赏析。

纤歌一曲遏行云，弦管悠扬好醉人。

亭榭是谁在潇洒，一群白发焕青春。

—— 张晨声《公园见闻》

外出打工离老窝，年头年尾脚如梭。

自从颁布农免税，去的少来回的多。

—— 管用和《回家》

华西一曲自编歌，唱得村民齐奋戈。

苦斗年年成首富，洋人来做打工哥。

—— 李翔《参观华西村》

职大开学喜事多，门前阿妹赠阿哥。

打工赚够五千块，要你明年转本科。

—— 杜传勇《开学》

大伯回头打手机，不知咋按遇难题。

忽听背后儿媳笑，求教一撕老面皮。

—— 于瑞亮《打手机》

噪音聒耳奈伊何，小镇年来新事多。

夜夜邻家姑嫂俩，闭门偷学迪斯科。

　　　　　　　　　　——陈章《小镇风情》

　　这几首都是写新气象的。前面几首从不同的侧面切入，展示了城乡面貌的大变化。后两首也写新事物，却对描写对象投以揶揄。那位新购得手机的老大伯笨拙得很，连键都不会按，以致要拉下老脸向儿媳求教，大失"长辈尊严"。那一对姑嫂学迪斯科虽然很专心致志，却难免要扰民。于是只好关起门来偷着学。正是有了友好的嘲笑，新事物才显得更加可爱。

假日双休不办公，轻车小轿度春风。

城郊逛尽何处去，笑入桑拿浴室中。

　　　　　　　　　　——王振寰《官风打油》

曲狂灯乱舞翩跹，一醉良宵值万钱。

薪薄何须忧价厚，解囊人已带身边。

　　　　　　　　　　——徐中秋《贵人跳舞》

戴月披星去种禾，严冬酷暑苦奔波。

丰收卖得钱多少，未值歌星一首歌。

　　　　　　　　　　——唐祚焱《问农家》

学校建成剪彩忙，汽车仪仗列成行。

红绸金剪加华宴，经费亏空按户偿。

　　　　　　　　　　——贝闻喜《村校剪影》

猫见增多鼠亦多，更闻猫鼠互称哥。

相逢一笑泯恩仇，好向粮仓共筑窝。

　　　　　　　　　　　　　　　——缪英《杂咏》

僧富庙穷何其多，沙弥无米断炊锅。

冒油方丈舞鸾凤，剩有几人念佛陀？

　　　　　　　　　　　　　　——张光恺《冒油方丈》

　　这些诗能使人捧腹大笑，也能使人叹息落泪，苦笑之余不能不感慨丛生。对寺庙歪风的描写，对猫鼠新关系的展示，都是入木三分的，简直让人拍案叫绝。

　　新古体　写新古体诗，用力最多、影响最大、成就最突出的是贺敬之。1962年春，他在广州参加歌剧话剧儿童剧座谈会，带着如沐春风的心情写了两首五言短诗和五首七言短诗，开始了他的"新古体"创作尝试。粉碎"四人帮"，贺敬之再一次获得解放，怀着欣喜难耐的心情，他重新写起新古体诗。他在新时期的第一首新古体是这样的：

太白何处访？兰陵入醉乡。

我来千年后，与君共此觞。

崎岖忆蜀道，风涛说夜郎。

时殊酒味似，慷慨赋新章。

　　1976年11月的两首新古体没有马上拿出去发表，仅在小范围内传阅、传诵，也引起了强烈反响。从此，敬之同志一发而不可收。可以说，1976年是个转折期。此前，他以写新诗为主；此后，他以写"新古体"为主。1994年8月，《文艺报》刊出了贺敬之的《文情艺事杂诗》近二十首，引起文艺界广泛注意。1996年，文联出版公司推出《贺敬之诗文集》。2005年，作家出版社出版《贺敬之文集》，第二卷《新古体诗书卷》收录了他在1992年以前的全部新古体诗。贺氏的新古体诗引来一批同道者。三十多年来，有不少诗家投入这种诗体的创作，阮章竞、梅岱都写过颇有艺术魅力的新古体。据贺敬之研究者丁正梁论证，"新古体"并非凭空而来，夏明翰的"砍头不要紧"，陈毅的"大雪压青松"，以及《天安门诗抄》中的大量诗歌都是"新古体"。论者特别援引陈毅1962年在诗刊社举行的座谈会上的发言，证明陈毅虽没有提出"新古体"这个名词，却是这一诗体的最早提倡者。陈毅的原话是这样的："我写诗，就想在中国的旧体诗和新诗中取其所长，弃其所短，使自己写的诗能有些进步。""五四以来的新文学革命运动，提倡诗文口语化，要写白话文，作白话诗，这条路是正确的。但是不是还有一条路？即：不按照近体诗五律七律，而写五古七古，四言五言六句，又参照民歌来写，完全用口语，但又加韵脚，写这样的自由诗、白话诗，跟民歌差不多，也有些不同，这条路是否走得通？"（转引自《贺敬之新古体诗简论》，见《贺敬之研究文选》，文化艺术出版社2008年版，第717页）

　　所谓"新古体"，按照贺敬之在《贺敬之诗书集·序言》的说法，就是用写古风的办法写七言、五言或其他句式的短诗。押新韵，有五言，有七言，有四句，有八句，还有其他的句式；有平仄变化，也可以有对仗，但对格律的要求没有律诗绝句那么严格。它不是有拗句的律绝，而是有别于律绝的另一种诗体。提倡者认为，近体诗格律很严，限制很多。有人能够适应（如毛泽东），有人不能完全适应（如陈毅）。在继续发展律诗和绝句的同时，应允许有人在更为宽松的天地里抒发自己的诗情。

自度曲　自度曲始于南宋姜白石。他精通音律，是大音乐家，创作过十七首词曲音乐。后来《扬州慢》《鬲溪梅令》等进入词谱，八百年来不断被人填词。不过，姜白石并不是创始者，唐朝开元年间的何满子比姜要早四五百年，教坊曲《何满子》就是他创作的。据白居易讲，何满子犯了死罪，临刑进此曲以赎死，竟不得免。此曲后来也不断被人填词。"度曲"按原意即作曲，是个音乐术语。词的文学和音乐分离后，度曲就变成与音乐无关的书面活动。今人不满足于传统词律（潘慎、秋枫编撰的《中华词律辞典》，共收入词调两千五百多首，加上每个调的不同变体，共四千多种），乃自撰新调。所谓新调，并没有旋律，只是规定了句数、字数、平仄、押韵。由于"自度曲"对创作者来讲有很大的自由度，对他人讲来仍须依范本填词，所以当代自度曲很少被他人沿用，形成各"度"各的局面，所以亦被称为"自由曲"。江苏的丁芒等诗家在这方面作过许多尝试。近来，河北诗家刘章写了一组"自度曲"，发表在《长白山诗词》，引起许多诗友的兴趣。

诗体创新还有其他的表现形式，以上几种无疑是影响比较大，比较有代表性的。

怎样看待诗体创新？这是处理继承与革新关系中的一个重要环节。中华诗词学会制定的《二十一世纪初期中华诗词发展纲要》指出："创造新的诗体，是时代的呼唤和诗歌自身发展的必然规律。"还指出："词兴而不废诗，曲兴而不废诗、词。任何时代，新诗体的出现，都应容许原有诗体的存在。"这里，已经把大的原则讲得很明确了。

首先，要允许创新、支持创新。艺术创新首先是内容上的出新。诗词要大力反映新生活、新时代。没有对生活的新开掘、新发现、新感受，作品就不可能真正有新意。随着内容的出新，艺术形式必然也要有新发展、新变化。我们的诗词园地不应当设禁区，只要是思想健康、感情真挚、形象鲜明，又有浓郁的诗词韵味，不论是传统诗体还是新诗体，都要一视同仁地给予支持，让它们有发表、参评的机会，得以在诗词园地里茁壮成长。

在热情支持诗体创新的同时，我们也要坚持对诗词创作的高标准、严要求，这样才能促进精品力作的产生。要看到，新诗体固然有它的长处，但采用新形式、新技法，并不是创新的一条捷径。艺术创新是艰苦的探索与创造的过程，往往要经历种种挫折，才能取得最后的成功。旧形式可以表现新内容，新形式也可以表现旧内容。艺术创新的标志是创造出新的诗歌意象，而不在于用了多少新形式、新手段。是否在创新的道路上取得成功，不靠诗人的自我标榜，也不靠什么人物的御批钦定，而要靠群众鉴赏的检验。群众接受了、传诵了，这才算真正取得成功。所以，对待诗体创新，我们既不能泼冷水、设禁区，也不能揠苗助长，一哄而起、一拥而上。要按照艺术规律，踏踏实实、兢兢业业地进行艺术创造。"纲要"说："一个新诗体的出现，是长时期众多诗人创作实践的结晶。我们期望的新诗体，也将在新世纪漫长的探索中诞生并走向成熟。"

2009 年 1 月

也谈《白雪歌送武判官归京》的季节问题

　　今年的"全国青年歌手电视大奖赛"延续了过去的传统，歌手在展示声乐才艺的同时，还要回答有关文化和音乐的问题。有一道题考的是诗词知识，题板上写着两句诗："忽如一夜春风来，千树万树梨花开。"问："这首诗写的是哪一个季节？"题板上提供三个答案：春天、夏天、冬天，请答问者任选其一。歌手经过短暂思考，答的是"春天"。主考官很幽默地说，歌手被"春风"二字忽悠了，正确答案是"冬天"。

　　"春风"能忽悠人，"飞雪""白雪"是否也能忽悠人？上面两句诗引自唐代诗人岑参的《白雪歌送武判官归京》，它的故事不是虚构的，而是一次真实的送别。据有关专家考证，此诗写于天宝十三或十四载。当时，作者在安西北庭节度使封常清军中任节度判官，住在轮台，即今天新疆米泉县境内。被送的武判官可能是他的前任。诗首先描写故事发生地的自然景色，然后写如何举行送别酒会："中军置酒饮归客，胡琴琵琶与羌笛。"最后写如何送走朋友："轮台东门送君去，去时雪满天山路。山回路转不见君，雪上空留马行处。"当时天气确实很冷，但未必是冬季。轮台处于高寒地区，秋天、冬天、春天都会下雪，而且是很大的雪。诗的开头写得很明确："北风卷地白草折，胡天八月即飞雪。"阴历八月相当于阳历九、十月，是秋天。全诗基本上是写实的，其中亦有艺术夸张的因素，甚至还有高度的艺术夸张。如："瀚海阑干百丈冰，愁云惨淡万里凝。"这里是极言其寒，并不意味着诗中的故事就发生在隆冬。作者另一名篇《走马川行奉送封大夫出师西征》也写了同一地点的酷寒："将军金甲夜不脱，半夜行军戈相拨，风头如刀面如割。马毛带雪汗气蒸，五花连钱旋作冰，幕中草檄砚水凝。"这里写的是"轮台九月"，也是秋天。

大约在近半个世纪前，唐代卢纶的一首边塞诗曾引起质疑，其症结也在于季节问题。卢纶的《塞下曲》（其三）共有四句："月黑雁飞高，单于夜遁逃。欲将轻骑逐，大雪满弓刀。"一位数学名家对这首诗提出疑问："雁飞高"是秋天，下"大雪"是冬天，这两桩事不可能同时发生。其实，气候景观因地而异。在西北高寒地区，秋天既可能有飞雁，也可能有大雪。毛泽东的《忆秦娥·娄山关》有"长空雁叫霜晨月"之句。因为有"雁叫"二字，一位文史泰斗根据"雁叫""霜晨"等语，就断定它写的是秋天。以至作者不得不亲自出来说话，说写的是冬天，因为贵州的冬天和北方的秋天气温差不多，经常可见鸿雁飞翔。

《白雪歌送武判官归京》到底写的是哪一个季节？现在网上已经展开了争鸣。其实，诗歌作者的文本已经把问题交代得比较清楚了。笔者没有专门研究过岑参。提出一点粗浅的陋见，仅供对这个问题有兴趣者参考。

2013 年 4 月

关于"孟姜女哭长城"的通信

岳将军，亲爱的老朋友：

在《诗刊》上读到您的一组诗，很高兴。直面人生，感情真挚，展现了当代军人的正气与大气。相搭配的一篇创作谈，也很有见地，能发人深省。

第一首《孟姜女庙》为秦始皇说公道话，是见解鲜明的咏史诗。我很赞同您的基本观点。秦始皇挨了两千多年的骂，一直被视为中国历史上最大的暴君、罪人。其实，他统一中国，实行郡县制，实行"书同文、车同轨"，是功高盖世的"千古一帝"。作为封建统治者，他有残暴的一面，但对此不能无限夸大。白起坑了四十万赵卒，都是放下武器的俘虏。明太祖朱元璋搞了四大案，光是胡惟庸一案，就牵连三万多人，悉数斩首，著名画家王蒙就在这场大案中送了命。相比起来，秦始皇才坑了几百名方士，怎么就成了千古第一暴君？

"戍边本是匹夫责，何必千秋骂始皇。"这两句话有一定的道理，也有值得商榷之处。

孟姜女故事的原型产生于春秋时期，那时秦始皇还没有出生。据《礼记·檀弓下》记载："齐庄公袭莒于夺，杞梁死焉，其妻迎其枢于路，而哭之哀。"刘向《列女传·齐杞梁妻》说，杞梁战死后，其妻"枕其夫之尸于城下而哭"，"十日而城为之崩"。据有关专家考证，"杞梁妻"哭倒城墙的故事至晚在唐朝已定型。敦煌曲子中有一首《捣练子》，唱的就是孟姜女的故事："孟姜女，杞梁妻，一去燕山更不归。造得寒衣无人送，不免自家送征衣……"历史上可能确有杞梁这个人，《左传》《孟子》都载有这个人的名字。起初，这个故事主要是渲染一个女子如何善于哭丧，声音如何感人，以至把城墙都哭倒了。传说还讲，杞梁妻哭倒城墙后，投淄水而死，她妹妹根据姐姐的哭泣音调编了一首曲子，叫《杞梁妻》。随着时间的推移，故事增加了许多细节，基本情节也有变化。事件的发生时间从春秋变成秦朝，杞梁从打仗而死变成筑城累死并被筑在城墙中，哭倒的城墙从山东换成了河北。最重要的变化，就是大大拓展了爱情描写和增加了抨击苛政的内容。

不错，当兵保家卫国，是老百姓的义务。但封建统治者穷兵黩武，也难免引起老百姓的不满。所以，历史上有许多反映当兵困苦的诗，它们曾被广泛传诵。汉乐府的"十五从军征，八十始得归……"，杜甫的《兵车行》，都是传诵千古的名篇，写出了老百姓的心声。《孟姜女》中的杞梁，并不是去打仗，而是去服徭役，他"从役而筑长城，不堪辛苦"。据敦煌《孟姜女变文》讲，杞梁"被秦差充筑城卒，辛苦不禁俱役死"。秦朝的徭役是很重的。建阿房宫，造骊山陵墓，修长城，都需要大量劳动力。徭役加上其他的苛政，使老百姓不堪其苦，纷纷起来造反。陈胜、吴广以及和他们一道"揭竿而起"的人，是奔赴渔阳戍边的老百姓，刘邦则带着一批服徭役者起义于芒砀，英布是做苦工的"刑徒"。

对秦始皇可不可以骂？骂倒一切，全盘否定，这是不对的。

作为老百姓，骂一骂封建帝王的专制、残暴，我以为是无可厚非的。《孟姜女》是中国四大传说（《牛郎织女》《梁山伯与祝英台》《白蛇传》《孟姜女》）之一，反映了平民百姓对封建专制统治、对封建徭役的不满，也歌颂了坚贞不屈、至死不渝的爱情。故事生动，富有人民性，所以两千年来盛传不衰。毛泽东说，"劝君少骂秦始皇"。他说的是"少骂"，而不是根本不能骂。他的《沁园春·雪》就批判了"秦皇汉武"。

现在，对好朋友的作品，许多人只说好话。我赞赏您的诗，但不能完全从俗，赞赏的同时也讲几句不同的意见。也许，这样才能真正体现朋友之间的真诚友谊。

祝早春安好！

伯农

2014年2月

尊敬的伯农会长：

您好！2月来信拜读，因事务缠身，未能及时回复，殊觉歉意！

您年近耄耋，在身体欠佳，工作繁忙之际，还审读了载于《诗刊》上我的十来首拙作，在亲切鼓励的同时对《孟姜女庙》一首给予了真诚鞭策，使我十分欣喜和感动。同时，您对孟姜女故事缜密考证所表现出来的对历史负责的精神以及严谨的治学态度，令我极为感慨和钦佩。

《孟姜女庙》一诗是我1994年过山海关时，看了立于凤凰山上的孟姜女庙后发的感慨。这里需要回顾一下当时的时代背景。1992年邓小平南方谈话后，改革开放的大潮立即在神州大地涌起，下海经商成为时髦。部队置于滚滚红尘之中，而不是生活在真空里。"今后的兵谁来当？"是当时军队内部和社会上一种较为普遍的质疑。正是在这样的背景下，我想起了秦始皇为防御侵略而筑长城以及孟姜女哭长城的故事。服兵役，保卫国家，是每个公民包括杞梁应尽的义务，古今中外概莫能外。作为集团军的领导，我当时自然地联想到了部队的稳定和"铁打的营盘，流水的兵"的规律。从军人的职责以及国防和国家安全的角度考虑，触庙生情，便有了"戍边本是匹夫责，何必千秋骂始皇"的诗意，没有联系秦始皇的其他苛政。以上是从宏观上讲的，就微观而言，我没有搞清楚杞梁是服徭役而不是戍边，因而"不必千秋骂始皇"就有点形而上学的味道了。"千古一帝"的秦始皇是个"伟大的暴君"。既然是暴君，就可以骂，而且谁都可以骂，但他又有伟大的一面，故要"少骂"，这才是马克思主义的唯物史观。

"现在，对好朋友的作品，许多人只说好话。我赞赏您的诗，但不能完全从俗，赞赏的同时也讲几句不同的意见。也许，这样才能真正体现朋友之间的真诚友谊"，您在信中说道。是的，千士之诺诺，不如一士之谔谔。文学艺术包括诗歌，需要批评，需要争鸣，才能促进其大发展大繁荣。和而不同方是正道，亦是诤友。

以上如有不当之处，敬请指正。顺祝春安！即致

敬礼！

岳宣义
2014年3月

一桩历史公案
——关于评价元都帅张弘范诗词的通信

伯农同志：

  受舆论媒体影响，最近，我们这里热烈讨论元军都帅张弘范的诗词。有人认为张是民族罪人，助元灭宋，杀戮甚多，其为人不可取，其诗词亦缺乏有价值的建树。也有人认为他虽然背叛自己的民族，但应把人品和诗品分开来，其诗作有一定的正能量，亦有一定的艺术品位。您是资深文论家、诗论家，我们很想听听您的意见，您能否就这个问题发表看法？

刘连（河北石家庄）

刘连诗友：

  来信提出一个值得认真探讨的问题。张弘范虽征战一生，却并非"只识弯弓射大雕"，这个人有一定的文化功底，除了领兵打仗，还会写诗。《元史》说他"善马槊，颇能为歌诗"。他死后，后人为他出了一本《淮阳集》，共收入诗一百二十篇，词三十首。到了清朝，这本书被收入皇家主编的"四库全书"。我只是读过《淮阳集》，他是否还有其他作品流传下来，我没有下功夫检索过，只能就《淮阳集》谈一点对张诗的粗浅看法。

一

评价一个人的创作，首先要看作品，但诗品离不开人品。特别是对于张弘范这样一个在历史上有过大影响的人物，不了解他的生平秉性，不了解他的所作所为，就很难深入理解他的作品。所以，我们还是先看看张氏是怎样一个人。

张弘范是河北定兴人，出生的时候，北宋已经灭亡。他父亲张柔、哥哥张弘略以及他本人在《元史》上都有传，他们都是元军的重要将领。张柔原来替金国效力，和元军打仗的时候被俘虏，从此投靠新主子，率全家为蒙古人东征西讨。元灭金后，父子三人都曾领兵攻打南宋。张弘范战功最大，地位最高，当过蒙古汉军都元帅，即统领汉族士兵的元帅。灭宋不久，张弘范就病死，被封为"淮阳王"。

张氏年轻的时候曾随蒙古亲王哈必赤赴山东讨伐李璮。李璮是一名降将，替蒙古人驻守山东，后来联络一些人背叛新主子，最终被元军剿灭。张弘范在这次征战中崭露头角，引起蒙古上层人物的注意。他有勇有谋，设埋伏大败李军。此后，他青云直上，官越做越大，军衔也越来越高。他几乎参加了灭宋的所有重大战役，从黄河打到淮水、汉水，从淮汉打到长江、钱塘江，最后打到珠江、南海。元军攻襄阳，久战不克，相持了六年。张弘范向主帅献策：把襄阳和樊城隔离开来。他提出，"襄樊相为唇齿，故不可破。若截江道断其援兵，水陆夹攻，樊必破矣。樊破，则襄阳何所恃"。主帅采纳他的建议，打了大胜仗，击溃宋军主力。张弘范也立了大功。攻陷杭州后，宋将张世杰等人在福建拥立赵昺为小皇帝，继续举起抗元兴宋的旗帜。此时，忽必烈把剿灭南宋残余势力的大任全部交给张弘范，任命他为大军"都帅"。有人提醒忽必烈，不要过分信任汉人，不要任命汉人为正职。忽必烈不为所动，坚决依靠张弘范完成灭宋大业。张也不辜负忽必烈的厚望，他和张世杰决战于广东崖山，那是一场规模空前的海战。张弘范用火攻，击溃宋军千余艘战船，陆秀夫负赵昺投海自杀，跟着投海者上万人，还有更多的人或被烧死，或中箭而死，或落水溺死。张世杰率残部撤往越南，遇大风全部葬身汪洋。打完这一仗，张弘范十分得意，在崖山之阳"勒石记功而还"，碑上刻着："张弘范灭宋于此。"后来，当地老百姓推倒此碑，换上一座新碑，刻上"陆秀夫投海处"。

文天祥的蒙难和张弘范有密切的关系。崖山海战前，文天祥带随从人员到广东与张世杰会合，不幸被张弘范抓住。张把他关押在一条船上，逼他写信向张世杰劝降。文天祥断然拒绝，写下著名的《过零丁洋》交给张和李恒（张弘范的副手）。《元史》说，张对文天祥很讲礼貌，"待以宾礼，送至京师"。这大约并非虚构。其实，不但张弘范，连忽必烈对文天祥都很讲礼貌，亲自接见他并进行劝降，许以相国之职。文天祥冷眼相对，最后慷慨赴死。文天祥不可能完成驱元兴宋大业，但如果不是张弘范抓住他并把他押送至京，也许他不会成为刀下之鬼。在南宋末年，文天祥和张弘范是对比鲜明的两个人物。他们都是文武双全，都给后人留下诗词。作为汉族的一员，一个为国尽忠，为民族尽责；一个助敌为虐，甘当异族入侵的鹰犬。《元史·张弘范传》为传主说了许多好话，但其中也有这样的描述："其众溃乱，追至城门，斩首万余级，自相蹂藉，溺死者过半。"他领兵杀死多少汉人，恐怕难以计数。张弘范是怎样一个人？观察其一生的所作所为，人们是不难做出判断的。

二

《淮阳集》中的一百五十首作品，有相当一部分是写风花雪月、草木山川的，这些诗大多抒发作者在征战之余的闲情逸致，作者并没有把他的政治立场铭刻到每一首作品中去。他具有驾驭诗词的能力。这些作品通顺流畅，具有一定的艺术品位，不过，也说不上出类拔萃。在我国古代诗廊中，这一类作品多不胜数。需要特别加以留意的，是集子中那些表现军旅生涯，展示作者人生志向的诗词。

张弘范是个有抱负，有强烈建功立业欲望的人。抱负、志向、功业，都不是抽象的，张弘范的抱负、志向是什么？从军十年后，他写下这样一首诗：

> 已着戎衣十载过，江南未了鬓先皤。
>
> 前生应欠路途债，今世故教离别多。
>
> 功业千年须好在，荣华一笑待如何。
>
> 几时得遂归耕志，高咏渊明岁暮歌。

他渴望着"功业"和"荣华"，并为已经取得的"功业"和"荣华"感到欣慰。但他的"功业"并未完成，因为"江南未了"也就是南宋尚未被灭亡。"鹏翼垂天今日志，马头洒泪故乡情。""等闲岁月过难再，牢落功名拙自伤。"他的志向、功业都在于为元灭宋。可以说，他毕生干的一件头等大事，几十年奋斗的目标，就是打败宋军，帮助蒙古人占领全中国。"龙潜北海收雷迹，豹隐南山养雾花。天产我材应有意，不成空使二毛华。"他踌躇满志，雄心勃勃。为什么这么执着、这么狂热？他在诗中写道："浮云暖日阴晴里，残梦春风富贵时。""此外谁无名利念，红尘千丈尽悠悠。"张弘范的追求看来很宏伟，其实，还是离不开富贵荣华。实现了灭宋大业，也就造就了个人的富贵荣华。他自比郭汾阳。郭子仪为李唐剿灭安禄山，张弘范为异族攻占自己的国家。这两者怎能相比？

每打一次大仗，张弘范几乎都要赋诗留念。他奉命征南，写了三首《木兰花慢》。"驾万里长风，高掀北海，直入南溟。""蛮烟瘴雾不须惊。整顿乾坤事了，归来虎拜龙庭。""纵马蹑重山，舟横沧海，戮虎诛鲸。笑入蛮烟瘴雾，看旌麾一举要澄清。仰报九重圣德，俯怜四海苍生。"围襄阳的时候，他写了一首《鹧鸪天》："铁甲珊珊渡汉江，南蛮犹自不归降。东西势列千层厚，南北军屯百万长。弓扣月，剑磨霜。征鞍遥日下襄阳。鬼门今日功劳了，好去临江醉一场。"他把南方同胞称为"南蛮"。江南的大好河山，在他眼里，竟成了"蛮烟瘴雾"，须要他用血与火去"澄清"。

"诗乃心声。"有的诗鲜明坦诚地展示心声，有的诗含蓄隐晦，有的诗是心灵的矫饰，是用来美化自己、欺骗读者的。张弘范没有掩饰自己的心灵，他倒是很"直率"，明白无误地表达了自己的爱憎和是非。他要灭"南蛮"，"诛群丑"，要"归来虎拜龙庭"，"仰报九重圣德"。他当然知道，自己是汉人，南方同胞并非蛮夷，也是炎黄子孙。他当然也知道，他要"拜"和"报"的是地地道道的异族侵略者。渡长江的时候，张在一首诗中写道："我军百万战袍红，尽是江南儿女血。"看来，他并不是不知道南征给中华儿女带来的沉重灾难。作为炎黄子孙，面对血流成河、尸堆如山，面对汉人被屠杀，他不可能完全无动于衷。但在张弘范那里，更重要的是自己的建功立业，为了功和业，他必须带兵杀伐。他为自己的军功感到自豪，甚至得意忘形。他的一首律诗写道：

百战归来气未松，紫泥又起作元戎。

楼船万舻三山外，塞马千群百粤中。

举目山川浑各异，伤心风景不相同。

明年事了朝天去，铜柱东边第一功。

张弘范的山水诗、咏物诗有相当一部分是抒发闲情，也有一部分是借景借物言志。后者和军旅诗一样，带有浓郁的战斗色彩，只不过表现得更为含蓄。譬如他的两首咏花草的诗：

怪来清晓霜如雪，一夜千林染猩血。

豪气如虹酒似川，直教醉脸红如叶。

——《红叶》

猩血谁教染绛囊，绿云堆里润生香。

游蜂错认枝头火，忙驾熏风过短墙。

——《榴花》

我国自古就有把红色和鲜血联系起来的传统，用血红隐喻志士和烈士的浴血奋战和流血牺牲，象征着坚贞和悲壮。张弘范不是在这个意义上写血红。他喜欢"猩血"，为"一夜千林染猩血"叫好，并从一片猩红中产生"豪气"。诗的真正内涵是什么？有人说，张弘范把他的霸气和杀气灌注在笔下的草木山川之中，借着草木炫耀自己血染河山的"武功"。我以为这个说法值得留意。张的诗词大多气势张扬，鲜有缠绵哀怨之声，也可以算是"豪放"。但这种"豪放"是长外敌之威风，灭汉人之志气。我以为是不可取的。

三

张弘范的诗词很有保留价值，因为它有着特殊的认识意义。在我国历史上，每当外敌入侵、民族危亡的时候，总会出现一批慷慨赴义的爱国志士，也会出现一些媚敌、通敌、事敌者。后者之中不乏舞文弄墨之徒，他们大多用诗文装扮自己，把自己写成"身在曹营心在汉"，甚至写成对祖国假拆真保。张弘范不是这样，他很坦率，言行一致，直言不讳，和盘端出自己的心迹。他就是要扫"蛮烟瘴雾"，拜元人之"龙庭"，报异族之"圣德"。因此，他的诗词有着特殊的认识价值，可以帮助人们具体了解中华民族的某种"另类"。要全面了解中华民族的精神发展史，就要既研究正面的东西，也研究反面的东西。要读岳飞的《满江红》、文天祥的《正气歌》，也要读一读张弘范这样比较"另类"的作品。要把两者对照起来读，才能更全面地了解什么是忠，什么是奸，什么是正，什么是邪。反面人物未必都是青面獠牙，有时也很温文尔雅。张弘范的诗词就很温文尔雅。当然，温文尔雅之中包含着某种杀气。

对人物和作品的评价，不可能一锤定音，必须展开讨论，充分发表各种不同意见。我所说的只是一家之言、一孔之见，仅供您和关心这个问题的诗友参考。不过我相信，在民族的大是大非面前，一切正义的中国人都是有共识的。信写得很长，耽误您的时间。不当之处，请予指谬。

伯农

2015 年 7 月

填词源流初探

一

　　填词始于何时？专家们的答案是大同小异的。文学史著作大多断言，曲子词萌生于隋唐。专家们一般都会引用古人的话，以证明这个论断的正确性："盖隋以来，今之所谓曲子者渐兴，至唐稍盛，今则繁声淫奏，殆不可数。"（北宋王灼《碧鸡漫志》）"粤自隋唐以来，声诗渐为长短句。"（南宋张炎《词源》）

　　作为一种具有严谨格律、以长短句为显著特征的诗体，这样的"词"确实萌生于隋唐。不过，我们要追问一句：什么叫填词？回答这个问题，必须考察诗歌与音乐的关系。诗歌与音乐的结合，大体有两种情况：一是先有词后配乐，二是先有曲后配词。后者一般被称为填词。著名词学家吴丈蜀说："词是一种和音乐有密切联系的文学形式，最初称为曲子词。在词的创始时期，是用来配合乐曲演唱的，先有乐曲，然后根据乐曲的长短、节奏填上词句，所以写词叫'倚声填词'。"他引用明朝徐师曾的话说："凡依已成曲谱作出歌词，便曰'填词'。填词行，而词之名始立。"（《词学概说》，中华书局2009年版，第3页）

　　填词离不开音乐。它成为一种经常性的创作活动，成为文艺园地中的一个重要品种，需要两个条件：一、产生了一批有固定曲式、句式、旋律、节奏的优美动听的曲子；二、这样的曲子可以离开歌词而独立存在，成为一种"曲牌"，并被不断地、广泛地配上多种多样的歌词。这些条件并非自古就有。考古学家告诉我们，早在文字诞生之前，我们的老祖宗就创造了诗歌。最初的诗歌和音乐舞蹈是紧密结合在一起的，它们都是"声依咏"。把语音拉长了，使它们动听悦耳，富有美感，富有音乐的韵律，这就产生了最初的歌曲。正如《礼记·乐记》所说的："故歌之为言也，长言之也。说之故言之，言之不足故长言之，长言之不足故嗟叹之，嗟叹之不足，故不知手之舞之，足之蹈之也。"《毛诗序》也说："诗者志之所之也，在心为志，发言为诗，情动于中而形于言。言之不足故嗟叹之，嗟叹之不足，故咏歌之，咏歌之不足，故不知手之舞之，足之蹈之也。"也就是说，早期的诗歌，都是先有词句，然后依之唱出调子，或者词与调同时脱口而出，不存在"倚声填词"这种现象。创造出具有固定曲式、句式、旋律、节奏的曲子，再依它来填词，这是长期文明进化的结果。那么，那种具有固定曲式、句式、旋律、节奏的曲子，也就是后人所说的"曲牌"，是什么时候在中华大地上降生的呢？从什么时候开始，人们经常拿固定的"曲牌"来填词呢？古代虽有不少关于诗乐的文字记载，但先秦时代没有乐谱，更不可能有录音制品。据杨荫浏教授考证，中国的乐谱产生于汉朝，叫"声曲折"。今见最早的乐谱，是南北朝古琴曲《碣石调幽兰》，唐人手抄谱，还是从日本传回来的，中原地区一度失传。所以，我们不可能从音响资料或古谱中寻求"曲牌"产生的轨迹，只能从相关文字资料中去窥探它的踪影。

二

我国有文字可考的诗歌，大家比较公认的早期作品，大约是《吴越春秋》所载的《弹歌》。专家考证，它大约产生于传说中黄帝那个年代，距今约五千年左右。从《弹歌》到"诗三百"的编定，经过了两千多年的时间，它的内容与形式不断发展变化，诗的音乐也在不断丰富、完善。最初的歌唱，依古籍所载，无非是把吟诵的语音拉长了，"长言之""嗟叹之""咏歌之"，使它富有音乐的韵律。上古诗歌每句的字数比较少，《弹歌》是二言；"百里奚，五羊皮"是三言为主；到了《诗经》，四言蔚然成风。这大约和"长言之""嗟叹之"有关系。每个字都要拉得比较长，那么每一句就容不得太多的字数，这样才不会显得拖沓。当然，古代除了"抒情歌曲"，也有劳动歌曲。像刘安在《淮南子》中记述的："今夫举大木者，前呼邪许，后亦应之，此举重劝力之歌也。"这一类歌曲节奏鲜明，铿锵有力，不可能像"抒情歌曲"那样舒缓。总之，上古时期的歌曲比较单纯，自由度很大，不可能出现旋律、节奏、句式、曲式都相当固定的"曲牌"，用来填词。正像王灼在《碧鸡漫志》中说的："古人初不定声律，因所感发为歌，而声律从之，唐虞禅代以来是也。余波至西汉末始绝。"

十五国风的出现，是古代歌曲的一大进步，标志着曲调的进一步定型化。所谓国风，指的是不同地区的民歌。每一个地区除了有特色鲜明的诗歌，更有独具特色的音乐。后者被称为"声"或"音"，如"秦声""郑声""郑卫之音"等等。由于地理条件、语音、文化积淀、民风民俗的不同，各地区的音乐异彩纷呈，它们虽然仍保留着"声依咏"的自由和随意，却有着本地区所特有的音乐腔调。它们已经不是单纯的"声依咏"，而是既依唱词而咏，又依一定的腔调而咏。古代的不少著作描述和评价了各地国风的不同音乐风格。秦国处于边陲地带，民风朴实剽悍。李斯在《谏逐客书》中写道："夫击瓮叩缶弹筝博髀而歌呼呜呜，快耳目者，真秦之声也。"郑国、卫国处于中原地区，文化发达，它的爱情歌曲委婉缠绵，陶醉了不少人。李斯说，"郑卫桑间，昭虞武象者，异国之乐也"，称赞它"快意""适观"。连魏文侯也说："吾端冕而听古乐，则唯恐卧，听郑卫之音，则不知倦。"（《礼记·乐记》）孔夫子对郑卫之音十分反感。他说："恶紫之夺朱也，恶郑声之乱雅乐也。"（《论语·阳货第十七》）"放郑声，远佞人，郑声淫，佞人殆。"（《论语·卫灵公第十五》）孔子的学生子夏和老师一个调门："郑音好滥淫志，宋音燕女溺志，卫音趣数烦志，齐音敖辟骄志……"（《礼记·乐记》）后人对孔子删诗之说多有质疑，他未必是《诗经》的编辑者，但肯定是它的强有力推崇者和推广者。一百六十首国风中有二十一首郑风，数量居十五国之首。为什么孔夫子一方面大力推崇《诗经》，一方面又猛力否定"郑声"？孔子周游列国，亲耳听过"原生态"的"郑声""郑卫之音"。他否定的是音乐，不是诗文。儒家一派人推崇"先王之乐"，不喜欢新声。郑卫之音大约包含着不少新的音乐元素，受到孔夫子等人的抨击，是不足为怪的。

在《诗经》中，有相当数量的"分节歌"。这一点十分值得留意。所谓分节歌，就是一首诗有好几个句数、字数完全相同的段子，每一个段子叫一节。它意味着用相同的音乐配好几段歌词。这就和"填词"有某种相通之处。当然，它还不是真正的"填词"，因为虽然用一个曲子配好几段歌词，却没有形成独立于诗文之外不断被人填词的曲牌。杨荫浏先生在他的名著《中国古代音乐史稿》中专门举了《周南》中的《桃夭》，提醒读者注意这一现象：

　　桃之夭夭，灼灼其华。

　　之子于归，宜其室家。

　　桃之夭夭，有蕡其实。

　　之子于归，宜其家室。

　　桃之夭夭，其叶蓁蓁。

　　之子于归，宜其家人。

　　在反映《诗经》那个年代文艺生活的文字资料中，有诗歌篇目名字的记载（如《关雎》《葛覃》《卷耳》《柏舟》《绿衣》《燕燕》），有大型乐舞篇名的记载（如黄帝的乐舞叫《云门》、尧曰《咸池》、舜曰《箫韶》、禹曰《大夏》、汤曰《大濩》、武曰《大武》），却罕见歌曲曲名的记载。这从一个侧面说明了，在《诗经》那个时代，"声依咏"还是强大的社会习惯，有固定曲式、句式、旋律、节奏的曲子还处在逐步萌生、成长的过程中，还没有成为普遍的艺术现象。古籍记载了先秦的好几位杰出歌者，如秦青、韩娥、王豹等，都只讲他们的声音如何亮丽挺拔，"响遏行云""绕梁三日"，都没有提到唱什么曲子，有什么代表性的演唱曲目。荆轲别燕丹赴秦国行刺时，在易水边慷慨高歌。《史记》转录《战国策》的话，是这么描写的："高渐离击筑，荆轲和而歌，为变徵之声，士皆垂涕泣。又前而歌曰，风萧萧兮易水寒，壮士一去兮不复还。复为羽声慷慨，士皆瞋目，发尽上指冠。"为什么讲先"为变徵之声"，"复为羽声"，难道只唱这两个音？这是不可能的，因为只有这两个音根本构不成曲调。笔者以为，叙述者之所以只强调变徵和羽两个音，是因为在这两个高音上声音拉得很长，给人印象很深刻。可以想象到，亮高音，拉长高音，大概是当时很重要的一种出彩办法。荆轲是即兴而唱，脑子中来了词就脱口唱出调子。荆轲唱《易水歌》不是很特殊的个案，当时许多诗歌的演唱都像荆轲这个样子。不但唱歌，先秦的器乐有不少也是即兴演奏，不一定有什么现成的乐曲。譬如俞伯牙和钟子期的故事，流传千古，不少人以为俞伯牙奏的是琴曲《高山流水》。其实，《列子·汤问》是这么记载的："伯牙善鼓琴，钟子期善听。伯牙鼓琴，志在高山，钟子期曰：'善哉，峨峨兮若泰山'；志在流水，钟子期曰：'善哉，洋洋兮若江河。'伯牙所念，钟子期必得之。"古籍讲得很清楚，俞伯牙弹琴，心中想到高山，用手指拨动琴弦，把这种情致表达出来，钟子期马上领悟到，这是表现高山。"志在流水"的时候也是如此。先秦并没有《高山流水》这个曲目，琴曲、筝曲《高山流水》《流水》是后人根据古代传说创造出来的。俞伯牙即兴奏出自己的内心感受，钟子期能够悟出演奏的内涵，所以很了不起。如果钟子期只是听出了曲目，那么他充其量只能算是一个内行，怎么能算得上千古难遇的知音！

那么，那种有固定曲式、句式、旋律、节奏，并被后人用来填词的曲子或曲牌，在历史上是什么时候出现的？晋代崔豹《古今注》中有这样一段记载："《杞梁妻》者，杞殖妻妹朝日之所作也。殖战死，妻曰：'上则无父，中则无夫，下则无子，人生之苦至矣！'乃抗声长哭。杞都城感之而颓，遂投水而死。其妹悲姊之贞，乃为作歌名曰《杞梁妻》焉。梁，殖之字也。"（《乐府诗集》

卷七十三）这是孟姜女故事的前身。说的是春秋的时候，齐庄公伐莒，杞植战死，其妻到莒城抚尸痛哭，声感天地，居然把城墙哭崩了，女主人公随即投水自杀。其妹为纪念亲姊姊，写了一首歌叫《杞梁妻》。《琴操》则说，杞妻哭的声音很有艺术魅力，犹如一首歌，被当时的人记下来，就叫《杞梁妻》。这是一段很难得的关于歌曲创作的记载，《杞梁妻》则是很古老的被文字记载下来的古代歌曲名字。齐庄公伐莒是历史上的实事。杞梁妻哭夫之事在《孟子·告子下》和《礼记·檀弓下》中皆有记载。当然，哭崩城墙是艺术想象和虚构的产物。郭茂倩编的《乐府诗集》，收录两首《杞梁妻》：一首是南北朝时期吴迈远写的，讲的是齐庄公伐莒，杞梁战死的故事；另一首是唐朝僧人贯休写的，讲的是秦皇无道，孟姜女哭长城。吴迈远、贯休的《杞梁妻》，是否就是依据一千年前的曲调填词？笔者对这个问题不敢妄下断语，但女子哭丧出好音，产生了动听的歌曲，这在多种著作中都有记载。汉乐府《箜篌引》、六朝乐府《丁督护歌》，其曲调来源也是女性的哀哭。与其说，《箜篌引》和《丁督护歌》受"杞梁"传说的影响，不如说是来源于生活的真实。春秋战国时期，我国已经有了优倡，专门从事歌舞杂戏表演，文艺水平相当可观。当时善哭善歌的女子，在情绪激动的时候哼出新声，创造出传世之曲，这应是合情合理的事情。

《昭明文选》收录的《宋玉对楚王问》中有这样一段记载：

客有歌于郢中者，其始曰《下里巴人》，国中属而和者数千人。其为《阳阿》《薤露》，国中属而和者数百人。其为《阳春》《白雪》，国中属而和者，不过数十人。引商刻羽，杂以流徵，国中属而和者，不过数人而已。是其曲弥高，其和弥寡。

　　这是在历史上影响很大的一段话。宋玉这篇文章记述楚国郢都的一场群众歌咏活动，他用这个事例说明"曲高和寡"这个大道理，却无意中透露出关于歌曲音乐的重要信息。当时在楚地，已经有不少具有曲调专名的歌曲，经常在公众场合展示。所谓曲高，不是指文字特别深奥，语言特别难懂，而是指音乐比较复杂，唱起来有一定的难度。所谓"和"，不是指你写一首诗，我和一首诗，而是指跟着唱。宋玉在文中列举的《下里巴人》《薤露》《阳阿》《阳春》《白雪》等，都是曲名。"引商刻羽，杂以流徵"不像歌名，但指的也是音乐。《下里巴人》《阳阿》和《薤露》都是丧葬歌曲。《阳春》《白雪》是难度很高的歌曲，后来它的曲调被器乐所采用，古琴、琵琶曲中都有《阳春白雪》。《薤露》则是流传很久、很广的葬歌。西汉时，李延年把此曲分为两首：《薤露》和《蒿里》。古籍记载，秦汉之际田横自尽时，随行的壮士曾唱《薤露》为其送行。有人认为《薤露》始于田横。其实，田横一干人不是首创者，只是传唱者。宋玉生于约公元前290年，死于约公元前223年，他去世两年后秦始皇统一中国。宋玉在世的时候，郢地已盛传《薤露》。歌者在公众场合演唱时，和者达数百人。过了二三十年，田横一行的齐国人也共唱此歌，可见它在当时就具有很高很广的流行度。郭茂倩编的《乐府诗集》，把《薤露》列入"相和歌辞"，共收入同调的四首诗，一为古词，另三首分别为汉魏曹操、曹植，晋代张骏所作。《薤露》这首歌战国时期就有了，一直到魏晋还有人拿它填词，兴许它可算是我国最早的填词曲目之一。

　　诗歌产生于民间，歌曲产生于民间，填词也发端于民间。当民间歌曲发展到一定阶段，出现了有固定曲式、句式、旋律、节奏的优美歌曲时，人们就会珍重这一精神产品，不断地用它配上新词，唱出自己的喜怒哀乐、生老病死。有了民间的填词，随后才有文人墨客的填词。把好听的曲调填上优美的词句，给予传唱，这本来是一件很自然、很普通的事情。

三

乐府诗开辟了我国诗歌的一个崭新时代。那么，从《诗经》《楚辞》到乐府，诗与曲的关系有什么重大新变化？

乐府原是官方音乐机构的名称。考古资料告诉人们，秦朝已有乐府，但秦乐府除了留下名称，没有留下什么具体资料。汉武帝刘彻创立乐府。《汉书·礼乐志》说："至武帝定郊祀之礼……乃立乐府采诗夜诵，有赵代秦楚之讴。以李延年为协律都尉，多举司马相如等数十人造为诗赋，略论律吕，以合八音之调，作十九章之歌。"乐府既负责收集各地的诗乐作品，也负责创作和表演，李延年等人就经常为司马相如等人的诗赋配上新声。它收集的大约也不仅是"赵代秦楚之讴"，涉及的地域大约比《诗经》时代的十五国还要广，张骞就从西域带回了异邦之乐。乐府的职能是为朝廷、宫廷的庆典活动、娱乐活动服务，为它们提供诗乐表演和乐舞表演。繁盛的时候，这个机构"盖有千人"。起初，人们把乐府所收集、创作、演出的诗乐统称为乐府。后来，北宋郭茂倩编辑大型诗歌作品集《乐府诗集》，网罗了从两汉一直到唐代的大批能入乐的诗歌作品。后人一般用"乐府"作为两汉魏晋南北朝入乐之诗的总称，既包括民歌，也包括文人诗。

本文在上面说到，《诗经》时代有关于诗章篇名的记载，有关于大型歌舞篇名的记载，却鲜有关于歌曲篇名的记载。查看当时的文字资料，笔者以为，当时的歌曲带有较大的自由度和即兴性。歌者心中有了词句，根据一定的音乐腔调，即可随口唱出。所以叫"声依咏"。两汉以后，出现了大量有固定曲式、句式、旋律、节奏的曲子，它们中的优秀成果一旦问世，就会广泛流传、长期流传，被人填上多种多样的唱词而四处传唱，并在传唱的过程中不断修改提高，不断臻于完美。这种优美的旋律被称为曲子，后来就成为曲牌。乐府和《诗经》比较起来，不仅是从四言为主变为五言为主。从"声依咏"到依调而唱，从自由度和即兴性很大的吟唱到曲子、曲牌的出现，是了不起的大进步，是歌曲艺术的一个历史性的飞跃。由于古代没有留下音响资料，这种飞跃从文字上是很难看出来的，无非是从四言到五言，再加上一些三言、六言、七言、杂言。但就是这些五言、三言、六言、七言、杂言诗，它的音乐比起先秦时期来，却要丰富、细致得多。

研究乐府的学者早就发现，乐府诗中有一个很有趣的现象，不少题目被许多诗家反复做，甚至不同时代的人都在做。有的诗和题目的含义是相吻合的，不少诗歌存在着文不对题的现象，更有南辕北辙，诗的内容和题目毫不相干者。怎么解释这种现象？产生这种现象，光从文本去考察，是解释不清楚的。从诗与音乐的关系去考察，问题就会迎刃而解。一个优美的曲调总是伴随着生动的歌词而产生。最初，人们以歌词的主要内涵或头一句词作为该歌的题目。慢慢地，曲调相对独立了，人们不断地拿它填新词，但仍以最初的名称作为该曲的题目。有的填词者填一些与原曲内容相近的词句，作为原曲的进一步发挥。也有人只是看重曲牌的音乐，填上自己对生活的新感受，只要唱起来顺口，曲和词能够和谐地结合在一起，可以完全不考虑原来的题目是什么内涵。这就出现了题目与诗义分道扬镳的有趣现象。乐府诗中有大量"乐府旧题"，直到唐朝，仍有大量诗家采用这些"旧题"来写诗，李白就是写得很多的一位作者。后世诗人以前朝之旧题抒今人之情致，难免继续出现诗题与诗义大相径庭的现象。隋唐以后的长短句，仍然大量存在这种现象。可以说，题目与诗义的二元并存，是填词作品的共同特征。就填词作品来讲，所谓题，不是命题作文的题，乃是曲调的名称。所以到了宋朝，填词者常常在调名后面加一段"小序"以概括词的内容。今人普遍为长短句标上两个题目，如《忆秦娥·娄山关》《沁园春·雪》《蝶恋花·答李淑一》，前者为调名，后者为诗名。著名学者王运熙在《略谈乐府诗的曲名本事与思想内容的关系》一文中写道："古人大率由词而制调，故命名多属本意，后人因调而填词，故赋寄率离原词。""初期词作，往往内容与词调名称吻合，后人因调填词，内容发生变化，常常离开原题的意思。这种现象也见于乐府诗。词亦名乐府，其体制承受汉魏六朝乐府诗的不少影响。这种现象其实也是沿袭了乐府诗的传统。"（《乐府诗述论》，上海古籍出版社2014年版，第323页）王先生是研究这一问题的先行者，他的这些精辟论断对于理解我国古代诗歌中的填词问题很有启发意义。

在两汉以来的乐府诗中，有不少同题诗，即用同一标题写不同内涵的诗。像《箜篌引》《董逃行》《薤露》《蒿里》《豫章行》《步出夏门行》《野里黄雀行》《折杨柳行》《上留田行》《雁门太守行》《梁甫吟》，等等。《乐府诗集》等古籍中附有这些诗的题解，有的题解还叙述了该诗曲调的来源。今人的不少著作已对此作了阐发。我们在这里举几个例子。

《箜篌引》。"朝鲜津卒霍里子高妻丽玉所作也。子高晨起刺船，有一白首狂夫，被发提壶，乱流而渡。其妻随而止之，不及，遂堕河而死。于是援箜篌而歌曰：'公无渡河，公竟渡河，堕河而死，将奈公何！'声甚凄怆。曲终，亦投河而死。子高还以语丽玉。丽玉伤之，乃引箜篌而写其声，闻者莫不堕泪饮泣。丽玉以其声传邻女丽容，名曰'箜篌引'。"（《乐府诗集》卷二十六）《箜篌引》是"相和歌辞"，亦名"公无渡河"，后者取自原创歌词的头四个字。郭茂倩引崔豹《古今注》中的话讲得很清楚，这是一首悲歌，作者是一位女性，叫丽玉。丽玉大概算不得纯粹的"原创者"，她听丈夫摹唱老婆婆的悲歌，"声甚凄怆"，深受感动，于是"引箜篌"而写其声，并把这首歌传授给她的一位邻居。这样，《箜篌引》这首新歌才传唱开来。由于故事动人，曲调大约也很有感染力，不但民间有不少人以此调填词，还有不少诗词家以此题赋诗。梁代刘孝威，唐代李白、王建、李贺、温庭筠等，都留下各自填写的《箜篌引》。这些名家的作品和老夫妻投水有一定的联系，但各有各的内涵，和箜篌则相去甚远。

《有所思》。汉铙歌十八曲之一。铙歌是军乐，但十八曲中有不少篇章和军旅的内容无关。《有所思》是爱情歌曲："有所思，乃在大海南。何用问遗君，双珠玳瑁簪，用玉绍缭之。闻君有他心，拉杂摧烧之。摧烧之，当风扬其灰。从今以往，勿复相思，相思与君绝……"它表现了女子对爱情的坚贞以及被抛弃之后的决绝之情。同样是表现爱情的还有铙歌中的另一首《上邪》，全篇都是爱情的誓言。为什么军乐居然不表现军旅生活，大唱爱情？大约是把民歌整首拿过来，用它的曲调填上军旅内容的歌词，但军旅之词没留传下来，却留下原始的民歌。王运熙先生说："《巫山高》

《有所思》《上邪》三曲歌词，疑本系赵代秦楚之讴一类，为短箫铙歌所借用。"（《乐府诗论述》）这个意见很有参考价值。梁武帝、梁简文帝、昭明太子、陈后主、谢朓、庾信等人都以《有所思》为题填过词，内容仍与爱情有关，但已与绝交无涉。南朝何承天则用《有所思》表现孝道："有所思，思昔人，曾闵二子善养亲。和颜色，奉昏晨，至诚烝烝通明神。"三言五言交错，和汉铙歌中的原曲在节奏上是很相近的。

《薤露》。"《薤露》《蒿里》，泣丧歌也，本出田横门人。横自杀，门人伤之，为作悲歌，言人命奄忽，如薤上之露易晞灭也。亦谓人死魂魄归于蒿里。至汉武帝时，李延年分为二曲，《薤露》送王公贵人，《蒿里》送士大夫庶人。使挽柩者歌之，亦谓之挽歌。""乐府解题曰，《左传》云，齐将与吴战于艾陵，公孙夏命其徒歌《虞殡》。杜预云，送死。《薤露》歌即丧歌，不自田横始也。"（《乐府诗集》卷二十七）《薤露》是十分古老的歌曲。郭茂倩介绍了两种说法，一是始自田横门人，一是春秋的时候就有了此歌。我们在前面说过，宋玉在《对楚王问》中描述楚地歌唱盛会时曾列举了《薤露》这首歌。一旦歌声响起，和者达数百人，可见它在当时已有很高的普及度。按照郭茂倩引崔豹的说法，《薤露》在汉武帝的时候被李延年一分为二，成为两首歌曲，一首叫《薤露》，一首叫《蒿里》，都是用来送葬的，但送的规格不一样。汉末的曹操、曹植，晋的陆机、陶潜，南北朝的鲍照、庾信，唐的李白、白居易，都以《薤露》为题写过诗。有的与殡葬有关，有的远离此题。曹操的《蒿里》是传诵千古的名篇："关东有义士，兴兵讨群凶。初期会盟津，乃心在咸阳……"这首诗回顾了共讨董卓的难忘往事，谴责了争权夺利的各路诸侯，发出了感人肺腑的历史感慨。它已不是什么挽歌，而是地地道道的咏史诗。

从魏晋进入南北朝，我国的社会格局发生重大变化。随着北方少数民族入主中原，民族融合迅速加剧，文化交融也进一步深化。随着大批汉人南渡，江南、岭南得到进一步开发，长江流域继黄河流域之后，成为中华文化的又一个中枢之地。这个时期，歌曲艺术继续发展，继续出现了许多反映生活新面貌的优美新曲子。如《子夜歌》《懊侬歌》《丁督护歌》《团扇子》《杨叛儿》《女儿子》《华山畿》《乌夜啼》等等。它们和前朝的优秀曲子一样，在流传的过程中不断被人们加以再创造，填上各种各样与曲调相适应的新词。当时，有两类新兴的歌曲品种特别引人注目，一是吴声，一是西曲。吴声约产生于晋末，流行于长江下游一带。西曲比之稍晚一些，流行于长江中游一带。这两类绝大多数是歌颂爱情的五言短制。

在南朝歌曲中，最负盛名的无疑是《子夜歌》。郭茂倩在《乐府诗集》中引用前人的论述介绍此歌："《子夜歌》者，晋曲也。晋有女子名子夜，造此声。""晋孝武太元中，琅琊王轲之家，有鬼歌《子夜》。""后人更为四时行乐之词，谓之《子夜四时歌》。又有《大子夜歌》《子夜警歌》《子夜变歌》，皆曲之变也。"（《乐府诗集》卷四十四）《乐府诗集》载《子夜歌》四十二首、《子夜四时歌》七十五首、《大子夜歌》二首、《子夜警歌》二首、《子夜变歌》三首，都是民间无名氏之作，一律五言四句。另载有梁武帝、唐代王翰、李白、崔国辅、陆龟蒙等人的同题诗，亦为五言四句，唯李白的四首《子夜四时歌》为五言六句。《子夜歌》以女子的口吻写爱情，抒发对恋人的思念。到了《子夜四时歌》等，内容就扩大了，有写景物节气的，有写人物故事的。《子夜歌》很动听，同时代人称赞道："歌谣数百种，子夜最可怜。慷慨吐清音，明转出天然。"它不但被填上多种内容的歌词而广泛传唱，它的音乐在流传中也发生种种变异。所谓"四时歌""警歌""变歌"，都是在曲调和唱法上有所翻新——当然，是在保留原曲音乐基调上的翻新。这首曲子直到唐、五代还在传唱，还被不断地填上新词。晚唐韦庄有诗云："昔年曾向五陵游，子夜歌清月满楼。"可见这支曲子有多么强大的生命力。

如果说，南朝的吴声、西曲保留有浓郁的汉族文化韵味，那么北方的歌曲则彰显出深深的胡汉文化交流的印记。我们不妨看看当时很流行的一首歌曲——《折杨柳歌》。此曲原是汉代的"鼓吹曲"，是当时的军乐，曲调从西域引进。从汉到唐，这首歌不断被翻唱，不断被配上新词。《乐府诗集》在"梁鼓角横吹曲"这一栏目刊登了这首歌的歌词，内中有征战的内容，也有爱情的内容，已不是纯粹的军歌。"遥看孟津河，杨柳郁婆娑。我是虏家儿，不解汉儿歌。"这样的词句显示出，它本是胡人唱的歌，但已译成汉语，而且改成汉人所习惯的五言。魏晋以降，以"折杨柳枝"为题填写的歌章多不胜数。齐梁期间，西曲中出现了《月节折杨柳歌》，内容已与军旅生活脱离关系，唱一年十二月，加上闰月，共十三首。可见此曲已在南方流传生根。魏文帝、梁元帝、陈后主，都以此题填过词。陈后主善于写宫体诗，他的《折杨柳歌》带有浓郁的脂粉味，和军旅生活相去十万八千里。至晚到了唐朝，笛曲中已有《折杨柳》。王之涣的"羌笛何须怨杨柳，春风不度玉门关"及李白的"此夜曲中闻折柳，何人不起故园情"，都是人们耳熟能详的名句。白居易说："古歌旧曲君休听，听取新翻杨柳枝。"刘禹锡也说："请君莫奏前朝曲，听唱新翻杨柳枝。"看来，它仍继续被人传唱、翻唱。郭茂倩引唐代薛能的话说，白居易诗中"杨柳枝者，古题所谓折杨柳也"（《乐府诗集》卷八十一）。

几代乐府诗，都受少数民族诗乐的深刻影响，《乐府诗集》中有大量少数民族诗歌。汉朝初年，李延年就以善于吸收胡乐造新声而著称。中国民族器乐中的重要品种如笛子、胡琴、琵琶，都是汉以后从羌人、胡人那里传过来的。可以说，一部乐府诗，是华夏各族同胞共同创造的辉煌成果。少数民族音乐给华夏歌曲输入新鲜血液，为填词这门艺术提供了丰富的音乐养料。

通过以上的叙述，我们可以看到，两汉以后，"声依咏"仍在继续，同时，"倚声填词"已成为很普遍的艺术行为。不论民间创作还是文人创作，都有大量倚声之作。《世说新语·排调篇》载，晋武帝司马炎问已投降的原吴国君主孙皓："'闻南人好作《尔汝歌》，颇能为不？'皓正饮酒，因举觞劝帝而言曰：'昔与汝为邻，今与汝为臣。上汝一杯酒，令汝万寿春。'帝悔之。"孙皓并不是才华横溢的诗家，连他这样的"末代皇帝"都能随口填曲，可见填词在当时已蔚然成风。当然，汉魏六朝时的填词和隋唐以后的填词有很大区别：

一、后者以长短句为明显特征，前者绝大多数是齐言，以五言为主。当然，也有长短句。譬如汉鼓吹曲中的《上邪》，就是典型的长短句："上邪，我欲与君相知，长命无绝衰。山无陵，江水为竭，冬雷震震，夏雨雪，天地合，乃敢与君绝。"有二言、三言、四言、五言、六言，基本上没有字数相同的句子。

二、后者有严谨的格律，前者在句数、字数、平仄、押韵上，没有那么严格的限制。有不少歌曲还是歌行体，即有两句或四句相对固定的曲调，可以反复滚动，配上句子或多或少的歌词。

四

魏晋南北朝之后，词登上了历史舞台。张炎在《词源》中说："粤自隋唐以来，声诗渐为长短句。"请注意，张炎讲的是"声诗"逐渐变成长短句，不是说"声诗"始于隋唐。"倚声填词"是很古老的艺术行为。同样是"倚声填词"，词和乐府就很不一样。我们在上面说过，二者的区别主要有两点：

一、词以长短句为显著特征，在上千种词牌中，有少量齐言或近于齐言。如《一片子》是五言、《三台令》是六言、《竹枝》《杨柳枝》是七言四句、《浣溪沙》是七言六句（上下阕各三句）。但这是极少数。句式参差不齐是词的艺术追求，所以它又称长短句。辛弃疾的词集就叫《稼轩长短句》。

二、词有严谨的格律，每一首词牌，对句数、字数、平仄、押韵，都有严格的限制，所谓"调有定格，字有定数，韵有定声"。虽然有"摊破""减字"等，但写作者只能按照词谱去"摊破""减字"，不能任意增减字数。词律受近体诗的影响很深，基本上是参照近体诗的规范建立起来的。著名语言学家王力说："词韵、词的平仄和对仗都是从律诗的基础上加以变化的。因此，要研究词，最好是先研究律诗。律诗研究好了，词就容易懂了。"（《诗词格律》，中华书局2000年版，第132页）

笔者有一个建议：能否把作为一种新诗体的词称为近体词？欧阳修就把唐宋词称为"近体乐府"。倚声填词这种现象两汉以来就有，不论齐言还是长短句，不论格律严还是格律宽，作为歌词，它们都是词。近体词只是歌词中的一种，是以长短句和严谨格律为特征的一种词。它和近体诗大致是前后脚登上历史舞台的。魏晋南北朝以来，一个是四声的发现，以"永明体"为代表的格律诗的兴起，一个是七言诗的大量涌现，促进了近体诗的诞生，也对近体词的问世起了催生作用。当然，近体诗的形式到了盛唐就成熟、定型了，杜诗是近体诗定型的标志物。词在形式上的成熟、定型则要晚得多，到了宋朝，张先、欧阳修，特别是柳永等人创造了慢词，苏轼、周邦彦、辛弃疾等人对词的内容与形式作了重要的新开拓，它才在形式上走向成熟、定型。

在近体词的词谱中，有不少乐府旧题。如《乌夜啼》《风入松》《玉树后庭花》《长相思》《将进酒》《柘枝词》《子夜歌》《子夜四时歌》，等等。能不能因此就把词的诞生时间往前提，断言乐府时代就有了近体词？是的，词谱中确有一些乐府旧题。《乌夜啼》是乐府清商乐，进入词谱，就成了五言绝句。《子夜歌》是五言四句，《子夜四时歌》是五言六句,《柘枝词》是五言八句。《杨柳枝》是从铙歌《折杨柳歌》转化来的，原是五言，白居易的时候，曲调有了翻新，从五言变成七言。上述这些曲牌虽然来自乐府，但不具备近体词的基本特征，和五言、七言诗没有什么区别。大概因为同是倚声填词，在当时又很流行，所以前人就把它们纳入词谱。被纳入词谱的还有《竹枝词》。据刘毓盘、王运熙等名家考证,《竹枝词》源于晋朝的《女儿子》。自唐人顾况、刘禹锡等人把它引入文人诗后，一千多年来，写《竹枝词》的人多不胜数，古今以《竹枝词》为题的诗不下十万首。我以为，它是介于绝句和民歌之间的一种七言诗，如果要归类，应归于诗。即便归于词，也是词之另类。近体词中有一定数量的乐府旧题，这说明前者和后者有传承关系，但二者的区别还是明显的，无须把后者看作近体词的同类。

近体词的诞生，它的创始者是哪一位，首先问世的作品是哪一首？回答这个问题，必须从文学和音乐两个方面进行考察。

一百多年前，从甘肃敦煌发现了尘封千余年的手抄本，有变文、曲子词、词和琵琶的乐谱，等等。专家考证，大约是唐、五代的手抄本。词的乐谱可以追溯到唐，唐之前，尚无具体的音乐资料可聆听。从文学方面考察，前人已经做了许多工作，其代表性的意见主要有两种。一种认为始于梁武帝萧衍的《江南弄》，一种认为始于隋炀帝杨广的《纪辽东》。我们看看这两首作品：

众花杂色满上林，
舒芳曜彩垂轻阴，
连手蹀躞舞春心。
舞春心，临岁腴。
中人望，独踟蹰。

—— 萧衍《江南弄》

辽东海北剪长鲸，
风云万里清。
方当销锋散马牛，
旋师宴镐京。
前歌后舞振军威，
饮至解戎衣。
判不徒行万里去，
空道五原行。

—— 杨广《纪辽东》

前一首以三言和七言、后一首以七言和五言组成规整的长短句，虽然格律不算十分严谨，但已经有了明显的格律意识。可以说，它们都初步具有近体词的特征。吴丈蜀先生说："与梁武帝同时的沈约也写了四篇《江南弄》，诗式和用韵的情况与梁武帝所作全部相同，已达到'调有定格，字有定数，韵有定声'的标准。""除了梁武帝、沈约的作品……还有当时和稍后的陶弘景写的《寒夜怨》、陆琼写的《饮酒乐》、徐陵写的《长相思》、僧法云写的《三洲歌》和徐勉写的《送客曲》等，都是字字定句的作品，已具备词的形式。"吴先生同时指出："虽然梁武帝等人的诗已具备词的形式，但还不能认为是严格的词……作品从声律上要求还不完善。"（《词学概说》，第8-9页）

近体词的出现，是一个逐渐成熟、逐渐完备的过程。从怀胎到分娩到长大成人，要经历漫长的时光。哪一位诗人，哪一首作品也起不了独自开创新天地的作用。齐梁时期，沈约、谢朓等人讲究四声，倡导格律诗，推出了"永明体"，不但直接带动了齐言诗的写作，也深深影响了杂言诗的写作，这就促进了近体词的出现。当然，不论隋还是齐、梁、陈，近体词还处在酝酿、萌生阶段，它的真正成熟、定型，要到唐宋。

为什么会出现长短句，它是怎么演变、创造出来的？前人对此作出种种解释。北宋沈括、南宋朱熹都认为，长短句是从齐言诗演变出来的，齐言诗有衬字，后来人们在衬字那里填上实词，就变成了长短句。朱熹在《朱子语类》中说："古乐府只是诗中间添却许多泛声，后来人怕失了那泛声，逐一声添个实字，遂成长短句，今曲子便是。"

确有不少长短句是从五言、七言诗演变过来的。王维的《渭城曲》是七言绝句，琴曲演唱时加了许多衬字，后来就演变成词牌《阳关曲》。《竹枝词》是古老的民间歌曲，原有"竹枝""女儿"等衬字，去掉衬字后仍然是七言，并没演变为长短句。词的调子很多，成因是复杂的，从齐言歌曲演变过来，是诸多路子中的一条重要途径，并不是唯一途径。清初印行的《词律》，收入六百六十个词调，一千八百八十余种诗体。稍晚编定的《钦定词谱》，收入八百二十个词调，两千零六种诗体。今人潘慎、秋枫编著，2005年出版的《中华词律辞典》，收入两千五百六十六个词调，四千一百八十六种诗体。这么多的词牌，产生的途径是十分多样的。词调的来源，大约有下列几个方面：

一、前朝流传下来和本朝流行的民间歌曲。

二、唐教坊中的曲牌。据唐代崔令钦《教坊记》所载，天宝、开元年间有曲牌三百二十四种，它们多数被用来填词。

三、边疆或邻国传来的他邦之乐，主要是西域诸国的音乐。

四、乐工、歌女及有名有姓的作曲者创造出来的新曲谱。

不论什么曲调，一旦被用来填词，都要经历一个磨合、调配、再创造的过程。在这个过程中，乐工、歌女起很大作用。当然，作曲家的作用是更突出的。宋朝的刘几、柳永、周邦彦、姜夔、吴文英，都是词曲领域的作曲能手。周邦彦不但是优秀词作家，还是大晟乐府的高级官员。柳永"善为歌辞，教坊乐工每得新腔，必求永为辞，始行于世"（叶梦得《避暑录话》）。柳永创造的慢调有一百多种。他不但文采飞扬，也是音乐的行家，经常和乐工、歌女一起推敲新声。姜夔善于"自度曲"，他留下的十七首"白石道人歌曲"，是我国艺术史上弥足珍贵的音乐文献。他在《长亭怨慢》序中说："予颇喜自制曲，初率意为长短句，然后协以律，故前后阕多不同。"正像他自己讲的，"自制曲"时他先写词句，然后撰出乐曲，并非都是"倚声填词"。

词刚出现的时候，多是短制，人们把它称作"诗余"。如果说，诗是用来"言志"的话，那么词无非是"言志"之余的一些小情致、小景致，内容更生活化，形式更活泼自由，语言更口语化。隋唐的词多为短制。随后，它的内容一步步拓展，篇幅也一步步扩大。出现了短调、中调、长调竞相争艳的局面。我们以人们常见的《浪淘沙》为例，看看同一个曲牌，怎样从小令逐步演变成慢词：

九曲黄河万里沙，浪淘风簸自天涯。

如今直上银河去，同到牵牛织女家。

—— 刘禹锡《浪淘沙词》九首之一

往事只堪哀，对景难排。秋风庭院藓侵阶。一桁珠帘闲不卷，终日谁来。　金剑已沉埋，壮气蒿莱。晚凉天净月华开。想得玉楼瑶殿影，空照秦淮。

—— 李煜《浪淘沙》

梦觉、透窗风一线，寒灯吹息。那堪酒醒，又闻空阶，夜雨频滴。嗟因循、久作天涯客。负佳人、几许盟言，更忍把、从前欢会，陡顿翻成忧戚。　愁极。再三追思，洞房深处，几度饮散歌阑。香暖鸳鸯被，岂暂时疏散，费伊心力。殢雨尤云，有万般千种，相怜相惜。到如今，天长漏永，无端自家疏隔。知何时、却拥秦云态，愿低帏昵枕，轻轻细说与，江乡夜夜，数寒更思忆。

—— 柳永《浪淘沙慢》

《浪淘沙》是唐教坊的一个曲牌。从刘禹锡到李煜再到柳永，前后经过二百多年的时间。这首曲牌的变化，可以说是近体词变化的一个缩影。第一首是四句二十八字齐言诗，第二首是上下阕五十四字长短句，第三首是上下阕一百三十三字慢词。王国维说，"词至李后主而眼界始大"，他把家国情怀注入长短句。词到苏、辛境界更大。可以说，到了苏东坡和辛弃疾，词已经完全不是什么"诗余"，近体诗能表现的内容，近体词都能表现，前者的天地有多宽，后者的天地也有多宽。词和近体诗成为相辅相成的诗坛两大支柱。

为什么有了齐言诗还要有长短句？为什么有了近体诗还要有近体词？我以为，这是社会需要和审美需要的产物。诗和音乐十分讲究和谐、匀称，破坏了它，就会丢失形式美，但不能把问题绝对化。只强调匀称、对称，不讲究变化、创新，就会陷入刻板、单调，人们就会产生审美疲劳。宋朝流行着"以诗度曲"和"隐括"的再创造方式，把现有作品的词句加以重新组装，把齐言诗改成长短句，以达到新的审美效果。杜秋娘的《金缕衣》是唐宋期间非常流行的一首乐府诗，经常在筵席上演唱。原诗每句七言，有人把它"隐括"为长短句："莫惜金缕衣，劝君惜，少年时。花开堪折直须折，莫待折空枝。 一朝杜宇才鸣后，便从此，歇芳菲。有花有酒且开眉，莫待满头丝。"苏东坡、黄庭坚等都是"隐括"的爱好者和热心参与者。"以诗度曲"和"隐括"的风靡一时，从一个侧面说明了，有了优秀的齐言诗人们仍不满足，仍要求新求变。有唐一代，近体诗已把诗的和谐美、匀称美发展到淋漓尽致。人们需要这种美，但不会只满足于这种美。恰恰在最规整的近体诗发展到最高峰的时候，貌似不规整，以长短不一的语言零件组装起来的近体词走上历史舞台，而且一步一步地占据了古典诗坛的半壁江山。美的精神产品有共同性，又是多种多样的。中华民族诗歌的发展充分说明了这一点。

五

宋以后，我国出现了一个崭新的文艺品种——戏曲。文艺史家常把唐诗、宋词、元曲称为我国古代文学的三座高峰。王国维说："唐之诗、宋之词、元之曲，皆所谓一代之文学，而后世莫能继焉者也。"其实，戏曲是综合艺术，唱词和音乐只是它的一个组成部分。元曲的主体是舞台艺术，它有一个副产品，就是散曲，包括小令和套数两大部分。套曲由同一宫调的两个以上的曲牌组成。宋词中的慢词一般由上下阕组成，最多可达四阕。散曲中的套曲则数量不等，最多达到三十几个曲牌。和前朝的声诗略有不同，散曲虽也是倚声填词，但并非直接依据歌曲曲调，而是依据戏曲曲牌填词。用今天的话语来说，它是资格最老的"戏歌"。它由戏曲派生出来，又能独立于戏剧舞台之外，单独抽出来清唱。是诗歌与戏曲音乐相结合的抒情艺术。①

---

① 中国戏曲唱腔分曲牌体和板腔体两种，后者始于明朝，兴于梆子戏，京剧为其集大成者。板腔并非纯粹的"倚声填词"。以京剧为例，它有多种唱腔，主要有两种：西皮和二黄。二者各有其基本曲调，但旋律和节奏的伸缩性很大。拿西皮来说，它有慢板、原板、二六、快板、散板、摇板、流水等多种板式。二黄原没有二六，"文革"前夕，京剧《红灯记》首创二黄二六。板腔体的剧作家写完唱词，要由乐师和演员共同"安腔"，即依一定的腔调设计具体的音乐。它不是纯粹的新创作，但带有很大的创作成分。比梆子戏略早出现的高腔，带有吟诵和滚唱的成分，它的唱腔亦有很大的伸缩性，也不是纯粹的"倚声填词"。

比起词来，散曲的语言更口语化，形式更自由、灵活，字数、平仄、押韵，都不像前者那样规定得那么死板。有些曲牌是"柏梁体"，每句押韵，唱起来、读起来都十分朗朗上口。著名的《越调·天净沙》共五句，每一句押韵。既有平声韵，也有仄声韵。马致远的《天净沙》写秋景，第三句押仄声韵："古道西风瘦马。"白朴的八首《天净沙》写春夏秋冬四季，第三句有的结于平声，有的结于仄声。如第一首《春》："春山暖日和风，阑干楼阁帘栊，杨柳秋千院中。啼莺舞燕，小桥流水飞红。"它的第三句结于平声。散曲大量使用衬字、叠字。如果说，巧妙地使用谐音字是南北朝乐府诗的一大亮点，那么，巧妙地使用叠字，则是散曲的一道特殊景观。诗来源于民间，不论齐言诗还是杂言诗，本来都是很口语化的，到了士大夫手里，一方面变得更精致，一方面逐步失去泥土气味，变得刻板深奥起来。散曲似乎是个例外，它一直保持着某种村歌俚曲的泥土味。所以，长期以来，一方面，不少人瞧不起它，认为它进不了高雅的文学殿堂；另一方面，总有些有识之士青睐它，用它来表达其他文学形式所难以表达的某种思想感情。

散曲没有独自的唱腔体系和音乐体系，无非是戏曲的清唱。杨荫浏先生说："散曲从一开始就是从杂剧那里派生出来的，并不是异军突起。""散曲的曲牌，也就是杂剧的曲牌；现有乐谱的绝大多数散曲曲牌，也都可以在现有乐谱的杂剧曲牌中间找到。"（《中国古代音乐史稿》下册，人民音乐出版社1981年版，第635、638页）散曲的表演形式和舞台剧略有不同，伴奏只有丝竹乐器。魏良辅在《曲律》中说："清唱俗语谓之冷板凳，不比戏场借锣鼓之势。全要闲雅整肃，清俊温润。"王国维曾对南北曲的曲牌来源作过考察。据王氏统计，今见南曲曲调五百四十三首。出于唐大曲者二十四首，出于唐宋词者一百九十首，出于诸宫调者十三首，出于南宋唱赚者十首，同于元杂剧曲名者十三首，古词曲牌未见，但可知出于古曲者十八首。以上共二百六十余首，约占总数的一半。那么，还有一半多出自哪里？张庚、郭汉城先生推断，是直接从民歌中来的。（见《中国戏曲通史》1992年第2版，第405页）据《中原音韵》和《太和正音谱》开列的目录，北曲流传下来的曲牌共三百三十五首。王国维考证，其中出于唐大曲者十一首，出于唐宋词者七十五首，出于诸宫调者二十八首。这三部分加起来共一百一十四首，是总数的三分之一强。张、郭二位先生认为，其余部分大多也是出自民间歌曲。其实无论宫廷里的大曲还是市井里的说唱音乐，其最初来源都是民间歌曲，无非是经过宫廷乐师或曲艺艺人的加工和再创造后，转手流到戏曲中去。南北曲使用大曲、唐宋词、诸宫调、民间小曲这一类音乐素材，都不是照抄照搬，而是根据戏曲的特点加以融化改造，所以和原来的音乐有很大的不同。散曲中有大量唐宋词牌。我们举一首在宋词和散曲中都很常见的曲牌，读者对照一下，就可以看出同一个曲牌在词和曲中的巨大差异：

山抹微云，天黏衰草，画角声断谯门。暂停征棹，聊共引离尊。多少蓬莱旧事，空回首，烟霭纷纷。斜阳外，寒鸦数点，流水绕孤村。　　销魂当此际，香囊暗解，罗带轻分。谩赢得青楼、薄幸名存。此去何时见也？襟袖上，空染啼痕。伤情处，高城望断，灯火已黄昏。

　　　　　　　　　　　—— 北宋·秦观《满庭芳》

　　营营苟苟，纷纷扰扰，莫莫休休。厌红尘拂断归山袖，明月扁舟。留几册梅诗占手，盖三间茅屋遮头。还能够，牧羊儿肯留，相伴赤松游。

　　　　　　—— 元·张可久《[中吕]满庭芳·金华道中二首之二》

　　散曲留下了丰富的音乐资料。从明朝开始，工尺谱逐步普及，在艺人、乐工中被大量运用。人们在编印戏曲剧本的同时，也大量传抄乃至编印戏曲和散曲的曲谱。成书于清朝乾隆十一年（1746）的《九宫大成南北词宫谱》，记录了南北曲两千零九十四个曲牌，连同变体共四千四百六十六个曲调。其中包括唐宋词、宋元诸宫调、南戏、杂剧、元明散曲、明清传奇等不同时代、不同艺术品种的音乐曲调。比"九宫"稍晚的《纳书楹曲谱》（成书于1792年），也收集了大量散曲、诸宫调和昆曲曲谱。"文革"前，中国音乐家协会曾组织歌唱家演唱《九宫大成南北词宫谱》中的部分曲牌，并制成录音带。1964年，中国音乐研究所的曹安和研究员编辑了《元明散曲留存乐谱全目》，本书标明所有词作者的姓名和生活年代、散曲套名、宫调、曲牌名、乐谱出处，还摘录了每首唱词的第一句。可惜只有少数油印本，没有铅印成书，传播范围十分有限。前几年，戏曲界花很大气力制作优秀传统剧目的录音录像工程，受到业内外人士的大力赞扬。我斗胆建议，音乐界、诗词界也需要这样的工程。要筹集资金，网罗人才，把优秀的散曲和其他的古代歌曲翻唱录音，把它们保存起来，传播下去。这是一件利在当代，惠及千秋的大好事。

六

近体词诞生不久，就出现了强大的反对"倚声填词"的声音。王安石说："古之歌者，皆先有词，后有声，故曰'诗言志，歌咏言，声依咏，律和声'。如今先撰腔子，后填词，却是'咏依声'也。"（赵令畤《侯鲭录》卷七，中华书局2002年版，第184页）朱熹也说："古人作诗，只是说他心下所存事。说出来，人便将他诗来歌。其声之清浊长短，各依他诗之语言，却将律来调和其声。今人却先安排下腔调了，然后做语言去合腔子，岂不是倒了。却是咏依声也。古人是以乐去就他诗，后世是以诗去就他乐，如何解兴起得人。"（《朱子语类》卷七十八）当时的舆论几乎是一边倒，有人甚至给皇帝写奏折，指责诗坛乐坛破坏古制："歌不咏言，声不依咏，律不和声。"不过，尽管舆论声势很大，它却形成不了强大的实际力量，以阻止近体词的发展。一个很耐人寻味的现象：不少诗家一方面反对"倚声填词"，一方面大力创作、搜集、整理"倚声填词"的作品。王安石虽然著文大谈要恢复"声依咏"的古制，他却非常热衷于"倚声填词"。作为儒学的信徒，他当然要维护儒家道统。作为天才的诗人，他由衷地热爱长短句，源源不断地写出像《桂枝香·登临送目》这样的名篇。王灼也质疑"倚声填词"，但他却花大气力梳理曲子词的历史变迁，给苏轼等同时代词家以崇高的评价。说归说，做归做，连皇帝赵佶都加入填词的队伍。其实，"倚声填词"并非把诗文降到从属、次要的位置上，让它消极地去适应音乐。优秀的填词作品，应当声文并茂，让语言和音乐的长处都得到充分发挥。先有词还是先有曲不是什么关键性的问题，二者都既有可能出好作品，也有可能出平庸作品。毛泽东诗词绝大部分是先有诗文后被谱曲，但也有例外。

赵开生配曲的《蝶恋花·答李淑一》，用的是评弹老调，同样非常感人。岳飞《满江红》的曲谱早已失传，二十世纪三十年代，杨荫浏先生为它配上一首古曲，居然珠联璧合，天衣无缝，马上传唱开来，唱遍全中国，现在已唱遍全世界。李叔同于一百年前写的《送别》，是拿美国人约翰·奥德维的歌曲《梦见家和母亲》填的词。一首美国歌，一首中国词，居然结合得非常完美，仿佛是一个母体里生出来的。贺绿汀的《游击队歌》，是先写曲调，然后由作曲家自己配上歌词。类似的例子不胜枚举。运用曲牌，是一种再创造，不仅要求词作者根据曲牌的要求书写词句，还要求音乐在行腔、表演时适应歌词的内容。为什么同一个曲牌能配上不同内涵的歌词？这需要理论家、美学家从文艺学、美学的高度进行阐释。但实际生活中确实存在着许多词曲皆佳、结合得十分完美的"倚声填词"之作，这一点已经是不争的事实。

到了明朝，诗词领域出现了一个重要新情况：它逐步与音乐分道扬镳，除了民歌与部分散曲外，绝大多数填词新作成为单纯的书面文学。唐宋词大多是能唱的，写作者以歌曲为依据"倚声填词"。到了明朝，出现了公开出版的词谱著作；到了清朝，这种著作则出现得更多，词作者从"倚声填词"变成"依谱填词"。所谓词谱，和音乐没什么关系。它不标旋律、节奏，只标句数、字数、平仄、韵脚，等等。与此相联系，明清以后的词作，基本不吸收新的歌曲成果。近体词刚产生的时候，广泛接纳各种各样的歌曲成果。不论民间歌曲还是宫廷音乐，不论汉族音乐还是少数民族音乐，甚至来自远方的中亚、天竺音乐，一概拿过来作为词的曲牌。词谱出现后，这种广为接纳的气魄就再也见不到了。仿佛不是按照传统的古词牌填词，就不算正宗的艺术创作。明朝出现了许多生动优美、脍炙人口的新民歌，冯梦龙编辑的民歌集《山歌》就产生了巨大影响。沈德符在《万历野获编》中说："比年以来，又有《打枣竿》《桂枝儿》二曲，其腔调约略相似，则不问南北、不问男女，不问老幼良贱，人人习之，亦人人喜听之，以至刊布成帙、举世传诵……"可是它们并没有进入填词的门槛。清朝的《鲜花调》（即今日被民间广为传唱的《茉莉花》）在欧洲广泛传播，被外国人当作了解中国民歌的一张名片。西方作曲家以它为音乐素材写入自己的大型作品。可是中国的词作家却没有人愿意拿它填词。倒是戏曲，特别是花灯、采茶一类的地方小戏吸收了大量新民歌。连大型剧种京剧，也吸收了民歌《小放牛》作为自己的唱段。清朝乾隆年间刊印的《缀白裘》收入《鲜花调》，标明它是"安徽花鼓"中的唱段。可见它早已不是只属于一个省的民歌，而是在江南各省广泛流传。

词与音乐的分手，使一部分作者更专注于文字，在文字方面推敲得更细、更密，但消极作用也是很明显的。离开音乐，它失去了一个重要的传播途径，缩小了受众面。同时，也减弱了它与公众文娱生活的联系。长期以来，诗乐是国人公众生活的一项不可或缺的内容，老百姓过年过节、婚丧喜庆、聚会集会，都离不开诗乐。诗词与音乐分离后，情况发生了巨大变化。其实，这种变化从宋朝后期就开始了。宋朝是词的高潮期，同时，繁荣之中也蕴含着危机。随着曲子词进入士大夫的圈子，它逐步书斋化、庙堂化，不少创作脱离人民的生活，脱离口语，追求生僻古奥，甚至以频繁用典来显示诗义的高深。这样的作品老百姓看不懂，不会投以欣赏的热忱，更不会传唱它。据有关著作介绍，北宋都城东京有瓦舍六座，南宋都城临安有二十二座。艺术表演场所多了，唱曲子词的却比过去大大减少了。南宋吴文英精通音乐，他的自度曲《西子妆慢》没过四十年就"旧谱零落，不能倚声而歌"。张炎在《词源》中曾这样评论当时词坛的问题："述词之人，若只依旧本之不可歌者，一字填一字，而不知以讹传讹，徒费思索。当以可歌者为工，虽有小疵，亦庶几耳。"可见在宋朝末年就有了脱离音乐依文字谱填词的情况。

戏曲的兴起，大大改变了我国文艺生活的格局，它逐步扩大涵盖面，成为群众文艺生活的首要项目。它既为诗词提供一片新的耕耘园地，也不可避免地分流走大批受众。在唐朝，旗亭（酒楼）里的歌女经常演唱当代名家的诗歌新作。王昌龄、高适、王之涣一起在旗亭听歌女演唱诗歌新作的故事，已成为千古美谈。在中唐，"水调六幺家家唱"。在北宋，"凡有井水饮处皆能歌柳词"。明以后，人们很难看到老百姓传唱文人诗词新作的红火场面，倒是过去不为人广泛重视的戏曲，和群众的文娱生活深深结缘。人们看到的是这样的情景："家歌户唱寻常事，三岁孩儿识戏文"；"家家《收拾起》，户户《不提防》"；"有匾皆书垿，无腔不学谭"。（《收拾起》是昆曲《千忠戮》中的唱段，《不提防》是传奇《长生殿》中的唱段，垿指清代书法家王垿，谭指京剧大师谭鑫培）。诗词虽然仍受到人们的尊重，也不时涌现出佳作，但从总体上说，人气已经没有过去那么旺，其受众面和社会影响力都今非昔比。到了上世纪"五四"前后，旧体诗被一些人极力反对。当时同样被猛力抨击的还有戏曲等姐妹艺术，一批新文化人断言中国的戏剧不科学，鼓吹"废唱而归于说白"。但戏曲没被撼倒，因为它在老百姓中有深厚的基础。曾经拥有最深厚群众基础的诗词到了近世，其普及程度远远比不上戏曲，所以它的命运和戏曲大不一样，几乎被闷棍打晕，一度沉寂下去，被压得喘不过气来。历史的教训值得永远铭记。诗和乐的分离是好事还是坏事，如果说有利有弊的话，那么到底是利多还是弊多？这个问题很值得进一步思考、进一步研究。

2016年6月

中华诗学初探

一、"诗言志"和"模仿说"

中西古代诗学的奠基之作，都产生在公元前三世纪左右。西方古代诗学的经典是亚里士多德的《诗学》。尽管亚里士多德的老师柏拉图，柏拉图之前的赫拉克利特、德谟克利特等人都曾就诗学问题发表过重要见解，而且都曾就"模仿说"进行过不同层面的阐述，但影响最大、最具有权威性和系统性的，还是亚里士多德的《诗学》。它的基本观点是西方诗学的一根支柱，不仅影响到诗歌理论，而且影响到整个文艺学。可以说，直到十九世纪后期现代主义理论产生之前，西方的诗学、文艺学，都是继承了亚里士多德的血脉而发展壮大起来的。

鲁迅说："东则有刘彦和之《文心》，西则有亚里士多德之《诗学》。"《文心雕龙》和《诗学》是中西诗学理论的两座高峰。然而两者相差七百年，前者是集大成者，尚不是奠基性的著作。在中华诗学中起奠基作用的作品，早在七百多年前就出现了。春秋战国时代，我国思想文化领域出现了百家争鸣的局面。墨子"非乐"，道家认为"五色令人目盲、五音令人耳聋"，唯有儒家最重视诗乐，把它们列为国民教育的基本项目之一。古代诗乐舞是紧密联系在一起的，诗皆能唱能诵，乐皆与诗亲密相伴，乐论中包含了诗论，诗论中必然涉及音乐。大约在孔子创立儒家学说不久，儒家就形成了一套比较完整的诗论和乐论。其代表性著作，我认为不止一种，像《礼记·乐记》[①]、荀子《乐论》[②]、古文《尚书·尧典》《毛诗序》等等，都是重要著作。两晋之后，佛学渗入诗学，但它已被溶解、消化，以外来的养料丰富了中华的诗学思想。儒家的诗乐思想是我国古代诗论的主流，两千年来一直独领风骚。

中西诗学有不少相通、相同之处，也有很大的差异。最根本的区别在哪里？我认为，西方诗学的核心观点是"模仿说"，中华诗学的核心观点是"诗言志"。前者强调再现客观世界和客观生活，后者强调表现人的精神世界。前者把抒情艺术和叙事艺术紧密地捆绑在一起，后者把二者明确区分开来，并对诗歌的抒情方式和途径进行了细致深入的探讨。我们要建设有中国特色的文艺学和诗学理论，就不能不注意到中西诗学以至整个文艺学的不同特点。否则就很容易跟着外国人的脚步跑。

"诗言志"是我国古代诗学中一个很古老、使用很频繁的词语。

---

①关于《乐记》的成书年代，是个有争议的问题。《汉书·艺文志》载，《乐记》为汉武帝时河间献王刘德召集毛生等儒士杂采《周礼》及先秦诸子论乐文字编撰而成。《晋书·音乐志》、唐《史记正义》等则认为该书为孔子再传弟子公孙尼子所撰。

②《乐记》和《乐论》有大段雷同的文字。是谁抄了谁？有学者认为，孔子创办私学，建立儒家学派不久，儒家就形成了关于诗乐的类似"讲义"的一套论述。《乐记》和《乐论》不存在谁抄谁的问题，它们皆有所本。

《左传·襄公二十七年》记载，赵文子对叔向说："诗以言志。"《荀子·儒效》写道："诗言是其志也。"《尚书·尧典》写道："诗言志，歌咏言，声依咏，律和声。"近代"诗界革命"的领军人物黄遵宪在给梁启超的信中写道："吾论诗以言志为体，以感人为用。"现代著名学者朱自清认为"诗言志"是中国诗学"开山的纲领"。毛泽东曾给爱好诗歌的朋友题写了三个大字"诗言志"。在古代汉语中，"志"的内涵是很宽泛的。"在心为志"，人的感情、理念，都在"志"的范畴之内。西晋陆机为了强调诗歌的传情作用，在《文赋》中提出"诗缘情"，其实"缘情"也是一种言志。人的内心世界不可能赤裸裸地、无依无凭地展示出来，所以古人提出"六义"："风雅颂、赋比兴。"风雅颂是三种诗体，赋比兴是三种手法。赋者直叙其事，直描其景；比者一物比一物；兴是隐喻，是以一物勾起人们对另一事物的联想。这三种手法都通向人的内心世界。王国维说："一切景语皆情语。"我们还可以补充一句：一切叙事皆含情。传情，是诗的基本功能。

强调诗要反映人的内心世界，并不意味着把精神当作文艺的终极源泉。《礼记·乐记》写道："凡音之起，由人心生也。人心之动，物使之然也。感于物而动，故形于声。声相应，故生变，变成方谓之音。比音而乐之，及干戚羽旄，谓之乐。"这里讲得很辩证。诗乐都起于人心，而人心之动，是"物使之然也"，是社会生活的产物。可以看出，早在两千多年前，关于诗的抒情特点，关于抒情的途径、手法等等，我国的古代诗论已经有了相当完备的阐述。

"模仿说"是在另一种生活土壤和艺术氛围中开出的理论之花。古希腊的哲学家，不论唯物还是唯心主义者，都宣扬"模仿说"。

柏拉图认为在现实世界之上还有一个理念世界，前者不过是后者的影子。文艺模仿生活，生活再现理念，因此诗只能是影子的影子，模仿的模仿。亚里士多德把老师的理论颠倒过来，赋予"模仿说"以唯物主义的色彩。他认为所有的文艺都在模仿现实生活。由于模仿的媒介不同，而有不同种类的艺术；由于模仿的对象不同，而有悲剧和喜剧；由于模仿的方式不同，又有史诗、抒情诗和戏剧。（参看《西方文论选》上册，上海译文出版社1979年版，第11页、第49页）亚里士多德十分重视诗的叙事功能，赞扬那些能够用诗来讲故事的作者。他甚至说："与其说诗的创作者是韵文的创作者，毋宁说是情节的创作者。"（《西方文论选》上册，第66页）中世纪最杰出的诗人但丁说："诗不是别的，而是写得合乎韵律、讲究修辞的虚构故事。"（同上第173页）德国十九世纪著名批评家威廉·赫士利特也说："诗歌是自然的模仿，但想象和激情正是人的天性的一部分。"（《古代文艺理论译丛》第1册，知识产权出版社2010年版，第62页）"模仿说"并非要求诗歌刻板地复制生活，它包含艺术概括，允许想象和虚构。西方文论中的现实主义学说，正是继承了模仿说的优良传统而发展起来的。但它突出强调了诗歌的再现功能、叙事功能，没有对抒情问题给予足够的重视，这也是显而易见的。

为什么中西传统诗学有这么大的不同？不能仅仅从理论文本中找原因，更要从产生不同理论的艺术实践中找原因。对照中西诗歌的发展史，人们不难发现，西方的大诗人首先以大型的史诗性巨著在历史上留下丰碑。希腊诗歌的祖师爷是荷马，他留下两部巨著，一部《伊利亚特》，一部《奥德赛》。两部都是英雄史诗。前者一万五千余行，讲希腊联军如何打败敌军，攻占特洛伊城。

后者一万二千余行，讲胜利者如何在海上漂流、遇险以及返回希腊后的种种意想不到的事变。古罗马最著名的诗人维吉尔，是但丁心目中的偶像，他的代表作《伊尼德》，描写特洛伊城被攻陷后，王子伊尼亚斯率残部逃到拉丁姆地区，经过艰苦奋斗，成为罗马的开国之君。它也是万行以上的叙事诗。欧洲中世纪最杰出也是最后一位诗人但丁，其代表作《神曲》，描绘了主人公如何漫游地狱、炼狱和天堂。德国诗歌泰斗歌德，其代表作《浮士德》，前后写了六十年，还有取材于希腊神话的《普罗米修斯》，都是长篇叙事诗。英国大诗人拜伦，其代表作《唐璜》也是长篇叙事诗。俄国诗歌之父普希金，虽写过不少抒情短诗，其长篇巨著却在他的创作中占很大分量。《茨冈》《青铜骑士》是长篇叙事诗，《叶甫盖尼·奥涅金》是诗体小说，连写给青少年人看的童话诗《渔夫与金鱼的故事》也是叙事诗。在欧洲的大诗人中，雪莱是比较独特的一位。他喜欢写抒情诗。他说："一首诗则是生命的真正的形象，用永恒的真理表现出来。一篇故事不同于一首诗。"（《西方文论选》下册，第53页）雪莱这种意见在西方传统诗论中不占主流。

我国的传统诗歌中，也有不少较长的叙事诗，如《诗经》中的《氓》《玄鸟》《生民》《闷宫》，汉乐府《孔雀东南飞》，南北朝乐府《木兰诗》……若论篇幅的浩瀚，规模的宏大，它们远远不能和西方的长篇史诗相比。《诗经》总共三百零五篇，据有关专家统计，全部加起来只有七千二百八十四句，赶不上《伊利亚特》行数的一半。《离骚》三百三十七行，二千四百九十字。《孔雀东南飞》一千七百多字。我国西南少数民族中有许多叙述民族产生和迁徙历程的"古歌"，代代口口相传，但没有材料证明，它们产生于上古时期，有荷马史诗或《诗经》那么长的历史。我国少数民族中有《格萨尔》《江格尔》《玛纳斯》三大英雄史诗③。据专家介绍，《格萨尔》的韵文部分约五十万多行，散韵文总计一千多万字，堪称世界第一长史诗，但它们产生的年代相对比较晚。汉族的说唱艺术，至晚在唐朝就有了。变文、说话、陶真、诸宫调，都是古老的说唱艺术，有韵文，有散文。至今，我国有上百个曲艺品种，其中不乏几万字甚至上百万字的浩瀚长篇。从艺术类型来讲，说唱很接近西方的史诗。蒙藏史诗《格萨尔》，就是有说有唱、有韵文有散文的。西方把史诗、诗剧、抒情短制归成一大类，都称为诗歌。俄国大批评家别林斯基认为，诗有三大类型："史诗类的诗""抒情类的诗"和"诗剧"。他说："如果没有抒情性，史诗和戏剧就会过于平淡，变成对自己的内容冷漠无情；同样，若是抒情性一旦成为主宰史诗和戏剧的因素时，它们又会立刻在事件的进行上变得迟缓、迂滞、暗淡了。"（《诗的分类与分型》，载《别林斯基论文学》，新文艺出版社1958年版，第177页）和西方不同，我国则把吟唱、讲述传说故事的作品列为一个单独的文艺品种，称其为曲艺、说唱，它和小说、散文、诗歌、戏曲、舞蹈等是并列的。由权威部门编写的《现代汉语词典》在"艺术"这一条目中写道："艺术，用形象来反映现实但比现实有典型性的社会意识

---

③少数民族的三大史诗不仅在我国流传。《格萨尔》是藏蒙史诗，在蒙古人民共和国、俄罗斯、尼泊尔、巴基斯坦、印度，也都有《格萨尔》的传诵者。《江格尔》是蒙古族史诗，流传于新疆、内蒙古自治区，也流传于蒙古人民共和国和俄罗斯。《玛纳斯》属于柯尔克孜人，除了我国新疆，吉尔吉斯斯坦、哈萨克斯坦、阿富汗等国也是《玛纳斯》的流传之地。

形态，包括文学、绘画、雕塑、建筑、音乐、舞蹈、戏剧、电影、曲艺等。"（《现代汉语词典》，商务印书馆2005年第5版，第1613页）在我国的传统观念中，曲艺不但不是诗歌，甚至也不是文学家族中的一个成员。鲁迅说，文学产生于歌唱和讲故事。西方把唱歌和讲故事串联在一起，把两者合而为一；我们则把两者各归一档，后来出现了规模宏大的说唱作品，我们又把它和诗歌区别开来，让它另立门户。

西方的诗学，是从史诗、诗剧、抒情短制的创作实践中总结出来的。史诗是西方诗歌的源头，在诗歌中充当主力军。所以，他们不可避免地在论述诗的抒情性的同时，要大力强调诗的叙事功能。在他们那里，产生以至长期流行"模仿说"，也就是顺理成章的事情。我国古代欠缺史诗性的鸿篇巨制，有超过千字、几千字的叙事诗，大多带有浓郁的抒情色彩。譬如《长恨歌》《琵琶行》，前者虽然讲的是爱情故事，论叙事的细致、曲折，未必能超过陈鸿的《长恨歌传》，主要是展现了主人公之间"在天愿作比翼鸟，在地愿为连理枝"的真挚爱情，发出了"天长地久有时尽，此恨绵绵无绝期"的叹息。至于《琵琶行》，更没有什么扣人心弦的故事，情节很简单，主要是通过一场琵琶演奏，描绘出听者与演奏者心心相通，传达了"同是天涯沦落人，相逢何必曾相识"的感慨。《木兰诗》是南北朝时期最有名的叙事诗，讲的是木兰替父从军的故事。其中直接讲打仗的只有六句话："万里赴戎机，关山度若飞。朔气传金柝，寒光照铁衣。将军百战死，壮士十年归。"对于从军前木兰的心理状态、精神面貌，凯旋后如何不想当官，如何返乡团聚，如何欢欢喜喜地重新过上普通老百姓的日子，却描写得很细腻。其动人之处不在于情节曲折、引人入胜，而在于对人物精神面貌的展示。在我国的传统诗歌中，居于主流地位的是抒情诗。中国社会科学院的专家们在他们集体编写的《中国文学通史》中写道："中国文学具有深厚绵长的抒情传统，以抒情为宗旨的诗歌以及各种变体（词曲之类），在很长时间内是中国文学的主体，占据着文学领域的中心位置。"我国的传统诗论，首先是从抒情诗的创作实践中总结出来的。"诗言志"成为中华传统诗论的核心观点，同样是顺理成章的。

比较中西的诗作和诗论，能不能分出谁优谁劣、谁高谁低？欧洲人重视大型史诗，但也有人对此提出不同意见。法国大作家雨果就说过："史诗的时代已经日薄西山。同样，它所代表的社会也面临着末日，这种诗也因自我循环时日已久而陈旧过时。罗马模仿希腊，维吉尔摹临荷马；似乎为了体体面面地告终，史诗是在这最后的分娩中消亡的时候到了，世界和诗的另一个纪元即将开始。"（《西方文论选》下册，第181页）美国著名诗人爱伦·坡说得更激烈："短诗凝练，便于表达刹那间的感受，是真正的诗。史诗篇幅过长，不利于这种表达，也就不是真正的诗。而现代人却还在写史诗，无异乎患史诗狂热症了。"（《西方文论选》下册，第494页）雨果和爱伦·坡的意见不乏令人震撼的闪光点，但西方毕竟产生了许多光彩夺目的宏大史诗，为人类贡献了宝贵的文艺财富，而且直至近代，仍有人在这方面创造出成功之作。爱伦·坡在抨击长篇史诗的同时也讲到，诗歌"不适当的简短，会沦为仅含一些警句的诗体。一首很短的诗，不时产生一个鲜明或生动的效果，但决不会产生一个深刻或经久的效果"（同上第497页）。

不仅古希腊，世界的好几个文明古国，都在人类幼年时期产生了规模宏大的"神话史诗""英雄史诗"。如巴比伦的《吉尔伽美什》，印度的《摩诃婆罗多》和《罗摩衍那》，唯独我国没有发现这一类古老鸿篇。为什么？有人认为古代黄河流域一带的民众以农耕文化为主，朴素务实，缺乏像南方楚国人那样的想象力。有的则把这项缺失归因于孔夫子和儒家学派。"子不语怪、力、乱、神"，加上秦始皇的焚书，以致许多和"怪、力、乱、神"有关的故事、诗歌没有流传下来。中国社会科学院的学者在肯定我国传统文学的抒情专长的同时也写道："相比之下，叙事性的文学在中国发展得较为迟缓。叙事因素虽然在文学起源的时代就已经存在，但文学叙事的发展却经历了一番曲折。尽管民间口头叙事文学始终未曾断线，但汉族缺乏篇幅宏伟的史诗。少数民族虽有体制庞大、内容丰富的史诗，但其形成的时间却不能算很早。"（《中国文学通史》第1卷，第11页）我以为这个意见是公允的。尽管唐宋以后，汉族的说唱艺术蓬勃兴起，出现了大量规模宏大、连台唱诵的唱本、话本，但一般诗家和诗歌研究者并没有把它们当作诗歌看待。早期史诗性作品的欠缺，一方面给艺术园地带来某种遗憾；另一方面，也促进诗歌研究者更专注研究抒情诗，使我国古代诗论在诗的本质属性和抒情功能上有更细致深入的发挥。

我以为，世界上各国文化的发展，都有自己的客观条件和壮大历程，都有各自的合理性，当然，也都有各自的优长和不足之处。没有必要在不同民族的文化之间比出优劣高低。诗歌诗论也是这样。重要的是，我国要在历史唯物主义观点的指导下，认真回顾几千年来传统诗歌的发展历史和创造成果，认真梳理传统诗论，结合时代和人民对诗歌事业的要求和期待，创立中国自己的诗学。对于西方的诗歌理论，要认真借鉴，融化吸收，但绝不能生吞活剥、照抄照搬。我们要建立的是既体现诗歌艺术共同规律，又体现中华诗歌独特风貌的中国当代诗学。

二、从艺术创造的自觉到追求诗歌意象

鲁迅在《魏晋风度及文章与药及酒之关系》一文中提出一个十分重要的观点："曹丕的一个时代可以说是文学的自觉时代，或如近代所说，是为艺术而艺术的一派。"鲁迅在这里讲的"为艺术而艺术"，并非和"为人生而艺术"相对应的那种"为艺术而艺术"，而是指艺术追求的觉醒，把美的创造当作一种自觉的目标来追求。魏晋之后，文和笔分开。章太炎在《国故论衡·文学总略》一文中指出："自晋以降，初有文笔之分。"他进一步指出，在上古时期，"文学者，以有文字著于竹帛，故谓之文；论其法式，谓之文学。凡文理、文学、文辞，皆称文"。他引南朝刘勰《文心雕龙》的话："今之常言，有文有笔。有韵者文也，无韵者笔也。"（《中国历代文论选新编·晚清卷》，上海教育出版社2008年版，第229页）文笔分开，就是把文学创作和一般的文字著作区分开来。曹丕在《典论·论文》中说："盖文章，经国之大业，不朽之盛事。"钟嵘在《诗品》中说："动天地、感鬼神，莫近于诗。"这些都是标志着文学意识觉醒的重要论断。

在老子、孔子那个时代，美的概念已经很流行了。老子说："天下皆知美之为美，斯恶已。"孔子称赞《韶》"尽美矣，又尽善也"，认为《武》"尽美矣，未尽善也"。吴国季札在鲁国观周乐，每欣赏一部作品，都大呼"美哉"。不过，古人主要是把能给人带来耳目口腹之悦的东西称为美，还没有把诗歌创作看成一种美的创造。儒家讲诗，主要强调两点：一是交际作用，信息传播作用；二是教化作用，"上以风化下，下以风刺上"。据先秦典籍记载，早

在周朝，我国就有采诗献诗制度，基层向中央献诗，天子派人到地方采诗。献诗采诗不是为了发现、选拔诗歌的人才和作品，而是为了了解民情、教化众庶。古代没有先进的交通工具，更没有先进的信息沟通渠道。上下沟通、人与人之间沟通，很重要的一种手段就是诗。直到中华人民共和国成立之后，许多少数民族还保留着用诗沟通信息的习惯。基层代表到县里、省里以至北京开会，返回家乡后，不是做大报告，而是把会议精神编成歌谣，连说带唱地向群众传达。

孔子对他的儿子孔鲤说："不学诗，无以言。"他在另一个场合还说："言之无文，行而不远。"孔子是不是认为不学诗就讲不了话？我以为问题没有这么严重。孔子的意思是说，"言"要通过"诗"的形式，才能有强大的传播力和影响力。《汉书·艺文志》说："古者诸侯、卿大夫交接邻国，揖让之时，必称诗以喻意，以别贤不肖，而观盛衰焉。"赋诗明志，是古代人际交往中一种很重要的手段。《战国策》记载，冯谖到孟尝君那里做门客，他嫌待遇太低，于是编了歌，在田府大声吟唱："长铗归来兮食无鱼！""长铗归来兮出无车！""长铗归来兮无以为家！"今天看来，这种行动近于荒唐，在古代却是很正常的。冯谖不可能给田文写个报告，叙述自己的要求，因为他那个时代还没有笔墨纸砚。如果他只是在田府窃窃私语，发几句牢骚，孟尝君未必能听得到。只有大声歌唱，闹得田府众人皆知，这才能引起孟尝君的重视，以致最后给他改善待遇。在古代，诗就是生活的一部分，就是人际交流的一种工具。从战国末期到汉朝建立，诗坛留下为数不多的作品。最有名的像荆轲的《易水歌》、项羽的《垓下歌》、刘邦的《大风歌》，都不是文人写的。荆轲曾是屠狗专业户，项羽不读书喜欢做"万人敌"，刘邦的文化水平也不高。他们都没有创造文艺的主观愿望。《易水歌》是荆轲踏上征途时向燕丹和送行人群致的告别辞，只不过是拉长了声音唱出来，又有高渐离击筑为他伴奏。《垓下歌》是项羽兵败、陷于四面楚歌时发出的"英雄末路"哀叹。《大风歌》是刘邦完成中原逐鹿后返乡对父老乡亲的慷慨陈词。作者们都没有意识到自己在创造文艺作品，却留下了传诵千古的名篇。

为什么上古时期文笔不分？这和当时的物质生活条件大有关系。文字产生之初，它的载体极度匮乏。古人把文字刻在乌龟壳上，刻在石头和金属制品上，印在竹片和纺织品上。东汉出现了纸张，但生产量极端有限。人们记事、传播信息，主要靠口口相传。编成韵文，编成节奏鲜明的章句，好记好传。所以不仅诗歌，许多需要记载、传播的事情，都编成韵文。直到两汉之后，陆机的《文赋》、刘勰的《文心雕龙》，也还是用骈体文写成的。清朝阮元说："古人无笔、砚、纸、墨之便，往往铸金刻石，始传久远……古人以简策传事者少，以口舌传事者多；以目治事者少，以口耳治事者多。故同为一言，转相告语，必有愆误。是必寡其词，协其音，以文其言，使人易于记诵，无能增改。且无方言俗语杂于其间。始能达意，始能行远。"（《中国历代文论选》下册，中华书局1962年版，第277页）他的分析是很有道理的。直到近现代，人们仍有把需要记诵的东西编成歌的习惯。譬如红军、八路军的"三大纪律、八项注意"，就编成歌在官兵中广泛传唱。

两汉到魏晋是个转折期。魏晋之前，我国有不少著作谈到诗乐，但鲜有专门评价诗家诗作的文字。司马迁的《屈原贾生列传》介绍大诗人屈原，但主要讲他的政治生涯，没有专论他的诗作。两汉之后，出现了不少专论诗文、评论诗文的著作。如曹丕的《典论·论文》、陆机的《文赋》、刘勰的《文心雕龙》、钟嵘的《诗品》。后来又出现了唐代司空图的《诗品》、宋代严羽的《沧浪诗话》、清袁枚的《随园诗话》等一大批诗歌论著。王国维写于清朝末年的《人间词话》，是我国古典诗论的最后一座山峰。作者总结了前人的创作经验，继承了古代诗论的优秀传统，提出"境界"说，在诗坛和文坛产生了巨大影响。

诗歌创作的中心环节是什么？小说创作的中心点是人物，通过讲故事，通过生动的情节和细节，塑造典型环境中的典型人物形象，并通过它，反映社会，反映时代。能否创造出个性鲜明的人物形象，是小说在艺术上成败高低的关键。诗歌是否也是如此？

文学是人学，一切文学都要写人，写人的行为和思想感情。诗歌当然不能例外。我国古代诗歌中不乏成功塑造人物形象的佳作。如汉乐府的《陌上桑》、南北朝乐府的《木兰诗》《李波小妹歌》，都塑造了栩栩如生的女子形象。但抒情艺术不同于叙事艺术，不能把诗歌创作的聚焦点仅仅归结为塑造人物形象。"千里莺啼绿映红，水村山郭酒旗风。南朝四百八十寺，多少楼台烟雨中。"它像一幅图画，通篇都是写景，虽然透露出抒情主人公对江南春色的主观感受，但绝不是写人物的诗。"横看成岭侧成峰，远近高低各不同。不识庐山真面目，只缘身在此山中。"诗中没有写具体人物，传达的是富有诗情的人生哲理。柳宗元的"千山鸟飞绝，万径人踪灭。孤舟蓑笠翁，独钓寒江雪"，这里确实写了人物。但如果认为这首诗的着力点就在于塑造钓雪老翁的形象，那就未免失之于简单化。全诗通过景观和人物的融合，体现了社会环境的冷酷以及作者的孤寂、清高。马致远的《天净沙》也有人物:"枯藤老树昏鸦,小桥流水人家,古道西风瘦马。夕阳西下,断肠人在天涯。"它的主要意义当然不在于写出一个浪迹天涯的游子。这里,景致与人物融为一体,人物也成为景观,虽有"断肠人"之语,情调却并不低沉,在荒僻之中透出几分幽静,是写地域风情、写村野风光的佳作。魏晋以来,许多学人探讨诗歌的创作道路,寻觅它的成功秘诀。曹丕认为"文以气为主",后来又出现了"神韵说""性灵说""格调说"以及关于创作成功之路的种种其他观点。它们都有一定的道理,都产生了或大或小的影响。我以为,比较能够抓住要害,接近问题核心的是意象(或意境)说④。

刘勰很了不起,他敏锐地发现了塑造意象的重要性。《文心雕龙·神思》中讲:"窥意象而运斤,此盖驭文之首术,谋篇之大端。"唐朝"七绝圣手"王昌龄提出,写诗要"搜求于象,心入于境,神会于物,因心而得"。他认为"诗有三境":物境、情境、意境,对刘勰的理论做出进一步发挥。唐朝诗僧皎然在《诗式》中提出,诗人要善于"取境"。他说:"取境之时,须至难,至险,始见奇句。成篇之后,观其气貌,看似等闲,不思而得,此

---

④西方现代主义文艺中有"意象主义"派别,和我国古代诗论中的意象不是同一个东西。杨荫隆主编的《西方文学理论大辞典》在"意象主义"这个条目中写道:"英美现代派诗歌的一个流派,流行于1912—1918年间。其主要代表人物E·庞德、T·E·休姆等1913年在伦敦,发表意象主义三点宣言。""庞德把意象称为'刹那间思想和感情的复合体'。意象主义诗歌常使用象征和隐喻手法,但他们与象征主义在思想追求和形式特征上都是不同的两个流派。"(《西方文学理论大辞典》,吉林文史出版社1994年版,第1380页)

高手也。有时意静神王，佳句纵横，若不可遏，宛若神助。不然，盖由先积精思，因神王而得乎？"（清何文焕辑《历代诗话》上册，中华书局1981年版，第31页）晚唐司空图在《二十四诗品》中说："是有真迹，如不可知。意象欲生，造化已奇。"（同上40页）元代陈绎曾认为"情发为诗而生于境"。明代王廷相在《与郭阶夫学士论诗书》中认为"诗贵意象透莹"。同时代的胡应麟则说："古诗之妙，专求意象。"到了清朝末年，王国维发表了《人间词话》，系统阐述了"境界"说。他说："词以境界为最上。有境界则自成高格，自有名句。""境非独为景物也。喜怒哀乐，亦人心中一境界。故能写真景物、真感情者，谓之有境界，否则谓之无境界。""境界说"比较深入地抓住了诗歌创作的特征。王氏有时也用"意境"这个词代替境界。他在《元剧之文章》中说："然元剧最佳之处，不在其思想结构，而在其文章。其文之妙，亦一言以蔽之，曰有意境而已矣……古诗词之佳者，无不如是，元曲亦然。"意境、意象，意思相近。王国维的境界说，也包括"意"。意是主观，象是客观；意是抒情主体对客观事物的感受，象是对客观事物自然状态和运动状态的描绘。意象、意境，都是主客观的结合，是诗人从社会生活和自然景物中生发出来的情绪、思绪，经过概括提炼而创造出来的艺术形象。从"诗言志""赋比兴"到"意象""意境"说，我们可以看到我国古代诗学不断深化的发展轨迹。

　　二十世纪三十年代初，苏联在斯大林的领导下，召开了第一次全苏联作家代表大会，提出"社会主义现实主义"这个口号，作为苏联文学创作的纲领。苏联文学和"社会主义现实主义"对我国的革命文学创作产生了重大的积极影响，但现实主义能否作为一切文学品种必须遵循的创作道路？我以为现实主义作为一种创作精神，是具有普遍意义的。因为一切文学都要从生活出发，反映现实生活。作为一种创作方法，不可能涵盖一切文艺领域。恩格斯给现实主义下过一个定义："据我看来，现实主义的意思是，除细节的真实外，还要真实地再现典型环境中的典型人物。"恩格斯看了女作家哈奈斯的小说《城市姑娘》，给作者写了封信，讲了上面这几句话。显然，恩格斯的意见是针对小说创作提出来的。叙事文学要讲细节真实，诗歌就不必完全拘泥于此。杜甫的"细雨鱼儿出，微风燕子斜"，对景物描写得很细腻、很贴切，可以说具有"细节"真实。"万里悲秋常作客，百年多病独登台"，就未必具有细节真实。杜甫活了五十八岁，就算一生下来就有病，也不可能"百年多病"。陆游有诗曰："三万里河东入海，五千仞岳上摩天。遗民泪尽胡尘里，南望王师又一年。"据有关部门测量，黄河干流五千四百六十四公里，折成华里有一万多里，怎么能说是"三万里河"？世界上最高的山是喜马拉雅山，主峰八千多米，西岳华山比它低得多，哪能有"五千仞"？科学家如果这么说，就是犯错误、闹笑话。诗人可以这么说，因为他们有艺术夸张的"特权"。明代谢榛在《四溟诗话》中说："凡作诗不宜逼真，如朝行远望，青山佳色，隐然可爱，其烟霞变幻，难于名状。及登临非复其观，唯片石数树而已。远近所见不同，妙在含糊，方见作手。"（《中国历代文论选新编·明清卷》，第54页）这大概是朦胧诗论的老祖宗。诗可以逼真，也可以不那么逼真。朦胧美也可以作为诗歌美的一种。恩格斯还说，现实主义小说要有倾向性，但思想倾向要隐蔽，不必特意说出来，要通过情节和场面自然流露出来。诗歌的抒情主人公可以很含蓄，把倾向包藏起来。也可以写得很鲜明。"新松恨不高千尺，恶竹应须斩万竿。""壮志饥餐胡虏肉，笑谈渴饮匈奴血。"这些不是很直白地袒露作者的思想倾向吗？不仅直白，作者的好恶简直像火焰一样喷射出来。唯其一吐为快，尽泄胸中之块垒，就越发令人荡气回肠。总之，现实主义是一件好东西，但不必到处套用。抒情艺术不同于叙事艺术，它们的表达方式是很不相同的。杜甫、白居易被称为现实主义诗人，他们也有很浪漫的一面。没有浪漫，就没有诗意。黑格尔把音乐和诗歌称为浪漫艺术，这个见解是很深刻的。

毛泽东很重视学习外国文学的好经验，但他不主张照抄照搬，包括照搬苏联。他没有把"社会主义现实主义"当作文学纲领，在他看来，文学的首要问题是为什么人服务，中国革命文学的方向是为工农兵服务，为最广大的人民群众服务，其表现方法、方式应该是多种多样的。他肯定现实主义，也肯定浪漫主义，主张文艺创作要百花齐放，没有把哪一种风格、流派、方法、方式定为文艺的主菜或主食。他认为文艺家应当深入生活，在这个基础上把生活典型化。《在延安文艺座谈会上的讲话》中有一段著名的话："中国的革命的文学家艺术家，有出息的文学家艺术家，必须到群众中去，必须长期地无条件地全心全意地到工农兵群众中去，到火热的斗争中去，到唯一的最广大最丰富的源泉中去，观察、体验、研究、分析一切人，一切阶级，一切群众，一切生动的生活形式和斗争形式，一切文学和艺术的原始材料，然后才有可能进入创作过程。"讲完这段话后，毛泽东郑重指出，作家艺术家必须把生活"典型化"，使文艺既源于生活，又高于生活。

我以为，深入生活，把普通的实际生活典型化是对各门艺术的共同要求，是一切文学艺术走向成功的必由之路。任何一个文学品种，都要创造典型形象。而不同的文艺品种，不同的风格流派，其典型化的方式、方法，成果是不一样的。现实主义可以塑造典型，浪漫主义也可以塑造典型。奥地利现代派作家卡夫卡，用变形、荒诞的手法，塑造了他那个时代生存艰难的小人物形象，同样是很生动的典型形象。小说家要努力创造典型环境中的典型性格，我们的诗歌，则要努力创造典型意象。中国古代文论中没有典型这个词，但关于意象、意境的论述，和典型化的意思是相近的。或者说，意象、意境是典型形象的一个类别。中华人民共和国成立以来，许多诗家、理论家就诗歌如何达到典型化问题从不同侧面进行了论述，成果很丰富。著名诗人、文艺理论家何其芳说，诗要凝练，它是"一种最集中地反映社会生活的文学样式"，它要表现"典型情感"。著名诗人郭小川说："诗要四化：即革命化、典型化、群众化、格律化。""诗，真正的诗，主要是抒情的。感情和思想分不开，思想的翅膀就是感情。"他明确指出："诗的典型化是什么？是典型人物的思想感情，是典型思想、典型感情的抒发。"（《谈诗》，上海文艺出版社1978年版，第115—120页）这些论述很值得我们深思、深研。

三、含蓄和夸张，"隐秀"和"夸饰"

已故美学家王朝闻提出一个重要观点：艺术形象要由作者和读者共同完成。作家艺术家塑造艺术形象，其成功者必然引起欣赏者的感奋、共鸣和联想。只有勾起人们的感奋、共鸣和联想，使纸面、舞台上的艺术形象变成欣赏者脑中、心中的艺术形象，艺术创造才能最后完成。所以，作品不能写得太直、太满，要给欣赏者留下想象回味的余地。一千个读者有一千个哈姆雷特。戏剧是这样，诗歌也是这样。诗是最简捷、最凝练、最具概括力的艺术，"诗无达诂"，它往往能给读者提供最广阔的想象空间。所以，含蓄是诗歌创作中一个十分重要的课题。

我国传统诗论中有许多和含蓄有关的重要论述。唐刘禹锡说："片言可以明百意，坐驰可以役万景，工于诗者能之。"（《中国历代文论选新编·先秦至唐五代卷》，第357页）晚唐司空图说，好诗要"不着一字，尽得风流"（同上第426页）。北宋欧阳修认为好诗要"状难写之景，含不尽之意"（《六一诗话》）。苏东坡认为"言有尽而意无穷者，天下之至言也"。南宋严羽在《沧浪诗话》中提出："诗者，吟咏性情也。盛唐诸人，唯在兴趣，羚羊挂角，无迹可求。故其妙处透彻玲珑，不可凑泊。如空中之音，相中之色，水中之月，镜中之象，言有尽而意无穷。"（《中国历代文论选新编·宋金元卷》，第168页）类似这样的精彩论述，还可以举出许许多多。

含蓄是非常重要的，但不能把问题绝对化。诗的风格是多种多样的，有婉约，有豪放，有飘逸，有深沉。蕴藉内敛是一种美，潇洒轻灵也是一种美，酣畅淋漓又是一种美。西方象征主义专门推崇象征。本来，象征是诗的一种重要表现手法，把它变成诗的独生子女，就难免使创作单一化、狭窄化。我国古代讲"赋比兴"，按照周作人的解释，"兴"就包含着象征。中国传统诗论是"赋比兴"并重，需要哪一种手法就用哪一种，没有专门抬高哪一种。王维《相思》诗用红豆象征爱情，是千古名篇。苏东坡《饮湖上初晴后雨二首》用西施比西湖，同样很美。它们之间并没有优劣高低之分。艺术要讲含蓄，也要讲夸张。可以给人以暗示，也可以一笔捅破窗户纸；可以含而不露，也可以大声疾呼。有的地方十分只需讲一分，有的地方一分要放大成十分。"白发三千丈，缘愁似个长","飞流直下三千尺，疑是银河落九天"，李白的诗不是充满着艺术夸张吗？李白讲："桃花潭水深千尺，不及汪伦送我情。"近现代诗人苏曼殊化用李白的名句，把写友情变成写爱情："华严瀑布高千尺，不及卿卿爱我情。"这些都是高度的夸张，都达到了理想的艺术效果。岑参的《白雪歌送武判官归京》有"瀚海阑干百丈冰，愁云惨淡万里凝"之句，极言其冷。毛泽东的《蝶恋花·从汀州向长沙》一开头就出语惊人，"六月天兵征腐恶，万丈长缨要把鲲鹏缚"，也是高度的夸张。没有大胆的艺术夸张，就写不出宏伟的气势。刘勰不愧为我国古典文论的第一大家，他讲问题很深入，很辩证，主张艺术风格的多样化。《文心雕龙》既有讲"隐秀"的专门章节，也有讲"夸饰"的专门章节。在刘勰看来，含蓄和夸张要并存，二者不可偏废。他说，自古以来，"夸饰"的手法一直存在着。"是以言峻则嵩高极天，论狭则河不容舠，说多则子孙千亿，称少则民靡孑遗，襄陵举滔天之目，倒戈立漂杵之论，辞虽已甚，其义无害也。"（《文心雕龙》第三十七章"夸饰"，北京燕山出版社2001年版，第367页）他又说："是以文之英蕤，有秀有隐。隐也者，文外之重旨者也；秀也者，篇中之独拔者也。隐以复意为工，秀以卓绝为巧，斯乃旧章之懿绩，才情之嘉会也。""夫隐之为体，义生文外，秘响旁通，伏采潜发，譬爻象之变互体，川渎之韫珠玉也。"（同上第四十章"隐秀"，第389页）在刘勰看来，含蓄和夸张都要有个度，不能走向极端。他说："然饰穷其要，则心声锋起，夸过其理，则名实两乖……使夸而有节，饰而不诬，亦可谓之懿也。"（同上第371页）他还说："或有晦塞为深，虽奥非隐，雕削取巧，虽美非秀矣。故自然会妙，譬卉木之耀英华；润色取美，譬缯帛之染朱绿。"（同上第393页）

刘勰的话不但有针对性，也有预见性。

夸张和含蓄的"度"在哪里？诗是自由创造的精神产品，不可能用固定的尺子来衡量。夸张是对生活的放大。再夸张也要有生活基础，有真情实感。"燕山雪花大如席"，这是夸张，但它有生活依据。如果改成"广州雪花大如席"，这就失真，因为广州常年不下雪。王之涣《凉州词》头一句有两种版本："黄河远上白云间"和"黄沙直上白云间"，两者都源于生活，后者比较接近于生活原貌；前者更浪漫，更富有想象力，也就更富有诗味，所以一般的诗词读物都取前者。含蓄是用尽可能简洁的文字来表达尽可能丰富的内涵，是以有限来达到无限。它一要能达意，能让人读得懂，二要有广阔深邃的内涵。王国维在《人间词话》中提出"隔"的问题，认为有些作品有生涩之嫌，不容易让读者接受，不容易让人产生美感，和读者隔着一层东西。晚唐李商隐的诗作，特别是无题诗，是比较难懂的，有的诗像谜语，至今还存在着多种不相同的解释。李商隐是大诗家，有些作品虽然比较难懂，但确有很丰富很深刻的内涵，能令人反复思考、反复回味。他写得隐晦是有原因的。他生活在党争激烈的年代，本人既受过牛党重要成员令狐楚的提拔，又娶了李党重要成员王茂元的女儿为妻，和两边都有牵连，两边又都对他有猜忌。他不愿意卷入党争，又脱不开社会潮流。所以说话很谨慎，不能畅所欲言、直抒胸臆。诗的风格和他的处境大有关系。李商隐在中国诗歌史上独树一帜，创造了一个新的诗歌流派，对唐以后的诗歌创作产生了深远影响。但有优点也就有不足之处，金朝大诗人元好问曾经说："诗家总爱西昆好，独恨无人作郑笺。"他的批评可谓一语中的。至于有些李商隐的学步者，没有他那么高的才华，创造不出很美好的诗歌意象，以晦涩为深刻，以玩弄文字游戏为秀美，是不足取的。宋末元初词学家沈义父主张诗词的语言要力求典雅，避用一般人都明白的语言。他在《乐府指迷》中写道："炼句下语，最是要紧。如说桃，不可直说破桃，须用'红雨''刘郎'等字。如咏柳，不可直说破柳，须用'章台''灞岸'等字。"这就把含蓄变成故弄玄虚。

无论含蓄还是夸张，"隐秀"还是"夸饰"，都要努力做到形象鲜明，语言生动。朦胧也是一种美，这和题材的独特，作者精神面貌的独特有关系，不带有广泛的普遍性。艰深难懂的东西有时也蕴含着丰富的内涵，但并非只有艰深才能蕴含言外之意。艺术是富有群众性的精神产品，它是写给普通老百姓看的，如果只在同行的圈子中流传，它就不会产生应有的社会影响。艺术首先诉之于人的感官，要第一眼就抓住人，让人心动。古代的东西因为年代久远，有时需要查词典、查注释才能看得懂。今人的东西，如果第一眼引不起读者的兴趣，那么有多少人愿意反复吟咏、反复咀嚼它呢？白居易的作品既明白晓畅，又具有绵长的诗味。唐宣宗李忱在悼念白居易的诗中写道："童子解吟长恨曲，胡儿能唱琵琶篇。文章已满行人耳，一度思卿一怆然。"白氏年轻时写的"离离原上草，一岁一枯荣，野火烧不尽，春风吹又生……"备受老前辈顾况的称赞。它明白如画，又蕴含深刻的人生哲理，富有景外之意，弦外之音。毛泽东的《卜算子·咏梅》是受陆游的影响"反其意"而写出来的。梅花这种植物已被前人描述过无数遍，毛泽东却展示了全新的意境，通过寒梅，展现出当代共产党人的人生观和价值观。这里没有一句政治术语，没有一个字直接讲革命。"已是悬崖百丈冰，犹有花枝俏。""待到山花烂漫时，她在丛中笑。"诗一读就懂，却能让你反复回味，反复思考，把当代共产党人不畏艰险，以奋斗为乐，不图扬名，只做贡献的精神完全融化在梅花的形象里。平易自然而深刻，比起艰涩古奥而深刻来，前者无疑更胜一筹。

四、高雅与通俗，"曲高和寡"与"雅俗共赏"

"雅"是一个很古老的字眼，具有多种含义。《诗经》分三个品种：风雅颂。宋人郑樵说："风土之音曰风，朝廷之音曰雅，宗庙之音曰颂。"风雅颂首先和音乐，和应用场合有密切关系。风是老百姓日常吟唱的，"饥者歌其食，劳者歌其事"。雅多用在庆典、饮宴活动中，表演时有乐器伴奏，音乐比较规范化。颂用在祭祀祖先的礼仪活动中，有诵有奏，速度较缓慢，气氛更肃穆端庄。当然，这种区分是相对的，"风"中的有些作品，有时也可以应用于宴飨活动，如《关雎》《采蘋》《采蘩》等。大雅中的《生民》《公刘》《文王》等，是歌颂祖先的，无疑也可以进入祭祖活动。"雅"对于诗歌来讲，原来专指某一诗歌品种。后来含义扩大了，人们把在民间广泛流传、被老百姓普遍接受的东西称为俗文艺、俗乐，把在宫廷、庙堂，在士大夫中流传、艺术上更专业化、更精巧的东西称为高雅文艺。

雅乐和俗乐的对立，起码在春秋时期就开始了。孔子说："恶紫之夺朱也，恶郑声之乱雅乐也。"（《论语·阳货第十七》）他主张："放郑声，远佞人，郑声淫，佞人殆。"（《论语·卫灵公第十五》）《礼记·乐记》也说："郑卫之音，乱世之音也，比于慢矣。"《诗经》共三百零五篇，十五国风占一半多，共一百六十篇，其中郑风选得最多，计二十一篇。孔子删《诗经》编《诗经》之说，今人多不予采信，但孔子对"诗三百"作过明确评价，他是大力肯定的。他说:"诗三百,一言以蔽之,曰思无邪。"这无疑也包括二十一首郑风。可以说,孔子否定的是郑国的音乐,不是诗文。当然,诗文和歌声是不能截然分开的。是否孔子对郑声的抨击影响到后人对郑风的看法?我们不能完全排除这种可能性。雅颂的音乐,虽然没有乐谱留下来,据文字流传下来的描述,是比较端庄典重的,保留了不少祖宗遗留下来的唱奏规范,没有国风那么生动活泼。《礼记·乐记》记载这么一段故事:"魏文侯问于子夏曰:'吾端冕而听古乐,则唯恐卧。听郑卫之音,则不知倦。敢问古乐之如彼何也?新乐之如此何也?'"儒家重雅乐非俗乐,但俗乐更生动活泼,更能打动人心。魏文侯讲了大实话,他听古乐雅乐就要打瞌睡。梁惠王也曾当面告诉儒家"亚圣"孟轲:"寡人非能好先王之乐也,直好世俗之乐耳。"

我们的祖先刚刚创造文艺的时候,并没有雅俗文野之分。随着社会的进步,阶级分化的出现,体力劳动与脑力劳动的分工,社会上出现了穷人和富人、下等人和上等人的划分,文艺上的雅俗分野也就出现了。在长期的文艺史上,雅和俗既有相互对立的一面,又有相互渗透的一面。我国诗歌的诸多新诗体:四言、五言、乐府诗、曲子词 …… 最初都产生于民间。在老百姓中流传一段时间后,才传到文人手里。不仅诗歌,其他文艺品种也是这样:歌舞、曲艺、戏曲、绘画、手工艺品 …… 它们无不来自民间。一百多年前,我国打开了与西方接触的门户,西风猛力东渐。我们引进了不少西方的文艺形式,如交响乐、芭蕾舞、油画,等等。唯有新诗不是从民间发展出来的,但它的语言是中国人的口语。它算不算纯粹的舶来品?这要由新诗专家来下断语。我国文艺品种繁多,就多数来讲,最初都是孕育于民间。再高雅的文艺,它的祖先也是俗文艺。

提起民间，人们首先会想起田间地头。农村是民间文艺的重要发源地，但不是唯一。城邦、城市兴起之后，有了大批居民，其中绝大多数是普通老百姓，他们也是民间文艺的创造者和传播者。南北朝乐府中的西曲、吴歌，不仅在农村传唱，整个长江流域的商埠，都盛传着它们的乐声。高雅人士常常嘲笑"市井俚语"，认为它们登不了大雅之堂，北宋柳永就是引"市井俚语"入诗的代表人物。东汉以后，佛教传入我国，出现了大批信徒、寺庙。杜牧说"南朝四百八十寺"，可见佛教对我国影响之大。寺庙、道观，算不算民间？应当注意到，寺庙、道观并非只是修真养性之所。少林寺、武当山，都是全国闻名的练武之地。寺庙有"武功"，是否也有"文功"？刘勰因为早年寄居建康定林寺，在那里读了大量藏书，并向僧佑等有学养的僧人请教、切磋，经过反复思考，才写出不朽名著《文心雕龙》。敦煌留下来的手抄本中，有许多曲子词，可见当年有不少和尚喜欢唱曲子。两晋以来，寺庙有一种讲经形式叫唱导、俗讲，先吟唱一段佛经，然后加以讲解。为了吸引民众，这些讲解常常夹杂着生动的故事。起初，这些故事与教义紧密相关，后来，也讲些与宗教无关的故事。至于吟唱，开始有梵音，后来逐步被生动的中国民间腔调所代替。那些富有音乐才华的唱经者，居然成了僧俗共赞的"文艺明星"。敦煌留下来的文艺资料，有不少是俗讲、唱导的文本，其中有目莲救母这样宣传教义的变文，也有伍子胥变文、王昭君变文、董永变文、孟姜女变文这样讲世俗故事的变文。后者已超越宗教，是纯粹的文艺表演。唱导、俗讲、变文是我国说唱艺术的源头之一。到了唐朝，就出现了"说话"。白居易有诗曰："光阴听话移。""听话"就是听艺人表演"说话",用文字记录下来就成为"话本"。我国的古典长篇小说,是从说唱的话本演变出来的。小说的章回体,文本中夹杂着大量诗歌,这都和说唱艺术有关系,或者说,是保留了说唱艺术的胎记。古代王公贵族常常在家里养歌伎。年老色衰后,一部分嫁人,很大一部分被打发到道观、寺庙当道姑或尼姑。唐朝诗人卢纶写道:"君看白发诵经者,半是宫中歌舞人。"被遣散的歌伎把专业艺术带回民间,促进了民间艺术的提高。寺庙不但对我国的说唱艺术、小说艺术有重大影响,对其他文艺品种也有或明或暗的影响。所以,不能把民间看得太狭窄,田间地头是民间,市井街巷是民间,寺庙、道观也是带有民间色彩的。农村有民间艺术,城市的旗亭、勾栏、瓦舍,更是民间艺术的重要展示场所。流浪艺人甚至唱莲花落的乞丐,也是民间艺术的创造和传播者。农村中的巫师,和文化艺术有密切联系。在我国古代,在近现代的少数民族中,巫师是农村文化生活中不可或缺的角色。他们是人与神之间的沟通者,既能装神弄鬼,也能占卜治病,还会文艺表演。他们知道许多老祖宗传下来的典故、遗训,会背诵许多民歌,特别是从久远年代留下来的古老歌曲。在重要的民众集会中,他们或念念有词,或连唱带舞,是活动中的重要角色。从一定意义上说,他们既是迷信愚昧的传播者,也是"非物质文化遗产"的传承者。考察民间文艺,不能避开"巫"这个角色。当然,对民间文艺要一分为二,其中有大量优秀、进步的成果,也有落后、低级的成分。但一切文艺的最初源头是民间文艺、俗文艺,这是谁也否定不掉的事实。

雅生于俗,又反过来提高了俗、排斥了俗,这是长期存在的事实。为什么会出现这种相互矛盾的情况?二十世纪二十年代,胡适为自己编的《词选》写了一篇自序，讲了很值得注意的意见：

> 但文学史上有一个逃不了的公式，文学的新方式都是出于民间的。久而久之，文人学士受了民间文学的影响，采用这种新体裁来做他们的文艺作品。文人的参加自有他们的好处：浅薄的内容变丰富了，幼稚的技术变高明了，平凡的意境变高超了。但文人把这种新体裁学到手之后，劣等的文人便来模仿；模仿的结果，往往学得了形式上的技术，而丢掉了创造的精神。天才堕落而为匠手、创作堕落而为机械。生气剥丧完了，只剩下一点小技巧，一堆烂书袋，一套烂调子，于是这种文学方式的命运便完结了，文学的生命又须另向民间去寻新方向发展了。(《胡适文萃》，作家出版社1991年版，第451页）

胡适具体分析了词的发展历史，认为长短句经历了三个发展阶段："一、歌者的词。二、诗人的词。三、词匠的词。"第一阶段从唐末到北宋初年，"大家都接近平民的文学，都采用乐工娼女的声口"。第二阶段"诗人的词"，"起于荆公、东坡，至稼轩而大成"。题材扩大了，思想艺术深化了，是词的黄金时期。第三阶段"词匠的词"，一是"重音律而不重内容"；二是"侧重咏物又多用古典。他们没有情感，没有意境，却要作词，所以只好作'咏物'的词"。"这种词等于文中的八股，诗中的试帖；这是一班词匠的笨把戏，算不得文学。"它的命运"已不可挽救了"。胡适用词比较激烈，对三个阶段的论述略显粗疏，对宋末词风的概括亦有以偏概全之嫌，但他较早阐明了民间和文人的双向双重关系，指出了宋末在词坛的表面繁荣之中，已孕育了深深的危机。这是很有眼力的。

民间艺术既需要文人、专业人士来提高，又容易葬送在某些"专家""雅士"的手里。如果是艺术天才，如果是富有家国情怀和苍生情结的仁人志士，如果是热爱生活、热爱大自然，不愿意卖弄风情的放歌者，他们会把民间艺术提升到新的高度。如果只是诗歌潮流中的弄潮者，他们习惯于为作诗而作诗，为艺术而艺术，把主要精力花在推敲形式、锤字炼句上，忘了诗要言志、传情，要表达时代和人民的心声。久而久之，就把写诗变成一门手艺，一种工匠行为，一种单纯展示风雅、展示个人才华的文字游戏。诗的灵魂就丢掉了。

从孔夫子开始，两千多年来，雅俗问题一直是我国文坛的热门话题。到了上世纪"五四"前后，竟出现了谁也预料不到局面，在西风的猛烈吹袭下，不论雅文艺还是俗文艺，一律受到否定。不仅传统诗体，民族的音乐、戏曲、曲艺、歌舞……甚至作为文化载体的汉字，也一律被视为落后的东西而受到猛烈抨击。1904年，陈独秀用"三爱"的笔名在安徽报纸上发表文章，热烈赞扬民族戏曲。他写道："戏曲者，普天下人类所最乐睹、最乐闻者也。""戏园者，实普天下人之大学堂也；优伶者，实普天下人之大教师也。"（《中国历代文论选新编·晚清卷》，第260页）十四年后，他在《新青年》第4期发表的《与张厚载关于中国旧戏的通信》中完全变了调子，把戏曲贬得一钱不值。他写道："剧之为物，所以见重于欧洲者，以其为文学美术科学之结晶耳。吾国之剧，在文学上、美术上、科学上果有丝毫价值耶！"在历史大转折的关头，连陈独秀这样杰出的人物也未能保持冷静的头脑，在反封建问题上发表了相当过头的意见。为纠正新文化运动中形而上学的偏颇，为摆脱民族虚无主义的阴影，毛泽东在二十世纪三十年代末四十年代初提出民族化、大众化的思想，在党内外引起热烈反响，对新文化的健康发展起了重大促进作用。《在延安文艺座谈会上的讲话》指出，文艺工作既要讲普及，也要讲提高，要在普及的基础上提高，提高的指导下普及。不论普及还是提高，都要沿着正确的方向。这就从理论和方针政策的高度讲清了雅与俗的关系。根据马克思主义的文艺观和新时代人民群众对诗词事业的要求，中华诗词学会提出"雅俗共赏"。《中华诗词》杂志郑重地在每期封面写下刊物的办刊宗旨："深入生活，兼收并蓄，求新求美，雅俗共赏。"

对于诗词创作来讲，对于一切文艺创作来讲，雅俗共赏是很高的美学要求。过去有一句很流行的话，叫"曲高和寡"。仿佛作品的思想性艺术性愈高，它的读者、欣赏者愈少。这句话源于战国末年的《宋玉对楚王问》，其中写道："是其曲弥高，其和弥寡。"它长期被误解。宋玉讲的是唱歌，"和"是音乐术语，既不是指作诗唱和，也不是指读者或听众，和者是跟着唱，或是给领唱者唱和声的人。歌曲的难度高，会唱的人当然少。这不等于人们听不懂、不爱听，更不等于欣赏者少。我们当然不能仅以销售量和票房价值来衡量艺术品的高低，但好作品应当打动广大群众的心。艺术品的消费不同于物质产品。高档次的物质产品，买的人少，消费者少。高水平的艺术产品，比平庸之作拥有大得多的欣赏对象。李白、杜甫、白居易的代表作，是公认的经典，它们虽然是一千多年前写的，今天能诵能背的人仍然多得很。毛泽东诗词也是高水平的，它并不难懂，其读者量过亿。据海外华人统计，截至二十世纪末，毛泽东诗词英文版的发行量超过七千万册。它在国内的读者量就更多了。我们的文艺是为最广大人民群众服务的，是以人民为中心的，它应当"大众化"。习近平同志《在中国文联十大、中国作协九大开幕式上的讲话》指出："早在革命战争年代，毛泽东同志就多次强调要建设民族的、科学的、大众的中华民族的新文化。"他要人们铭记于心，努力贯彻执行。群众不满足于一般的新作品，他们需要思想精深、艺术精湛的精品力作。艺术生产的关键不在于数量，而在于质量。一首真正的精品力作，其作用胜过千百首平庸之作。所以，创造出雅俗共赏的精品力作，让我们的新作既有高度的思想性、艺术性，又有广泛的群众性，这是人民和时代对诗词创作的要求，也是我们所追求的艺术理想。

五、抒情和说理，"宗唐"和"宗宋"

南宋严羽在《沧浪诗话》中写下一段著名的话："夫诗有别材，非关书也；诗有别趣，非关理也。然非多读书，多穷理，则不能极其至，所谓不涉理路，不落言筌者，上也。"这段话像一块巨石抛入水中，荡起汹涌浪花。先是引起关于理和情、以文为诗还是以情为诗问题的讨论。接着就有"宗唐"与"宗宋"问题的争论。直到清代，"宗唐""宗宋"问题的争论达到高潮。清末"同光派"和"南社"在艺术上的分歧，焦点就是这个问题。民国成立之后，争论仍在继续。可以说，这是我国封建社会后期延续几百年的一个重要争议。

诗可不可以说理？本来，情、理、趣是不可或缺的。诗当然要传情，但传情和明理并不对立。姜白石说，诗有四种高妙，其中就包括"理高妙"。无论唐诗还是宋诗，都含有说理的成分。杜甫的《戏为六绝句》，是用诗写成的诗歌评论。杜牧、罗隐等人的咏史诗深入评说了历史是非和历史教训。被讥为以议论为诗的宋诗，更和"理"紧密联系，其中有不少微妙的哲理诗。中国几千年来一直讲"文以载道"，以至把诗当成宣传封建道统的工具，这就把问题推向极端。宋朝理学家程颐放肆攻击杜甫："且如今言能诗无如杜甫，如云'穿花蛱蝶深深见，点水蜻蜓款款飞'。如此闲言语道出做甚！"（《二程遗书·伊川先生语》）这位大儒一脸岸然道貌，容不得半点闲情逸致。严羽很勇敢，在理学笼罩四野的年代，挺身而出大声疾呼：诗词"非关理也"，这无疑是石破天惊的大胆论断。他并非全盘否定"理"，而是强调诗要有自己独特的表达方式。《沧浪诗话》在另一处写道："诗有词理意兴"，"本朝人尚理而病于意兴，唐人尚意兴而理在其中"。严羽把禅道引入诗学，他说："论诗如论禅"，"大抵禅道唯在妙悟，诗道亦在妙悟"。我们要高度重视"妙悟"这个词。诗中有理，并不意味着通过诗歌进行逻辑推理、概念判断，而要通过"妙悟"。"山重水复疑无路，柳暗花明又一村。""不识庐山真面目，只缘身在此山中。"这里有大智，有微妙的哲理。它不是通过论证得出来的，而是通过悟性悟出来的。因此，诗中的理必须有以下两点：一、要包含在生动的艺术形象之中，让读者从形象中悟出理来；二、要满带感情，把情和理结合起来。理和情不是水火不相容的，说理还是抒情不是争论的实质，在此背后有更深层次的东西。

在提出"诗有别材"的同时，严羽严厉批评了当时诗坛的不良风气："近代诸公"好"以文字为诗、以才学为诗、以议论为诗，夫岂不工，终非古人之诗也"。他认为要克服当时宋诗的弊端就要恢复唐诗的优良传统，"当以盛唐为法"。严羽的批评一针见血，引起许多人共鸣，也引起不少人的反对。反对者认为严羽所批评的不但不是缺陷，而且是宋诗的优点；不但不能以盛唐"为法"，而且要以严羽批评的那些宋诗"为法"。于是就有了"宗唐"还是"宗宋"的争论。历代的"宗宋"者，大多把批评的矛头或明或暗地指向《沧浪诗话》。

"宋诗派""唐诗派"这个称呼直到民国初期才正式出现，但这个争论由来已久。主张"宗宋"的人并非肯定一切宋诗。宋朝是一个经济繁荣、文化昌盛、军事羸弱的朝代，屡受外族欺凌。到了南宋，北方国土全部陷入金人之手。这是个丧权辱国的年代，也是个仁人志士辈出的年代。在文化上，爱国主义诗歌在宋朝达到高峰。北宋以苏东坡为代表的杰出诗家，把豪放派诗歌发展到新的历史高度。南宋出现了以辛弃疾、陆游为代表的爱国主义诗人。连婉约词的重要代表人物李清照，也写下"生当作人杰，死亦为鬼雄。至今思项羽，不肯过江东"这样的豪迈之句。这些诗是宋诗、宋词的脊梁骨。"宗宋"者并非要弘扬这个传统，他们对陆游、辛弃疾这样的爱国主义诗人相当冷淡，尊崇的是另一种诗风。"同光体"的代表人物陈衍概括前人的共识，断言中国诗歌最灿烂的年代是"三元"，即唐朝的开元（唐玄宗年号）、元和（唐宪宗年号）和宋朝的元祐（宋哲宗年号），宋诗的代表性诗人是杜甫、韩愈、苏东坡、黄庭坚。此外，他们还特别推崇元和年间的贾岛，赞扬他"清奇苦僻"的诗风。他们认为宋诗的传统可以追溯到唐朝，所以把杜甫和韩愈抬出来。对大力推崇的四位诗家，"宋诗派"并非一视同仁。"同光体"之前的宋诗派中坚人物曾国藩强调，要"宗涪公"。涪公即当过涪州别驾的黄庭坚，是江西诗派的一面旗帜。宋诗派不等于江西派，但他们特别看重江西诗派，这从他们的理论和创作中都能体现出来。

我们在前面说过，诗源于民间，各种新诗体也大多产自民间。文人占领诗歌舞台之后，起了两方面的作用，把诗往两方面推。一、一些杰出的进步的诗人提高了诗歌的品位，使它在思想和艺术上更上一层楼，使它更精致更工巧；二、另一些人磨掉了诗歌的泥土气息和生活气息，使它书斋化、贵族化，单纯从形式、技巧的角度锤打诗歌，使形式大于内容，技巧压倒诗情，使它变得越来越呆滞、刻板，以至慢慢脱离了基层老百姓。关于形式主义对诗歌的危害，前人已经作过许多阐述。关于复古主义对诗歌的冲击，也要给予充分的重视。掉书袋，玩典故，从故纸堆里找灵感，以古奥玄虚为深刻，这种风气在宋朝也很流行。复古主义和形式主义经常形成合力，共同捆绑诗词创作。严羽批评了这种风气，遭到了许多人的反批评。所谓宋诗派，在这点上是与严羽相对垒的。

作为宋诗派最为推崇的人物，黄庭坚的成就是后人公认的。他是大诗家、大书法家，写出了许多脍炙人口的佳作。他的诗论既和自己的创作有联系，也有一定程度的矛盾。特别是他关于"点铁成金""夺胎换骨"的观点，对后世产生了巨大影响。黄庭坚说："古之能为文章者，真能陶冶万物，虽取古人之陈言入于翰墨，如灵丹一粒，点铁成金也。"（《答洪驹父书》）他还说："诗意无穷而人之才有限，以有限之才，追无穷之意，虽渊明、少陵不得工也。然不易其意而造其语，谓之换骨法，窥入其意而形容之、谓之夺胎法。"（惠洪《冷斋夜话》引黄庭坚语）他甚至说："老杜作诗，退之作文，无一字无来处，盖后人读书少，故谓韩杜自作此语耳。"(《答洪驹父书》)这就未免和事实有较大的出入，甚至有点离谱。韩愈说："唯陈言之务去。"如果杜甫、韩愈的诗文每个字都是从古书里搬来的，那么他们顶多是熟练的抄书匠，怎能成为千古大家？难怪金朝诗人王若虚批评道："鲁直论诗，有'夺胎换骨''点铁成金'之喻，世以为名言。以予观之，特剽窃之黠者耳。"(《中国历代文论选新编·宋金元卷》，第207页）清袁枚没有指名，说得也很尖锐："人有满腔书卷，无处张皇，当为考据之学，自成一家。其次则骈体文，尽可铺排，何必借诗为卖弄？"(《中国历代文论选》下册，第168页）不过，黄庭坚的成功之作，未必是按"点铁成金""夺胎换骨"之法创造出来的。如"桃李春风一杯酒，江湖夜雨十年灯"(《寄黄几复》）这样的名句，没有搬弄典故，没有借用古句，写的是朋友之间的友情，很朴素，很自然。唯其情真意切，倾吐的是自己的肺腑之言，才十分感人。不仅黄庭坚本人，就连黄庭坚的崇拜者，"宗宋"的鼓吹者，也不可能完全按照黄庭坚所传授的方法作诗。"点铁成金""夺胎换骨"很难做到。"无一字无来处"几乎是不可能的。虽然黄庭坚的创作主张很难实行，但它反映了一大批士大夫躲避时代风雨，竭力在书斋中找安逸，在故纸堆中找心灵慰藉的精神状态，所以仍然获得了相当多人的共鸣。直到八百年后，"同光体"诸同仁仍迷恋黄的"点铁成金""夺胎换骨"论，把它高高举起来。

写诗能不能用典故，能不能化用前人的名句？答案当然是肯定的。问题在于：一、不能追求古奥生僻，要让群众看得懂；二、要为我所用，写出新的感情，新的意境，不能"不易其意"，泥古不化。鲁迅、毛泽东也曾用典或借用前人的名言名句。鲁迅屡遭围攻并被人造谣中伤，他写了一首七言绝句作答："横眉岂夺蛾眉冶，不料仍违众女心。诅咒而今翻异样，无如臣脑故如冰。"在这里，鲁迅借用了《离骚》中的词句："众女嫉余之蛾眉兮，谣诼谓余以善淫。"鲁迅既继承了屈原，又写出了全新的思想境界，展示了他独特的个性。屈原忿而投江，鲁迅面对造谣中伤则岿然不动、极端蔑视，"无如臣脑固如冰"。毛泽东的《水调歌头·游泳》用了"神女"这个典故。本来，这个典故两千多年来已经被文人墨客写过无数遍，写烂了，毛泽东却赋予它以全新的含义，展示出社会主义建设的巨大新变化。毛泽东的《七律·人民解放军占领南京》用了一整句李长吉的"天若有情天亦老"，一字不易却展现了与前人完全不同的思想境界。李贺的《金铜仙人辞汉歌》写的是"仙人临载乃潸然泪下"。毛泽东的诗则告诫全党全军，不要学项羽的"妇人之仁"，要"将革命进行到底"，并把"天若有情天亦老"提升到"人间正道是沧桑"的哲理高度。前人用典，有成功的，也有不成功的，有化用很巧妙的，也有食古不化的。我们要从不成功的前车中引出教训，从成功的范例中引出经验。"以才学为诗"的问题不在于"才学"，也不在于用典，而在于搞错了源和流的关系。诗人当然要多读书，但诗的源泉在生活。书本知识可以帮助诗人提炼生活、塑造诗歌意象，却不能代替诗人从社会生活中获得创作灵感。如果认为从故纸堆里拣出来的东西比用生命和鲜血铸出来的东西更高明、更珍贵，那就会酿成大谬。

南社与"同光派"的争论，是"宗唐""宗宋"之争的最后一幕，也是剧的高潮，对后人影响深远。柳亚子在回忆南社与"同光体"争论时说："从晚清末年到现在，四五十年间的旧体诗坛，是比较保守的同光体诗人和比较进步的南社派诗人争霸的时代。"（《中国历代文论选新编·晚清卷》，第255页）他早年说得比较激烈，甚至称以清朝遗老自居的同光派人士"没有一个是好的"。后来比较冷静、平和。我以为柳亚子在这里讲得比较公允，符合历史真实。就政治倾向和艺术追求来讲，二者有进步和保守之分，不能认为都是意气之争。就具体人的创作来讲，情况很复杂，不可一概而论，更不可全盘肯定一方，全盘否定另一方。

南社的成员绝大多数是同盟会会员，有好几位还是革命领袖、革命烈士，黄兴、宋教仁、廖仲恺，都是南社成员。孙中山长期在国外，没有机会参加南社，但对南社的活动是积极支持的。南社诗人苏曼殊的葬礼，全部由孙中山筹款。南社以诗歌为革命运动的先声，留下了许多气壮山河的优秀诗篇。它主张把传统形式和"新语句、新意境"结合起来，继黄遵宪、梁启超等人的"诗界革命"之后，在更大范围内推进了古典诗词和新时代的结合。柳亚子在《胡寄尘诗序》中说："余与同仁倡南社，思振唐音以斥伧楚，而尤重布衣之诗，以为不事王侯，高尚其志，非肉食者所敢望。"（《中国历代文论选新编·晚清卷》，第254页）南社的又一位发起人高旭在《南社启》中说："余观古人之灭人国者，未有不先灭其言语文字者也。""然则国魂何所寄？曰：寄于国学。欲存国魂，必自存国学始，而中国国学之尤可贵者，端推文学。"（同上第257页）高旭认为成立南社，重振诗风，是为了存国魂、扬国魂、振国魂。他们"振唐音以斥伧楚"，是提倡自然朴素的诗风，反对形式主义和复古主义，并非唯唐人之诗独尊。

"同光体"的领军人物陈三立，是维新变法的积极参与者。变法失败后，遭到贬斥。当时，他是站在历史潮流前列的。辛亥革命成功后，他和"同光体"的一大帮人以清朝遗老自居，但没有站到革命的对立面。日本侵占东北、华北后，他表现出可贵的民族气节，绝食而死。可以说，他的人生句号是画得很光彩的。陈三立在诗中自称："凭栏一片风云气，来作神州袖手人。"虽自诩为"神州袖手人"，但并没有完全失去家国情怀。"合眼风涛移枕上，抚膺家国逼灯前。""百忧千哀在家国，激荡骚雅思荒淫。"在苦闷、凄寂中透出几分忧国之思。应当说，他是我国近现代的一位优秀诗人。和陈三立齐名的陈衍，是"同光体"的理论家，他猛力抨击严羽，力挺黄庭坚的诗说。他说："严仪卿有言，'诗有别才，非关学也'，余甚疑之。""一字不苟，字字有来历，非徒为大言以欺人。"（《中国历代文论选新编·晚清卷》，第140、141页）陈衍的政治经历与陈三立相似，自称写的是"寂者之诗"。经过戊戌变法的大挫折，他对人生和社会变得冷漠。他的《清明日怀尧生荣县》写道："诗料日以贫，诗力日以微。惟有作诗肠，日枉千百回。"颇有百无聊赖的味道，但他也写些涉及日常时事的诗。清人张际亮把诗分为三种：才人之诗、学人之诗、志士之诗。张际亮力推"志士之诗"，并不排斥"学人""才人"之诗。如果以张际亮的诗论来划分，我以为，南社的诗大体可归入志士之诗，"同光体"的诗大体可归入学人之诗或准学人之诗。在诗歌的发展方向问题上，我们要坚决把人民摆在中心的位置上，对于古代文艺，要高度重视那些富有人民性的作品。在创作道路上，我们要坚决从生活出发，把言志、传情、塑造诗歌意象摆在第一位，反对形式主义和复古主义。对待具体的诗歌创作，要允许多样化，志士之诗是应当提倡的，学人之诗也是可以包容的，其中亦有佳篇佳句。

2018年7月

杜甫夫人的发髻和现代文人的狂想

贤亮先生在他的新作《青春期》中，引了杜甫《月夜》中的一句诗："香雾云鬟湿。"杜诗原为"香雾云鬟湿"，张先生把鬟写成鬓。鬓指鬓角。一般地说，古代已婚妇女在脑后盘一个发髻，未婚女子在鬓角梳两个发髻。杜妻是多子女的中年妇女，不可能在头上梳两个犄角。况且鬟为平声，鬓为仄声，后者不合律。不过，南北朝的《木兰诗》中倒有"当窗理云鬓"之句。当今文人经常只凭记忆引古诗。人脑不是机器，出点差错，把东家的东西挪到西家去，是不足为怪的。

使我震惊的是，张先生根据引错的诗句，居然随心所欲地作出杜诗新解。他在小说中写道："那隐藏在乌黑的发根中依稀可见又难见的白皙的皮肤，启发了我对杜甫的'香雾云鬓湿'有了新的诠释。我自信比稍逊风骚的私塾先生更理解杜甫。她圆润的脖项上方那一小片微有弯度的爬升地带，颜色时深时浅，或白或黑，在我眼中果然雾气蒙蒙，香烟缭绕。所以我认为杜甫的'香雾'并非一般人解释的是嗅觉上的'香'，而是指视觉上如'雾'的朦胧；'湿'也不是潮湿的'湿'，而是触觉上的凉爽和光滑。对女人的鬓发有如此细腻入微的感觉，可见杜甫真是个伟大的女性鉴赏家。"

我们的作家是否比私塾先生"更理解杜甫"？我看不要把话说绝了。私塾先生教错了字、解错了意是要丢饭碗的，他们起码不会把"鬟"当作"鬓"来"理解"。不过张先生扬言私塾先生比他"稍逊风骚"，这倒是千真万确的。岂止"稍逊"，简直有天壤之别。这有张先生的许多作品为证。就拿这篇自传体小说《青春期》中的"我"来说吧，就具有非常强烈的性意识。"我"五六岁的时候，就和"一个比我大好几岁"，"应该叫她'姐姐'的邻居"有过一次很不寻常的接触，"在黑暗中两个人肉体揉成一个肉团"。上中学的时候，"我"望着前排一个女生想入非非，"一见到她的脖项便激动得想去触摸"。长大以后，风流韵事更是接连不断。"我"认为"青春期"就是"发情"，甚至认为"希特勒变成恶魔和爱因斯坦成为划时代的大思想家，都与他们青春期时的某种特殊遭遇有关"。张先生看重"青春期"，有志于在作品中弘扬他的性意识，我们对此暂不作议论。《青春期》不但具有浓郁的性意识，也具有强烈的政治意识，对此我们也暂不作议论。我们首先要议论的是，张先生居然把一千多年前的杜甫拉出来，封他为"伟大的女性鉴赏家"，让他充当"青春期"文学的老前辈。仿佛杜甫是用文学展览女人身体的先行者，而《月夜》就是此种类型之作；仿佛"我"之所以见到前排的女同学，就盯住"圆润的脖项""白皙的皮肤"想入非非，是从杜甫的《月夜》中得到启发。李白飘逸，杜甫典重，这是前人的共识。而今在一些人的笔下，典重、儒雅的杜老先生居然也是用色眯眯的眼睛看世界、看女人，这不能不使世人大吃一惊。

杜甫当然是伟大的。他的伟大表现在哪里，难道是表现在"女性鉴赏"上吗！如果以此论"伟大"，杜诗肯定比不上六朝的宫体诗，更比不上张先生的"青春期"小说。杜甫一生写了一千四百多首诗，其中有不少是刻画女主人公的。如《丽人行》《佳人》《负薪行》《咏怀古迹》（其三）《观公孙大娘舞剑器行》，都是写女性的名篇。《丽人行》是讽刺诗；《佳人》表达了对惨遭战祸，后又被丈夫遗弃的弱女子的同情；"剑器行"写的是古代精彩的舞蹈表演……其中何曾有半点轻佻的笔墨。《负薪行》写的是"昭君村"的女性，作者的注意力不在于追忆古代美女，而是着力刻画被生活折磨得面黄肌瘦的劳动妇女，发出"若道巫山女粗丑，何得此有昭君村"的不平之声。杜甫的伟大之处，有一点就在于他是尊重妇女的。在他那个时代，还不可能出现妇女解放、男女平等的思想，但他从来都是以同情的眼光看待弱女子的。追芳逐艳，把女性当作玩赏和泄欲的对象来描写，这与杜甫有何相干？

就拿那首被张先生引用的《月夜》来说吧，对"香雾云鬟湿，清辉玉臂寒"有两种不同的解释。一种认为写的是月中嫦娥，一种认为写的是作者自己的妻子。不论哪一种解释，都认为这是一首感情深沉意境高远的怀人诗。"云鬟"在诗中指的是盘在妇女脑后的发髻。哪能透过发髻，看到"隐藏在乌黑的发根中依稀可见又难见的白皙皮肤"？什么"时深时浅，或白或黑"，什么"触觉上的凉爽和光滑"，都是张先生胡思乱想的产物。杜甫写《月夜》，正是他被安史之军掳往长安的时候。困在城里，食不果腹，衣不蔽体，一心忧国忧民忧妻忧子，其处境和下海当老板的张先生自然大不相同。"烽火连三月，家书抵万金"，哪有可能"饱暖思淫逸"？

杜甫已经逝世一千多年了，还是让他在地下安息吧！把他拉出来充当现代的"风流种子"，充当"青春期"文学的助威者，这是对祖宗的不尊重。须知，杜甫是中华民族的诗圣，他在广大人民心目中有崇高的地位。歪曲杜甫，就会伤害人民的民族自尊心。杜甫生前最反对"轻薄为文"。望"轻薄为文"者不要"轻薄"到杜甫的头上。

2003 年 9 月

第二辑

关于现当代诗词

《赠友人》后记

　　集子中的几十首旧体诗，有一首写于"文革"期间，其余都是近十年写的。

　　我小的时候，和一般的孩子一样，读过《唐诗三百首》《千家诗》中的若干篇章。不过，绝没有显露出在文学和诗歌方面有什么才华。我的第一兴趣是音乐。1951年，考上了中央音乐学院附属中学，圆了我的音乐梦。六年附中，五年本科，毕业后留校任教。从1951年到1976年，我在中央音乐学院学习、工作了整整二十五年。可以说，我的青春年华，我的上半辈子，是在盈耳乐声中度过的。音乐和诗歌是很亲近的姐妹艺术。中国的传统诗歌，几乎都能入乐。古代留下来的曲谱极少。从诗歌、唱本、戏曲中寻求古代音乐的发展轨迹，是音乐史研究的重要途径之一。从中学后期开始，我养成了背诵民歌的习惯，每星期都要背几首，穿插着也背诵一些古典诗词和戏曲、曲艺的段子。通过背诵，引起我对古典诗词的浓厚兴趣。

　　十年"文革"中，有一半的时间是在"牛棚"度过的。和家人、朋友失去联系，加上心情郁闷，于是就想起了写诗。当然，不是写在纸上，而是在心中默诵，否则吃罪不起。特别是逢到节假日，"革命群众"都可以回家和亲人团聚，而我这样的"牛鬼蛇神"，则必须在"牛棚"中继续反思自己的"罪行"。这个时候，我常常默诵古典诗词，也琢磨着写几句诗，以排遣心中的忧愤和郁闷。由于当时都没有记在纸上，后来大部分忘却了。打倒"四人帮"后，我被调到文化部政策研究室，做拨乱反正的工作。后来，陆续在中国文联和中国作协供职。工作节奏相当紧张，十几年的时间里，从来没有动过写诗的念头。和旧体诗结缘是很偶然的。1993年，中国作协派一个代表团赴越南访问，同行的有两位诗人，而越南又是盛行诗歌的国度。因此，每到一个地方，难免要搞些唱酬活动。在同团诗友的鼓励下，我这只旱鸭子也下水游了几次。回国后，发表了几首访越小诗。没想到诗坛泰斗臧克家看到后，给我写了封热情洋溢的信，还帮我修改了个别词句。他建议我一方面继续写理论批评文章，一方面下点功夫写格律诗。臧老的信给了我极大的鼓励。此后，每有所感，就琢磨着写点东西。把习作寄臧老，他总是不厌其烦地给我回信，给我指点。我之所以走进格律诗的丛林，同臧老的鼓励与鞭策是分不开的。臧老已九十有七，想起他，我的脑子中就会浮现出孟郊的诗句："谁言寸草心，报得三春晖。"

　　旧体诗应该怎么发展，怎么写？作为理论批评工作者，我写过少量关于旧体诗词的文章。作为诗词写作者，我在动笔的时候从来不考虑什么理论问题。兴之所至，情之所动，写下来就是。开会、看稿子、写文章，已经很累了。写诗的时候，还要把脑子搞得那么紧张，不是累上加累吗？得句之后，当然还要推敲，这多半是在茶余饭后，散步之中，入眠之前进行。我从未伏案苦吟。我把写格律诗当作一种业余活动、一种休息、一种生活的调剂。

琢磨诗句，就像琢磨棋谱，虽然也要挖空心思，但动脑子的时候有说不出的轻松，说不出的乐趣。据说，马克思在紧张工作之后，常常用做数学习题来换换脑筋。我想，写诗总不会比做数学习题更枯燥吧！

对于诗词格律，我既努力遵从，也有越雷池之举。当诗情和格律发生矛盾又难以克服的时候，我宁可委屈后者，决不牺牲前者。就像赛球一样，大家都必须遵守竞赛规则，否则就乱了套，但也允许运动员偶尔犯规。像马拉多纳、罗纳尔多这样的大牌球星都有犯规的时候，我这样的庸常之辈为什么就不能越雷池一步？诗友可以看到，我这里有"越位"，有"出线"。是否还有更严重的"犯规动作"，必须"红牌罚下"，那就请读者去评判吧！

贾漫、秦中吟、杨金亭、丁国成等诗友给过我许多帮助。为了出版这本小册子，张脉峰诗友帮助做了许多工作。谨在这里致以谢忱。

2002年8月

相煎何太急
——关于"红豆·相思节诗词大赛"的是是非非

　　"红豆·相思节"诗词大赛从去年8月中旬宣布评奖结果到如今，时间过去了半年多。颁奖会一结束，海内外各种媒体就纷纷做出报道。直到最近，议论之声仍络绎不绝。有的在出版物上做出评论，有的通过电脑网络传播自己的声音，有的向有关人士写信陈述自己的意见。其中，有肯定、有否定、有批评、有建议。众说纷纭，这总的说来是好事情，说明大奖赛引起人们的广泛关注，说明关心诗词事业的人数增多了。这些意见对繁荣诗词创作，改进评奖工作，是很有帮助的。

　　我们不能不注意到，也有一些同志对这次活动有误解以至曲解，无端地给它抹黑，甚至对一些同志进行人身攻击。如何评价获奖作品？这是个百家争鸣问题，人们完全可以也应当各抒己见。有褒有贬，有各种不同的声音，是很正常的。评奖过程中都发生了什么事情？它的初衷是否为了搞商业炒作，甚至为了掀起复古主义的潮流？它的过程是否贯串着"暗箱操作"，出现了种种"猫腻"？它的结果是否"丢丑"，体现出"腐败""分赃"？这是又一个问题。后者不仅关系到主办者、评委和获奖者的人格尊严，也关系到文坛的思想风气。评奖已经尘埃落定，它已成为一段历史。

对于历史，应当尊重它的本来面目，不应任意进行涂抹。

一、大赛的初衷和"商业炒作"

　　为什么要举办这次大奖赛？这个活动刚刚启动的时候，主办单位发布了"征稿启事"，明确向社会宣告："为了使古老的民族传统文化在新的世纪绽放更加夺目的光彩，激励广大诗人、词家及诗词爱好者的创作热情"，特举办"红豆·相思节诗词大奖赛"。"启事"对应征作品提出以下的具体要求："一、作品内容切近现实，反映社会风情和时代风貌，抒写海内外炎黄子孙的相思情结。诗词内必须嵌入'红豆'两个字，内容以爱情为主，也可以抒发亲情、友情、乡情、故国情思等。二、诗味浓郁、意境优美、哲理深邃、艺术独创。三、形式不限，举凡近体诗、古体诗（古风）、词、曲、竹枝词等皆可参赛。""启事"还提出："本次评奖坚持质量第一、诚信为本的原则，接受社会监督。"以上这些，就是举办"红豆诗赛"的初衷。由于水平和精力所限，评奖工作存在着不足和不周之处。但如果尊重事实的话，关心并跟踪这项工作的同志都可以看到，大赛组委会、评委会和办公室的同志，总体上是努力按照评奖初衷进行工作的。

　　这次大奖赛的主办单位中，有著名企业红豆集团，他们出资承担了全部费用。企业参与，是否意味着整个活动就是商业炒作？事实上，当今的文艺评奖，除了政府出资主办外，几乎都有企业参与。文艺单位大多是穷单位，不去社会上寻找经济支持，怎么解决评奖经费问题？小说界、新诗界可以这么做，为什么诗词界不能这么做？企业和文化联姻是一回事，搞商业炒作又是一回事。红豆集团一直呼吁把传说中的牛郎织女相会的日子，即农历七月七日定为民族的情人节，为此举办过多项活动。无锡市举办的"七夕相思节"文艺晚会，曾经由中央电视台转播，在海峡两岸产生了强烈反响，对沟通两岸亲情起了很好的作用。大赛要求应征作品必须嵌入"红豆"两个字，并不是为了给具体的产品做广告。在启动大赛的新闻发布会上，主办单位的发言人讲得很清楚，红豆是爱情和相思的象征，唐人王维写过家喻户晓的红豆诗。嵌入红豆二字，是为了突出诗词的抒情特色。衡量文艺评奖是否卷入商业炒作，首先要看它的获奖作品是否带有广告色彩。这次获奖的三十二首作品，写的是爱情、亲情、乡情、故国情等等，唯独没有歌颂金钱和色情。现在社会上确有广告诗，但它与红豆奖无缘。

这次大赛给一等奖获得者颁发二十万元奖金，这引起一些人愤愤不平，以致出现了这样的公开指责："对古体诗如此重奖很难不让人怀疑赞助者别有居心。"别有居心者，居心叵测也。凭什么说赞助者别有居心？一点事实也拿不出来，唯一根据就是奖金数目大。能够以奖金的多寡作为是否商业炒作、是否别有居心的衡量标准吗？国家给袁隆平等科学家颁发的奖金达几百万元，诺贝尔奖的奖金是红豆奖的几十倍，照这个逻辑，不是更"别有居心"吗？对于优秀的小说、新诗，可以给予重奖，为什么对于优秀的格律诗就不能重奖？说穿了，有些人就是对格律诗有成见，一见到奖励旧体诗词就火冒三丈，说这是"弘扬落后文化"，以致"城门失火，殃及池鱼"。明明是对搞诗词的人有意见，却要把板子打在赞助者的屁股上。这样做，无非要切断社会对诗词事业的支持，首先是经济上的支持。我无权对红豆集团做出总体性的评价，就企业和文化联姻这一点来讲，他们是很有眼光、很有魄力的。他们不搞急功近利的实用主义，真心实意地为弘扬民族优秀文化做出贡献。当他们因为赞助文化事业而受到一些文化人攻击的时候，作为一个文艺工作者，我不能不为文化圈中的不文明行为感到羞愧。我以为，企业赞助文化事业，只要有利于弘扬民族优秀文化，有利于建设社会主义精神文明，有利于繁荣社会主义文化艺术，就应该受到欢迎。用门户之见看待企业和文化的联姻，合我意的就鼓掌叫好，不合我意的就嘘声拆台，这种态度是很不可取的。

二、暗箱操作还是暗箭伤人？

这次评奖的过程不算复杂，它和一般的文艺评奖一样，大致经历了以下三个阶段：一、酝酿筹划；二、征集稿件；三、评奖颁奖。首先，由《中华诗词》杂志社、无锡市委宣传部、红豆集团共同协商、筹划，确定了评奖的宗旨、范围、规模、标准等；同时，拟定了组委会、评委会名单和"征稿启事"。嗣后，于去年3月在北京召开新闻发布会，公布"征稿启事"，向海内外炎黄子孙广泛征集稿件；同时，成立了工作班子，着手收受、登记来稿，处理有关事宜。再后，曾两度对来稿进行筛选，由丁芒等四位诗人、诗评家组成的初评小组，从十一万多首来稿中选出二百五十首，作为入围作品。7月下旬，在北京进行终评，评委会经过讨论，确定《"红豆·相思节"诗词大赛评奖办法》，评委各自投票，评选出三十二首获奖作品。所有入围作品都隐去作者姓名，编上号码，评委按号码给每一首入围作品打分，按总分高低确定一、二、三等奖。如果说这次评奖有什么特点的话，那么可以说：一、来稿很多，共收到美、英、法、日、加拿大、新西兰、泰国、新加坡等十个国家以及海峡两岸暨香港、澳门的诗作十一万多首。规模之大，是前所未有的。二、参评作品不由基层推荐，只要按照征稿要求寄来作品，就可以参评。

应当说明，由丁芒等四位同志筛选出来的入围作品是二百五十件，最后参加终评的作品比这个数目要大。这是怎么一回事？事情是这样的：丁芒等同志完成筛选工作后，评奖办公室继续收到来稿。虽然收到稿子的时间已超过截稿日期，但发信时邮戳印记却是截稿之前的日期。经评委会和主办单位有关负责人共同研究，决定承认它们的参评权，因为"征稿启事"中明确规定"信函以当地邮戳为准"。这些作品由《中华诗词》编辑部抽调专业人员进行筛选，挑出符合征稿要求的优秀作品，增补到入围名单中去，也是隐去作者姓名，编上号码，由评委按照号码打分。这么做有没有"猫腻"？也许这一道筛选搞得匆忙一些，它反映出组织者事先对问题考虑得不周到，一些该注意的环节事先没有考虑到，但其中没有什么不可告人的东西。这是由集体讨论决定的，目的在于弥补工作中的疏漏，并没有特意向什么人倾斜。这样做谈不上什么"暗箱操作"。

指责"腐败"，最主要的一个"依据"，就是曾担任评委会主任的刘征参加大奖赛，得了一等奖。《"红豆·相思节"诗词大赛评奖办法》第二条明确规定："本次大赛的所有组委会成员，包括初评小组成员、评委、顾问，均不参赛，如已参赛，必须退出大赛组织机构。"这就是说，裁判员不能兼运动员，运动员不能兼裁判员，熊掌与鱼不可兼得，二者只能选其一。其实这不但是"红豆奖"的规定，也是近来许多文学评奖的惯例。中国作家协会的鲁迅文学奖，就是按照这种惯例实施的。原评委退出评委会，成为参评作者；或者被推荐者退出参评作品，保留在评委会中，这两种情况都发生过多次，人们并不觉得其中有什么不正常。刘征同志自己讲，他的《红豆诗》去年年初就写好了，本来不准备参赛。后来有一位美国朋友八十多岁还参加滑雪比赛，使他很有感慨。他觉得不应该服老，不妨同中青年一较短长。于是"老夫聊发少年狂"，"我毅然辞去评委会主任的职务，决定参赛"。去年6月6日（大赛截稿日期为7月15日），他给评委会和组委会写信，提出辞职参赛。经过集体讨论，评委会和组委会同意了刘征的请求。这么做，是照章办事，也是光明磊落的。

　　有的同志不喜欢刘征的《红豆曲》，认为它不够得一等奖。我以为持这种见解的人完全有权利陈述并保留自己的意见。评奖是一种重要评价，但它不是最后的结论。一部作品能否传诸后世，要经过群众的检验和时间的检验。对评奖结果有不同意见的，远不止"红豆奖"一家。现在做结论为时尚早，双方可以继续争论或继续保留自己的意见。作品达到什么高度是一个问题，作者和评奖工作人员有没有营私舞弊是另一个问题。刘征同志退出评委会后，再也没有参加大赛的评审活动（事实上，除了初期酝酿外，大赛正式开始后，他从未参加有关大赛的任何活动），也没有给评审施加任何影响，更没有向什么人说情、送礼。终评进行的时候，他在国外参观访问，和任何一位评委都没有接触。他所做的，就是一位参评者所应做的。他的得奖，是评委按章程背靠背民主投票的结果。说刘征同志营私舞弊并以此引申为整个评奖是一场腐败的丑剧，这就远远超出了文艺评论的范畴。信口开河者应当知道，说这种话是要负法律责任的。

三、本是同根生，相煎何太急

对"红豆奖"的攻击来自两个方面，诗词界外部和诗词界内部。外部攻击主要来自新文化队伍中少数有偏见的人，他们瞧不起民族传统文化，断言发展格律诗就是弘扬落后文化，说什么"提倡旧体诗跟收藏旧物一样"，"都是我们这个时代复古思潮的体现"，"这股潮流的泛滥，对'新兴现代文化'是一场灾难"。对于这一类观点，已有不少同志撰文进行剖析。文艺作品的思想观念和传播手段有先进落后之分，它的艺术形象也有新颖陈旧之分，就艺术体裁和艺术样式来讲，本身无所谓先进或落后。旧形式可以表达新内容，新形式也可以表达旧内容。不能认为历史悠久的必定落后，新近出现的必定先进。国画、书法、曲艺、戏曲都有很悠久的历史，难道因为"古已有之"，它们注定统统是落后的？"用下半身写作"是新近冒出来的，难道因为"新"得出奇，就必须恭维它们为"先进文化"？鲁迅写过小说、杂文、散文，也写过不少旧体诗，难道能说前者是先进后者是落后的？即使是收藏文物吧，和复古主义也无必然联系。否则国家文物局就成了复古主义的大本营。如果形而上学是落后文化的话，如果夸大其词无限上纲是落后文化的话，我劝一些同志警惕这些陷阱，万万不要自己把自己绕到落后文化中去。

反对旧体诗者提出这样的诘问："旧体诗能拯救中国诗吗？"这令我们惊诧。我们搞"红豆奖"，绝没有用格律诗取代自由体的企图，也根本没有想到用旧体诗去"拯救"新体诗。最近，听说一些新诗的读者量在减少，阵地在缩小。如果说新诗患了什么病的话，那么应该在新诗内部找病源，谁身上长了东西，谁去外科动手术，用不着拿格律诗开刀。拿别人开刀是治不了自己的病的。

旧体诗和新体诗，各有各的读者群和作者群。当然，也有一些人是新旧体都读、都写的。中国有十三亿人口，艺术受众多得很。格律诗繁荣了，绝不会妨害新体诗的发展。新体诗繁荣了，也不会损害旧体诗的发展，更谈不上谁给谁带来灾难。只要自身的艺术生命力强大起来，谁都有广阔的发展空间。我们早就说过，新旧体诗应当"同荣并茂，比翼双飞"，大家"互相学习、互相借鉴、互相竞赛、互相促进"。老担心旧体诗会抢自由诗的饭碗，以致攻击他人"别有居心"，这起码是自信心不足的一种表现。

诗词界内部的捕风捉影，恣意攻击，则更令我们感到忧虑。有些同志是热爱诗词事业的，对诗词也有一定的修养和研究，但他们太自信、自负了，从瞧不起他人发展到恣意攻击他人，甚至匿名、化名，在媒体上发布极不负责任的言论。譬如对待刘征同志，简直欲置之死地而后快。刘征的《红豆曲》即便有这样那样的不足之处，总还是工整、流畅、有真情、有诗意的。说它"拙劣""文不对题""凭空臆造""不堪卒读"，不是太夸张了吗！这首诗是根据关于昭明太子的民间传说创作的，民间传说本身就是人民想象的产物。指责它"于史无据""凭空臆造"，简直让人哭笑不得。我想，论者大约不至于连什么是艺术虚构都不知道。这样的指责，只能让人想到"欲加之罪，何患无辞"。退一步讲，即使刘征的《红豆曲》难以令一些人首肯，获奖的还有其他的好诗。说它们"水平最低""尚多不合格"，这不是把一大批获奖作者都否定了吗！

如果仅仅是否定获奖作品，那么即使不敢苟同，我们也会尊重论者提出意见的权利。钟嵘把陶潜的诗歌列为中品，托尔斯泰对莎士比亚评价很低，这些都是人们熟知的事实。名家的判断也不一定都是正确的，人人都可能在艺术判断上出现失误。问题在于论者给整个评奖工作强加骇人听闻的罪名。首先是加罪于一等奖获得者，什么"利欲熏心""瞒天过海""掩耳盗铃""与民争利""带头腐败"。这样还不够，还要把屎盆扣到整个评委会的头上，说这一届评委会是历届诗词大奖赛中"最腐败之一届"，"蝇营狗苟""暗箱操作""内外勾结"，一等奖为"头号腐败"，"即二、三等奖、优秀奖亦大多腐败"。按照论者所述，"红豆奖"浑身上下都烂透了，简直是"洪洞县里无好人"。可是，用什么事实来定腐败罪？列出的"事实"无非两条：一、曾担任评委会主任的刘征后来辞去职务参加竞赛；二、有人认为获奖作品水平不高。就凭这两条，够得上定那么吓人的罪名吗？

围绕着红豆奖的这场风波，提醒我们不能不考虑诗词界的团结问题。我们应当保证诗词界每位同志自由发表意见的权利，同时，每一位同志也要尊重他人自由发表意见的权利。如果自以为是，目中无人，一遇意见相左，就恶语相加，鸣鼓攻之，甚至造谣生事，千方百计地把对方搞臭，那还有什么诗词界的团结？指责者写了这样一段话："评审结果公布，大失众人所望！尤其是其腐败情节渐次传出，舆论更为之哗然，有血性者，皆愤愤不已。酒间席上，三五聚谈，莫不怒发戟指。更有不少人作讽刺诗、撰文在报章杂志、互联网刊出以批评之者。大赛显示出以全盘失败告终，俗话说，是'砸锅了'！"人们不难想象出"酒间席上，三五聚谈"，嬉笑怒骂，唾沫飞溅的情景。不过，评审结果是去年8月公布的，获奖作品是去年10月于《中华诗词》首发的。"众人"是在此之前发表这番议论的，即还没有看到作品，怎么可能就"大失所望"！我不知道"渐次传出""腐败情节"者，是大赛内部的工作人员，还是道听途说者。如果是前者，怎么没有听见他在内部郑重地提出意见？如果是后者，那么他不过被人所误导。李逵听了不实之词，抡起板斧找宋江问罪，宋江没有责备他，但"有血性"的李逵也知道负荆请罪。"渐次传出"者比李逵有文化，他应当知道诽谤是什么性质的问题。

最近，看到《中华读书报》2月19日刊发的题为《"红豆诗赛"风波始末》的报道和配发的短论，更使我感到惊讶。《中华读书报》是有学术品位的报纸，刊登过不少好文章。但这两篇文字却严重歪曲事实。该报记者访问了一等奖得主刘征和评委会主任杨金亭，采访记录交刘、杨过目时，二位删掉一些不准确的话，记者却任意恢复。二位在谈话中澄清了对评奖的若干误解，记者却把许多内容删掉了。这么做符合记者职业道德吗?! 报道还摘发了大量未经核实的"读者来信"，除了重复已有的指责，还指名道姓攻击初评负责人丁芒和《中华诗词》编辑部，说"此次赛事初评为丁芒操纵"，《中华诗词》"称霸诗坛、欺世盗名"，"诗词界是长期垄断的"。丁芒和冯亦同、陆茨、袁裕陵四位组成初评小组，他们不但工作得很辛苦，也很无私。陆茨是革命老干部，江苏省诗词学会秘书长，年龄比丁芒还大，怎么能说他"乃丁之门下生是也"。凭他们四位都在江苏省城工作，就说他们"乃一小圈子中人"，这简直是无中生有、无限上纲。《中华诗词》是民间团体中华诗词学会主办的一家诗刊，从来未曾也不可能干预其他刊物的内部事务，全国有许多发表格律诗的刊物，它们之间是平等互补的兄弟报刊关系。凭什么说《中华诗词》"垄断""称霸"？就说这次由《中华诗词》建议的评委名单，十二人中有四位是外地的，八位在北京工作，其中有教授、编审、高级记者、研究员，代表面相当广泛，经多方磋商后，才最后确定下来。说"《中华诗词》不凭道德与学问，而凭其手段，凭其一伙'兄弟们'，混迹文学界"，这简直是信口伤人。报纸刊登读者来信，本来有利于密切联系群众。但未经核对事实，就把攻击某人某单位的不实之词刊登出来，这不但制造了混乱，而且侵犯了公民的名誉权。

中华诗词是诗词界的公共事业，办好这项事业是很不容易的。它曾经被误解、被抑制，被当作保守落后的旧文化而排除在新文化的门槛之外。经过诸多同志的艰苦努力，经过各方人士的鼎力相助，它才逐步摆脱困境走向繁荣。大家要共同爱护这项事业，不要动不动就"砸锅"、拆台。对待由于经验不足而产生的误差，要采取积极帮助的态度去解决问题。有错就要改，但不能一棍子把人打死。大家都在为诗词事业办事。"本是同根生，相煎何太急。"如果有人营私舞弊贪赃枉法，那当然不能心慈手软，或向有关部门检举揭发，争取查个水落石出；或请有关媒体介入，在弄清事实的基础上进行舆论监督。采取匿名、化名的办法，在媒体上散播流言蜚语，非但不能解决腐败问题，反而会把水搅浑。"蝇营狗苟""内外勾结"，最终只能搬起石头砸自己的脚。刘征的《红豆曲》写道："相争扰扰多仇怨，采撷休忘摩诘劝，安得播爱遍人间，婆娑红豆植伊甸。"品味这样的诗句，对增进诗词界的团结是有好处的。

2003年3月

中华诗词从尘封到复兴
——在全国第一届诗歌节上的发言

二十多年来，中华诗词发展的速度很快。目前，中华诗词学会拥有一万多名会员，加上各省市自治区、各县诗词学会和诗社的会员，全国经常参加诗词活动的人员达百万以上。据粗略统计，全国约有五百多种公开或内部出版的诗词报刊，不算诗词集，光是这些报刊发表的诗词新作，每年就在十万首以上。《中华诗词》杂志创刊的时候，只有几千份。现在，它发行世界五大洲，每期印数两万五千份左右，成为全国发行量最大的诗歌刊物。

1957年初，毛泽东在给臧克家的信中说，诗歌应以新诗为主体。现在，从理论上说，新诗仍然居于最显要的地位。拿实际状况来说，格律诗的作者和读者量都不在新诗之下，甚至大大超过了后者，它的社会影响也不会比新诗弱。怎么看待格律诗的勃兴？怎么看待格律诗和新诗的关系？我就这些问题谈几点粗浅看法。

新诗的诞生是天经地义的，但没有必要把新诗和旧体诗对立起来，为了提倡新诗就贬低排斥格律诗

1919年3月，胡适编辑完成了他的诗歌作品集《尝试集》，这是我国文学史上的第一本新诗集。"五四"前后，为自由体诗歌进行开拓耕耘的还有郭沫若、康白情、刘大白、刘半农、俞平伯等一批人。胡适名声很大，但他的诗歌代表不了新诗的高水平。胡适自己说过，在新诗领域中，他"提倡有心，创造无力"。作为"五四"时期新诗成熟的标志，是郭沫若的《女神》。这大约已经是不争的历史定论。

自由体诗歌是适应历史的需要破土而出的。鸦片战争之后，中国孕育着严重的社会危机，诗歌的发展也存在着严重的危机。许多诗作内容陈旧，形式呆板。梁启超说："诗界千年靡靡风，兵魂销尽国魂空。"这话带有艺术夸张的色彩，但确实反映了当时诗界的沉沉暮气。黄遵宪、梁启超等人提倡"诗界革命"，正是为了克服诗歌危机，给诗歌打开一条生路。新诗横空出世，的确是诗界的一场惊天动地的大革命。延续一千多年的诗词格律被打破了，诞生了一种不讲格律不拘长短的自由体诗歌。更重要的是，科学和民主的精神，个性解放和社会解放的内容，大踏步进入诗歌园地，使诗歌的精神面貌焕然一新。毫无疑问，新诗的创造与普及，是"五四"新文化运动的重要成果之一，也是白话运动的重要成果之一。

新诗的出世是天经地义的。但是，伴随着新诗的诞生，却出现了对格律诗的简单否定，这个事实也是必须正视的。这不是新诗本身的过错，而是诗论者的过错。1919年10月，在编好《尝试集》之后，胡适写就一篇大文章：《谈新诗——八年来一件大事》。前者是他创作成果的集中体现，后者是他理论主张的集中体现。在胡适看来，中国的古典诗歌已经走到穷途末路，传统格律已经成为绞杀诗情的绳索。因此，新诗应当打破一切文体上的束缚，

"不拘格律，不拘平仄，不拘长短；有什么题目，做什么诗；诗该怎么做，就怎么做……"胡适特别批评了唐以来的近体诗。他说："五七言八句的律诗决不能容丰富的材料，二十八个字的绝句决不能写精密的观察，长短一定的七言、五言决不能委婉表达出高深的理想与复杂的感情。"他用"决不能"这样斩钉截铁的词语，认定绝句和律诗在当时已无用武之地，彻底宣判了它们的过时。在《白话文学史》中，胡适还拿诗词格律和女人的裹脚布相提并论，断言它们都是应该被抛弃的秽物。胡适的这篇文章代表了当时相当一批人的观点。朱自清称这篇文章是诗歌革命的"金科玉律"。可以说，它是诗歌革命的一篇带有纲领意义的文章。胡适在推进新文化运动和白话文上是有功劳的，在呼唤与创造新诗上也是有功劳的，他反对近体诗，对长短句还是说了一些好话。但他对传统诗体的粗暴否定，后果也是十分严重的。影响所及，以致往后几十年的时间里，许多人对格律诗怀有成见，把它当作诗歌的另类，不相信它能表现当代人的复杂感情，不承认表现新时代的格律诗也是新文学的组成部分。大家可以留意一下，现当代文学史著作在讲到诗歌时，一般都只讲新诗，不讲格律诗，仿佛后者不能算作新文学。鲁迅的格律诗成就很高，社会影响绝不低于他的散文。但文学史著作在讲到鲁迅的创作成果时，一般只讲他的杂文、小说、散文，不讲他的格律诗。六十多年前，柳亚子先生曾经这样谈到格律诗："……旧诗，只是一种回光返照，是无法延长它底生命的。""我是喜欢旧诗的人，不过我敢大胆地肯定地说道：再过五十年，是不见得会有人再做旧诗的了。"柳先生是南社的发起人，著名的旧体诗家，一生从来没有离开过诗词歌赋。连他谈起格律诗来，都觉得前途暗淡，甚至颇有自惭形秽之感。

可见当年那种否定格律诗的舆论，影响有多么深。

在我国几千年的诗歌史上，有过多次重大的诗体嬗变，每一次都不是以新诗体排斥旧诗体。近体诗的出现，并不意味着古风被废止；长短句的出现，并不意味着律绝被废止。各种诗体争奇斗艳，这大概是我国古代诗歌长盛不衰的原因之一。为什么新诗出现之后，形成了冷落、贬低格律诗的不正常局面？形式具有很强的继承性，旧形式经过革新，是能够表现新内容的。为什么我们长期未能对诗歌领域的旧形式采取公正的态度，以积极的姿态去利用它？毛泽东在《新民主主义论》中肯定了"五四"新文化运动的巨大历史功绩，同时也指出它的缺陷。毛泽东认为"五四"运动的许多领导人没有历史唯物主义的批判精神，使用的是"形式主义的方法"，"所谓坏就是绝对的坏，一切皆坏；所谓好就是绝对的好，一切皆好"。他们批判封建主义，批判孔孟之道，这是对头的。但是批过了头，就把传统文化中许多优秀的东西也否定掉了。形式主义的影响，是排斥格律诗的一个重要原因。把新文学运动和白话文运动等同起来，把诗歌革命和用白话写诗等同起来，这是导致否定格律诗的又一重要原因。胡适是"文学改良""文学革命"的鼓吹者，在胡适看来，文学革命的关键在于形式，它的目标就是创造新的文体，即"国语文学 —— 活的文学"。他认为诗歌革命要从"语言文字文体方面的大解放"着手，"新诗除了'诗体的解放'一项之外，别无他种特别的做法"。一句话，凡是白话文、自由体，就是新的；凡是文言文、格律体，就是旧的。和胡适相呼应，康白情甚至说："新诗和旧诗，是从形式上分别的……把东西洋旧时讴歌君主、夸耀武士的篇章，用新诗底形式译出来。我们却不能不承认它是新诗。"按照这样的标准，格律诗当然进入不了新文学的殿堂，只能被视为陈年老古董。

"五四"前后，受到否定的不仅是格律诗，其他各种民族传统文艺几乎无一例外地受到抨击。譬如戏曲，受抨击之猛烈绝不下于诗词。1917年3月，钱玄同在《新青年》发表文章提出，"今之京调戏，理想既无，文章又极恶劣不通 …… 戏子打脸之离奇，舞台设备之幼稚，无一足以动人情感"。他有一篇文章题目就叫《论中国旧戏之应废》。他甚至气愤地称戏曲脸谱为"粪谱"。周作人认为："从世界戏曲发达上看来，不能不说中国戏是野蛮。"傅斯年则断言"西洋戏剧是人类精神的表现，在中国是非人类精神的表现"。胡适的语气比钱玄同等人和缓一些，但观点是相近的。他说，"今后之戏剧，或将全废唱本而归于说白"。当时，起来批评戏剧领域"民族虚无主义"观点的是北大学生张厚载，他不同意"废唱而归于说白"。争论的结果之一是张厚载被北大"令其退学"。虽然戏曲和诗词一样受到贬斥，但它毕竟在底层老百姓中有深厚的根基，不可能因为某些知识分子的过激言论，就使其社会地位受到根本动摇。诗词则不一样。人们可以看到，新中国成立之后，各种民族传统文艺形式普遍受到重视，戏剧领域是戏曲与话剧并存，绘画领域是国画与油画并重，音乐领域是交响乐队与民族乐队、美声唱法与民族唱法都得到发展。唯独诗歌领域，格律诗并没有取得与新诗平等的地位。为什么会出现这样的状况？原因是多方面的。总之，格律诗的社会地位问题，现在是到了应予彻底解决的时候了。

格律诗复苏的三个阶段以及目前的发展状况

诗歌革命之后，新诗取代了格律诗，成为中国诗坛的领衔主演者。但格律诗并没有停止发展。在现实生活中，实际上是三条线：新诗、格律诗、民歌都在发展。就格律诗来说，不但文化界有许多人继续以它为表达心声的载体，政界、军界、社会各界都有许多人爱好旧体诗。新文学界人士努力从事新文体的创作，但其中也不乏格律诗的著作家。鲁迅、郭沫若、郁达夫、张恨水、茅盾、田汉、老舍等都是格律诗的高手，创作出许多精妙的诗章。近半个世纪以来，格律诗在逐步复苏，大约经历了三个阶段：

一、从《诗刊》创刊，毛泽东诗词十八首的发表到"文革"前夕；

二、从天安门诗歌运动到1987年中华诗词学会成立；

三、从中华诗词学会成立到如今。

虽然"五四"之后格律诗的创作实践一直没有停止，但它却长期受歧视、受误解，人们不敢把它视为新文学的载体之一。这种局面一直到毛泽东诗词发表之后才开始有所动摇。1957年，《诗刊》创刊，发表了毛泽东诗词十八首，这是我国诗歌史上的一件大事。对于此举，作者本人并不热心。他在致臧克家的信中说："这些东西，我历来不愿意正式发表，因为是旧体，怕谬种流传，贻误青年；再则诗味不多，没有什么特色。"这是他的真心话。他还说："诗当然应以新诗为主体，旧诗可以写一些，但是不宜在青年中提倡，因为这种体裁束缚思想，又不易学。"这不是毛泽东提出的新见解，而是反映了当时的普遍看法。毛泽东非常热爱诗词。作为党和国家的领导人，他严格地把个人爱好同党和国家的文艺政策区分开来，生怕因为自己的爱好影响到党和国家的文艺方针，影响到文艺的格局。"诗当然应以新诗为主体"，这是"五四"以后已经形成的诗歌格局。后来毛泽东又提出这样的意见："旧体诗词源远流长，不仅像我这样的老年人喜欢，而且像你这样的中年人也喜欢。我冒叫一声，旧体诗词要发展，要改革，一万年也打不倒。因为这种东西，最能反映中华民族和中国人民的特性和风尚。"这体现了毛泽东诗词观的新发展。

《诗刊》推出毛泽东诗词，影响之大、之深远，是作者本人远远没有料到的，也是《诗刊》编辑们远远没有料到的。此后，迅速兴起一股毛泽东诗词热。它传遍世界五大洲，近半个世纪以来盛传不衰。前不久，我见到来访的美国旧金山华侨诗友。他们对我说，过去是有水井处，必有柳（永）词；现在是有华人聚居处，必有中华诗词，必有毛泽东诗词。继《诗刊》发表毛泽东诗词，《诗刊》《人民日报》《光明日报》《红旗》杂志等又陆续刊登了陈毅、赵朴初、钱昌照、胡乔木等人的诗词，同样产生了很大影响。尽管在这一阶段，新诗一花独秀的局面并没有被打破，"五四"以来笼罩在格律诗周围的迷雾并没有被廓清，但从毛泽东诗词的巨大魅力中人们不能不思考：旧体诗词真的已经失去表现力了吗？它能不能表现当前的新时代？毛泽东诗词不但生动地表现了当代革命者的思想感情，而且表现得如此之感人，如此之深刻，这实际上是用创作实践对格律诗过时论的最有力的反驳。

1976年春天，人民群众在天安门广场纪念周恩来总理，声讨"四人帮"。这是一场政治运动，它的武器是鲜花和诗歌。当时的天安门广场是花的海洋、诗的海洋。天安门诗歌中有新诗，绝大多数是旧体诗。这说明了什么？说明人民选择了旧体诗，历史选择了旧体诗。当时人们写诗不是为了当诗人，也不是为了表达个人的闲情逸致。人们被抑制多年的思想感情，一下子迸发出来了。"诗乃心声"，他们选择了诗歌，选择了格律体，作为表达心声的载体。天安门诗歌用千万人的行动说明了，旧体诗并没有过时，相反，人民认为它是表达自己心声的适宜形式。1976年秋天，"四人帮"垮台了，媒体陆续发表了陶铸、胡风、聂绀弩、郭沫若等人的旧体诗，给人带来很大的感情冲击。天安门诗歌拉开了新时期文学的序幕，也谱写了我国诗歌史的崭新篇章。此后，格律诗的复苏，就成为一股不可扼制的浪潮。新时期伊始，各地纷纷成立诗社。1978年10月，军队和文化界的一批诗词爱好者在北京成立"野草诗社"，这是新时期第一个群众性的诗词组织。《诗刊》复刊后，在臧克家等同志的倡议下，每期开辟两页的版面专门刊登旧体诗。1981年，《当代诗词》在广东创刊。不久，三湘大地办起了《岳麓诗词》。它们都是专门刊登诗词的刊物。到1987年中华诗词学会成立，全国已经有了近百个诗社，格律诗的刊物也有了好几家。1987年10月，中华诗词学会在北京召开第一次全国代表大会。正如当时的中共中央政治局委员习仲勋在会上讲的："过去，我们从来没有这样一个全国性的诗词组织。现在，把这个空白补起来了。"早在1983年，肖华将军和甘肃省的一批同志就提出倡议，成立全国性的中华诗词协会。1985年，中华诗词学会筹备组在京成立，向全国发出《筹建中华诗词学会倡议书》。在1987年的成立大会上，文艺领导部门负责同志明确阐述了新诗和格律诗同荣并茂的重要方针。当时主管文艺的中宣部副部长贺敬之在给大会的贺信中说："在我们大力提倡和发展新体诗的同时，应当支持并开展对古典诗词的理论研究工作和用古典诗体和词体反映新内容的创作工作。这是发展社会主义的民族的诗歌艺术的必不可缺少的一部分，是促进诗歌百花齐放的重要一环，因而这对于建设具有中国特色的社会主义文艺是有重要意义的。"

中华诗词学会成立以来，诗词界在党的关怀下，在中国作家协会的直接领导下，做了大量工作。

1. 为恢复和确立诗词在民族精神生活中的应有地位而呼号呐喊，进行了大量深入细致的说理工作。到了世纪之交，诗词界提出"三入"（入史、入校、入奖），即文学史应当讲述现当代诗词；大中小学应有讲授现当代诗词和诗词格律的课程；国家级的文艺评奖应涵盖诗词佳作。这个主张得到许多有识之士的赞同。

2. 为繁荣诗词创作、研讨诗词理论、健全诗词组织、壮大诗词队伍、开展诗词培训和中小学诗词教育办实事。目前，全国除了西藏外，各省市自治区都有了自己的诗词学会。许多地区不但有省级的诗词学会，专区、县甚至村镇也有自己的诗词学会。在县村，诗词多数和书、画结合起来，会员们既写诗，也练书法、画画、写对联，对活跃群众的文化生活、净化当地的思想风气起了很好的作用。前年，我们接到湖南宁乡寄来的一份材料，题目叫《诗词战胜了麻将》，讲他们那里开展诗词活动之后，把赌博的风气压下去了。宁乡的情况不是极个别的，其他地区也有类似的情况。我们发现，越是基层，那里的领导往往越重视诗词。因为诗词具有悠久的历史，为群众所喜爱，开展诗词活动能够有效地净化社会风气，提高人的思想素质。在有些基层，诗词学会已经成为党和政府联系老干部的重要桥梁。老同志退下来后，就去写诗、练书法。既能老有所乐，又能为社会做贡献。在海外，特别是华侨聚居的地方，诗词活动也十分红火。华人组织诗社，经常唱和，印行诗集，不断地与国内的诗友、诗词组织进行联系。可以说，诗词已成为联结炎黄子孙的重要精神纽带。

比起前几年，目前诗词界的创作水平有一定的提高，被戏称为"老干部体""格律溜"的低水平之作少了。许多作者都能驾驭格律写出自己的人生感悟。为引导创作向纵深发展，在去年召开的中华诗词学会第二次全国代表大会上，孙轶青会长在主报告中把提高创作质量、推出精品力作当作学会的首要任务提出来。今年9月，我们在山东召开学术研讨会，着重探讨"精品战略"问题。大家认为，诗词作者也要深入生活，了解人民的心声，这样才能写出富有时代精神的佳作。大家还认为，要加强诗词的评论和评选工作，这样才能使佳作不被汪洋大海般的新作所淹没，能够脱颖而出。现在，诗词界不但有一批成就卓著、为诗词界所公认的老诗人，中青年中也涌现了一批在全国有影响的优秀作者。中年人如上海的杨逸明，云南的王亚平，新疆的星汉，江苏的钟振振，北京的赵京战，四川的蔡淑萍，湖南的蔡世平、熊东敖，江西的胡迎建，海南的郑邦利……青年人如陕西的魏新河，北京的尽心、董澍，江苏的李静凤……可以说，我们有了不同年龄段的创作梯队。但精品力作，特别是富有时代大气的振聋发聩之作仍然很少。大约现在生活比较平静，难以出现毛泽东、鲁迅、陈毅那样浩气逼人之诗。我们今后将在推出精品力作上进一步努力，希望得到诗歌界各方同仁的鼎力支持。

新诗和格律诗不是互相排斥、你进我退的对立关系，应当互相学习、互相竞赛、互相促进

二十世纪是新诗取代格律诗，在诗歌舞台上大放光彩的世纪。现在，新诗充当诗歌王国独生子女的时代已经过去了。二十一世纪将是新诗和格律诗联起手来的世纪，是新诗和格律诗比翼双飞、同荣并茂的世纪。

一个长期困扰人的问题 —— 文言文问题。在当今，一般人已经不拿文言作为交际工具了，为什么格律诗还保留着文言文的若干特征？我以为，不能把格律诗和文言文等同起来。古代民歌是口语的诗化，不是书面语言。文人诗中有一些离口语很远，但也有不少明白如话。如李白的"床前明月光，疑是地上霜 …… "白居易的"花非花，雾非雾，夜半来，天明去 …… "当代格律诗和文言文的联系比较密切，但也不能说，它用的统统是文言文。毛泽东的"小小寰球，有几个苍蝇碰壁。嗡嗡叫 …… "陈毅的"大雪压青松，青松挺且直 …… "都是很口语化的。清末黄遵宪提出"我手写我口"，这是很正确的。当时的不少诗歌离口语越来越远，用典太多，追求古奥生僻，这是一大弊端。"我手写我口"，意味着诗的语言应当生活化、口语化。但把它绝对化，就会产生另一种弊端。诗要明白晓畅，也要含蓄隽永。诗的语言不等于自然状态的口语，它应当比口语更凝练、更简约。古人讲锤字炼句，道理就在这里。"话怎么说，诗就怎么写"，这样只能写出顺口溜，甚至连顺口溜都不如。正因为如此，格律诗很注重从文言文中吸取养料，因为文言是以简约著称的。不但当代格律诗，当代戏曲、歌词都大量从文言文中吸收营养。"今日痛饮庆功酒，壮志未酬誓不休。"（京剧《智取威虎山》）"皓月当空照，清气满九州，玉宇乾坤朗，金轮上高楼。"（歌曲《喊月》）这样的例子可以举出很多。要求写诗完全像说话一样，这就把艺术和生活混淆起来。不仅格律诗，新诗也不能完全等同于日常口语。为什么有些新诗被人说成分行的散文？韵律问题，是原因之一；语言提炼得不够，也是原因之一。

新诗和格律诗在形式上差异很大，正因为如此，它们具有很强的互补性。人们会问，既然新旧体都有长处和短处，今后会不会出现一种融新旧体之优长于一身，弃新旧体之不足于门外的最"完美无缺"的新诗体？是的，新旧体诗作为文体的长处和短处都是很明显的。新诗很自由，接近口语，易学，易懂，能够很方便地容纳各种各样的内容；但不够凝练、比较散漫、缺乏形式美、难记难诵。格律诗凝练、概括力强、朗朗上口，易诵易传；缺点是艺术规范太严格，语言和口语有距离，不易掌握，不易普及。世界上任何事物都是既有长处，又有短处的。想创造一种只有长处，没有短处的诗体，是不可能的。新诗诞生以来，人们对中国诗歌的发展模式提出种种建议。一个很有趣的现象：想改进新诗的人，总嫌它太自由无度，总想给新诗这匹奔马安上笼头，套上鞍子，设定种种行为规范。想改进格律诗的人总觉得这种诗体限制太多，要给它松绑。我以为，新诗和旧体诗可以互相学习、取长补短，它们都要随着时代的前进而进行艺术革新，但它们无须在文体上互相靠拢。为了取得各自的发展空间，它们应当努力弘扬自己的长处。自由诗如果没有必要的自由度，就不叫自由体。格律诗如果不讲押韵、平仄、对仗等等，也不能称为格律诗。让自由诗格律化，格律诗自由化，只能泯灭各自的特色。最近，山西诗家李玉臻写了一首诗，新体和旧体交错着使用，一段格律体，一段新体，结合得很自然。即使有了李玉臻这样融新旧体于一炉的诗章，它也只能是诗歌百花中的一个品种。我们的诗歌不能只有一种诗体。诗要繁荣，就要百花齐放，新体和旧体都要放。就旧体来讲，古风、绝句、律诗、词、散曲、小令当然是不可废弃的，自度曲、新古体、竹枝词、民谣体……也都可以尝试。没有竞争，没有艺术样式和艺术风格的多姿多彩，就不会出现诗歌的全面繁荣。

我们观察一百多年来的诗词创作就会发现，那些只懂旧体诗，只懂国学的人，也有诗词写得好的，但往往走不出文人的小圈子，难以产生重大的社会影响。倒是一些具有旧学功底的革命家、社会活动家、新文学家，给人留下一批饱蘸时代风云的扛鼎之作。像秋瑾、鲁迅、毛泽东、陈毅、赵朴初、聂绀弩、臧克家……为什么？因为他们眼界开阔，有着不平凡的人生阅历和文化积淀。诗词作者要想成大器，就不能把自己关在诗词的小天地里。他应当学习古今中外一切有益的东西，包括向新诗学习。新诗界的朋友们学习格律诗，这更是不言而喻的。中国的诗人，不管写旧诗还是写新诗的，大约在孩提的时候都接触过古典诗歌。谁没读过屈原，谁没背诵过李白、杜甫！老一辈的新诗人，除了艾青以外，大约都写过旧体诗。臧克家生前戏称自己是"两面派"，他说："我是一个两面派，新诗旧诗我都爱。"他的"老牛亦解韶光贵，不待扬鞭自奋蹄"，已成为人皆能诵的名句。不久前几家单位给有突出成就的老年人颁奖，奖项的名称就叫"自奋蹄奖"。北岛号称中国现代派诗歌和朦胧诗的重要代表人物，他的代表作《回答》却有这样的句子："卑鄙是卑鄙者的通行证，高尚是高尚者的墓志铭。"这两句不是工整的对子，但"卑鄙"和"高尚"、"通行证"和"墓志铭"，确有点对仗的味道。是有意为之还是不经意写出来的？旁观者无法判断。总之，这样的诗句和古典诗词是有内在联系的。我斗胆在这里提个建议：我们的新诗人不妨学点诗词格律。对于一般读者来讲，能够读懂、鉴赏古典诗歌，这就够了。对于诗歌作者来讲，不懂诗词格律就难以充分领略古典诗词在艺术技巧上的奥妙。我还要提个建议：我们的诗歌理论批评家不妨给自己增加一点课程，在研究新诗，研究古代和外国诗歌的同时，把当代诗词也列为自己的研究对象。诗词已经是当代诗歌的重要方面军，不顾及它，就难以画出当代诗国的完整版图。

　　繁荣诗歌事业，有好多问题要解决。其中有一条，新诗工作者和诗词工作者应当联起手来，共同肩起时代赋予的重任。诗的优劣高低，不决定于文体。只要有真挚的感情、积极的思想、美好的意象，不论新体旧体，都是好诗。这次诗歌节既请了新诗人，也请了旧体诗人，大家共坐一堂，互相切磋。这是个好兆头。我相信，今后我们一定会更紧密地团结在一起。

2005 年 12 月

评论·评选·评奖

——《第一届华夏诗词奖获奖作品集》前言

　　新时期以来，旧体诗发展的势头很迅猛。据比较保守的估计，到本世纪初，各类报刊发表的诗词新作，每年达十万首以上。诗词创作数量很大。如何提高质量？这成为摆在诗词界面前的突出问题。在2004年12月召开的中华诗词学会第二次全国会员代表大会上，孙轶青会长的工作报告把实施"精品战略"作为学会的第一要务提出来，得到与会代表的一致赞同。

　　推出精品力作，首先靠创作，还有一个重要因素，那就是评选。如果没有人在浩如烟海的大批新作中进行筛选，把优秀之作推荐给读者；如果没有"伯乐"对"马群"进行认真考察，从中选出千里马，那么很可能有些佳作就会淹没在大批平庸之作当中，从"养在深闺人未识"走向自生自灭。我国古代文学的发展，作家起主要的作用，选家的作用也是不可忽视的。据说孔夫子是选诗创始者，《诗经》就是他从三千首商周遗音中选出来的。此说是否可靠，向来有争议。但人们把孔夫子说成选家的祖师爷，这显示出古人对这项劳动的高度尊重。《诗经》《昭明文选》《古文观止》《唐诗三百首》……它们都是古代著名的文学选本。优秀选本的重要性，绝不亚于一篇重要的原创作品。

中华诗词学会成立以来，单独或和兄弟单位联合主办过多次评奖活动。如纪念毛泽东诞生一百一十周年、纪念邓小平诞生一百周年、纪念抗日战争胜利六十周年、纪念长征七十周年，我们都举办过专题性的征文评奖活动。我们还和有关单位联合主办过以爱情、山水等为题材的诗歌评奖活动。各省、市、自治区的诗词学会和有关单位也举办过数量繁多的诗词评奖活动。总的说来，它们都对推出和筛选佳作起了一定的促进作用。当然，近来诗词评奖也有过多过滥之嫌。随着诗词事业的蓬勃发展，大家普遍感到，光有专题性、地域性的评奖是不够的。至于那些缺乏科学性和权威性，以赢利为主要目的"评奖"，应尽量减少。需要设立一个全行业性的、定期性的、涵盖各种创作题材和各个诗词品种的奖项，一来能够无所遗漏地对方方面面的诗词佳作进行筛选，二来有助于使诗词评奖逐步规范化。二次代表大会后，中华诗词学会会长办公会议多次议论评奖问题，一致同意设立一个具有权威性、定期性、涵盖各种诗词新作的奖项。

2005年5月，我会两位负责人专程前往湖南省常德市，会见常德市委、市政府负责同志，就设立"华夏诗词奖"问题交换意见，并很快达成协议。双方同意共同主办这项活动，业务方面由中华诗词学会负责，经费由常德市承担。此后，常德方面多次派人到北京，就评奖问题进一步磋商，在这个基础上共同制定了评奖条例和评奖办法。常德是我国第一个"诗词之市"，这里有深厚的文化底蕴和众多的诗词作者以及诗词爱好者。享誉中外的常德诗墙，是碑林和园林建设的一道宏伟壮阔的奇观。这里的领导人全身心投入物质文明建设，也十分重视精神文明建设。常德市的有关领导和诸多诗友参加"华夏诗词奖"的创立和组织工作，为这个奖项的成功举办做出了巨大的贡献。对此，诗词界的朋友们会永远铭记。

2005年10月，在山东滨州召开中华诗词学会二届二次常务理事会，会议认真研究了"华夏诗词奖"问题，一致同意启动这个奖项。会后，中华诗词学会办公室向各省市自治区诗词学会发出通知，请各地推荐参评作品。按照"华夏诗词奖"评奖条例，本奖项的设立是为了奖励诗词界的优秀新作，从21世纪初评起，每两年评一次，头一次评五年——2001年至2005年。凡是在国内报刊发表的、符合参评年限的诗词新作，都有被筛选的资格。通知要求各地从本地区报刊2001年1月1日至2005年12月31日发表的诗词作品中，以及本地区作者在外地报刊同时限发表的作品中，筛选出三十至八十首，送京作为参评作品。2006年3月，各地诗词学会陆续将选定的作品送京，共二千五百一十二篇。同月，会长办公会议议定了初评小组和终评委名单，启动了初评工作。4月，终评委在初评选出的三百三十九篇作品的基础上进行最后筛选，评出一等奖十篇，二等奖二十篇，优秀奖七十九篇。这里，有诗坛元老的力作，也有诗坛新秀的佳篇；有大陆作者的歌吟，也有台港澳诗友以及海外侨胞的心声。绝句、律诗、古风、长短句、散曲、小令……"十八般武器"样样都有。今年5月31日，即阴历端午节，在湖南常德隆重举行颁奖大会。下午，获奖作者和全体与会者到常德柳叶湖观看一年一度的龙舟竞赛。有人说，这次评奖是精神领域的一次龙舟竞赛，它是诗词百花的一次大汇展，是诗词创作的一次大检阅。

人们很关心这样的问题：精品力作的标志是什么？这次评奖根据什么标准来衡量作品？其实，诗词创作要通过形象思维来完成，多数诗人并不是先为自己设置一个高高的创作标杆，然后望着这个标杆设计艺术形象。他们往往在生活的撞击下产生了创作灵感，有了不可遏制的创作冲动，于是调动自己的生活积累和创作经验，调动自己的想象力和创造力，凝聚于毫端，挥洒于纸张，这样才有可能创造出感人肺腑的诗词作品。评论比创作具有更浓的理性色彩，但也不是全部倚仗理性分析。据我了解，评委们作为诗词的痴迷者，是满带激情来参加评奖活动的。他们重理性，也重直感：看作品能否叩响自己的心弦，能否使自己为之激动，能否给自己带来审美愉悦。当然，他们也要有冷静和理性，有"法眼、公心、铁面"。艺术的奥妙是难以用语言全部表达出来的，评价作品的标准是能够用语言来表述的。这次评奖的基本标准，评奖条例中已经有了最简略的表述，总的要求是思想性和艺术性的统一。据我了解，评委们在遴选佳作的时候，大约都考虑到以下几点：

一、**真情实感**。"诗乃心声"，"诗人是感情的宠儿"。没有真情实感，写出的诗歌怎么可能感动人？这一点已经成为人们的共识，无须我在这里喋喋饶舌。

二、**时代精神**。优秀的作品，应当有新意，有新的生活内涵和生活感悟。作为时代心声的诗歌，应当有鲜明的时代精神，把诗人的喜怒哀乐和人民群众所迫切关心的问题结合起来，把个性和人民性结合起来。诗的题材应当多种多样，但不论写什么题材，抒情主人公都不应该是封闭式的小我，而应当是与人民息息相通的大我。

三、**诗词韵味**。历史悠久的艺术，都有深厚的传统积淀，都有独特的艺术韵味。京剧有京剧的韵味，昆曲有昆曲的韵味。韵味是不断发展的，但这种发展不是把传统的特点统统去掉，而是既弘扬优秀传统，又有新的开拓。诗词作为有几千年历史的传统艺术，它有自己的形式美，有和其他艺术品种明显不同的艺术韵味。好诗既要有新意，又要具备诗词所独有的艺术韵味。

四、诗歌意象。 叙事艺术要塑造典型人物形象，抒情艺术要营造意象。诗不是生活的复制，而是生活的升华。从自然状态的生活具象到艺术状态的诗歌意象，是从生活美到艺术美的飞跃。不论抒情、言志、叙事、写景，都要营造出美好的意象。前人讲"境界""意境"，它们的意思和意象是相近的。可以说，意象是诗词创作最基本的美学追求。有没有生动鲜明而独特的诗歌意象，是衡量诗词成败高低的一个重要标准。

　　评委们是努力按照科学的标准来评判和遴选作品的。他们的努力是否获得圆满的成功，他们遴选的作品是否都能为广大读者所接受？正如文艺新作必须接受实践的检验一样，文艺评奖也要接受实践的检验，这就是群众的检验和时间的检验。现在就对评奖工作做出最后的评价，恐怕为时尚早。经过一段时间的岁月流逝之后，如果我们评出的作品中有相当一部分能被后人所传阅、所记忆，那么首届"华夏诗词奖"的评委们一定会感到十分欣慰。二十个世纪八十年代初，当首届短篇小说奖颁奖会在北京举行的时候，周扬同志讲了一句语惊四座的话：评奖之后还要讲评。他的意思是，评奖不是品评的终结，大家还要继续给予评论，包括发表批评性的意见。我很赞同这个意见。遴选优秀作品，不是一次性完成的，评奖之后再讲评，讲评之后再遴选，反复多次，也许这样才能达到"吹尽狂沙始到金"。

　　由于第一次搞大规模的评奖活动，缺乏经验，也由于主客观条件的限制，评奖在取得一定成绩的同时，难免存在着不尽如人意之处。一、遴选入围作品的工作，许多地区进行得比较仔细，也有个别地区进行得比较粗疏。因此，很可能有些好作品在第一次筛选的时候就没有进入评奖的视野。加上评委水平的限制，遗珠之憾难以避免。二、这次评奖分一等奖、二等奖、优秀奖三个档次，由于经济条件的限制，奖金数额有限，一、二等奖钱数不多，优秀奖只发奖品。应当说明，一等奖二等奖和优秀奖之间，并没有天壤之别，它们都是优秀作品。曹操和陶潜的诗，都没有被钟嵘列为上品。我们是否能够完全避免这样的失误，这有待于后人来评说。

总之，我们的评奖为遴选诗词佳作做了一件带有开创性的工作，但不是最后的盖棺定论。欢迎大家继续品评，继续提出坦诚的意见。

2006 年 7 月

诗词创作也有三个境界

王国维说，做学问有三个境界。依我看，写诗词也有三个境界：

一、熟练地掌握诗词的艺术规范，自如地运用诗词这种形式表达自己的思想感情。诗词有比较严格的艺术规范。学写诗，首先要掌握诗词格律。格律不是镣铐，它可以突破，不能"以律害义"，但根本不讲格律就取消了格律诗。所以学习诗词格律是作旧体诗的一道不可逾越的程序。不但要学习前人的艺术经验，还要在实践中多磨炼，达到运用自如，"从心所欲而不逾矩"。进入这一境界，需要下苦功夫，但并不是很难。只要有一定的诗才和悟性，经过精心学习和刻苦磨炼，一般人都能进入这一层次。

二、写出自己独特的个性，创造出生动感人的诗歌意象。诗歌要讲真实性，要体现诗人的真情实感。但这并不意味着只要把自己的所见、所闻、所思、所悟真实地写出来，用符合诗词格律的语言表达出来，就笃定成为好诗。诗不是生活的翻版，而是生活的升华，需要把生活素材加以提炼，需要把自己的思想感情熔铸为诗歌意象。古今中外写忧愁的诗很多，李白的"抽刀断水水更流，举杯消愁愁更愁"是其中的佼佼者。为什么好，因为它提炼出鲜明的诗歌意象。鲁迅说，最悲哀、最欢乐的时候是不宜写诗的，写悲要在痛定思痛的时候。因为最悲痛的时候不可能有艺术构思，即便把当时的心情复制下来，也是自然状态的东西，达不到艺术境界。艺术创造不同于物质生产，工农业生产是批量生产，艺术创作是创造前所未有、独一无二的"这一个"。所以，要对生活有新的发现、新的感悟，创造出别人"目中所有，笔下所无"。如果说，叙事艺术的中心环节是塑造典型人物形象，那么，作为抒情艺术的诗歌，它的中心环节就是营造诗歌意象，或者叫意境。达到这一境界也就进入诗歌创造的高层次。

三、把诗人的独特个性和人民的心声、时代的要求结合起来，把生动的诗歌意象同深刻的人生感悟、丰厚的历史内涵结合起来，达到思想性和艺术性的高度统一，使诗歌成为时代精神和民族精神的艺术体现。这个层次是诗词创作的宏伟境界。达到这个层次，不但需要圆熟的艺术技巧、卓越的艺术才华，还需要丰厚的生活积累、崇高的思想情怀。屈原、陶潜、李白、杜甫、白居易、苏轼、陆游、辛弃疾、鲁迅、毛泽东等都是民族诗词史上顶尖级的人物，他们的诗作都是时代精神和民族精神的集中体现。陆游曾经对其子说："汝果欲学诗，工夫在诗外。"为什么说"工夫在诗外"，难道不需要在专业知识和专业技巧上下苦功夫？我的理解，陆游讲的是如何攀登诗词艺术的制高点。诗词家磨炼到一定地步，遣词造句写景言情都不在话下了，再往前迈进一步，就不靠雕虫小技，就要靠生活和思想。有第一等襟抱，才能写出第一流好诗。所以"工夫在诗外"。

2007 年 11 月

注：摘自《邱瑞宏诗联选集》序

《诗词与诗论》后记

　　这个集子分两部分，第一部分是诗稿，第二部分是关于诗词的理论、评论文章（不含新诗评论）。自结束学子生涯后，我一直做文艺理论、评论方面的工作，对诗词虽有一定的兴趣，但从来没有想到有朝一日会投身到诗词队伍中去。说来不可思议，就像冥冥中有一只看不见的手，一步一步把我拉往诗词王国。

　　1993年，中国作家协会派代表团访问越南。我是带队的，团中有两位诗人。恰好越南是个诗的国度，越南作协有一半以上的会员是诗人。两国文人相聚，难免论诗吟诗。越南朋友熟悉唐诗宋词，许多人会用汉语吟诵李白、杜甫、白居易、毛泽东的诗句。在这种氛围下，我学着写几首诗。回国后，报刊索稿，要出国人员交来文债，写写越南观感。我当时在《文艺报》上班，每天被编务压得喘不过气来。散文太长了，于是想起了诗词，这是还债的最简便形式。于是整理了几首访问途中写的稿子，交给媒体。不料发表后，诗坛泰斗臧克家寄了封信来，把我鼓励一番。他认为我的诗有一定的诗味，可堪造就，建议我今后一面写理论批评文章，一面写诗词。臧老的鼓励使我加大了写诗的勇气。好在绝句、律诗、长短句都不是耗时巨大的活，一旦有了想法，提笔一挥就可以出稿子。就这样，我断断续续地写了一些旧体诗。直到上世纪末，我虽然写了点诗词，也印了个小册子，但只是把它当作一种业余活动，从来没有想到做什么"诗人"。

我没有参加任何诗词组织，更没有加入中华诗词学会，也没有和什么诗友经常切磋唱和。例外的只有两个人，一个是臧老，一个是内蒙古的贾漫老兄。臧老经常问我写了什么东西没有。于是每有新作，都寄给他看。他看得很认真，时时来信指点。贾漫是我的棋友，相逢必手谈，也谈论诗词。我们之间无拘无束，他又是诗界老手，新旧体兼擅。我有新作，常常请贾漫指谬。业余写诗，有感则发，无感则辍笔，不为诗伤脑筋，不为诗所拖累，这倒是蛮自在的。世纪之交，我从作协的工作岗位上退下来。诗词界的朋友见我有闲暇，邀我参加诗界的活动。先是帮帮闲，后是帮帮忙，做点诗词方面的工作。再后就是在牛的肩膀上套上犁，要我在诗词界任职。大概和以下两点有关，我毅然把屁股坐到诗词界来，实现了人生路上的一个转折。为什么退休之后，我心甘情愿到诗词界去"服役"？一是当我频繁接触诗词方面的情况之后，深感近百年来社会舆论、社会习惯对诗词是不公平的，把它当作博物馆中的老古董，把它排挤出新文学的行列。我觉得，恢复诗词在当代文化中应有的地位，是一项迫在眉睫而任重道远的工作。与其做种种锦上添花的事，不如做一两件雪中送炭的事。作为对诗词理论和创作都有一定了解的文化人，我有义务在这方面贡献一点力量。二是生活节奏的变化。年轻力壮的时候，能够通宵达旦地工作，能够长时间伏案看书、写作。年过花甲之后，记忆力、精力、体力都大不如前，各种疾病接踵袭来。过去极少上医院，现在成了医院的常客。特别是一次眩晕住院后，我终于明白过来：自己已进入老年，且重要器官出了故障，再"壮心不已"，也没有拼搏的本钱。我下定决心，彻底改变生活节奏。过去以写论文特别是长篇论文为家常便饭，现在只能偶尔为之，不能以此为主项。于是很自然地选择了诗词写作。它既能延续写作生命，又不必付出太多体力、精力，很适合老年人的生活节奏。

有人问我在诗词写作上有什么追求。作为一个拙于追赶时尚的人，我和许多共产党人一样，有自己的人生追求和奋斗目标。具体到写诗，我实在没有刻意追求什么东西。"感于物而动"，脑子里就会冒出诗句。倘若自己觉得已冒出的句子还有点意思，就揣摩之，伸展之，直到成为一首完整的诗。我只是努力用诗的语言把我心中的感受，把我积在心中不能不说的东西写出来。如果一定要说有什么追求的话，那就是追求引起共鸣、打动人心。倘朋友看了拙作会心一笑，喟然一叹，这就算达到了目的，我就算没有白写这首诗。在写作中，我从来没有尝到"为艺术而艺术"的味道。我一直把诗作为交流思想、交流感情的手段。当理论性、逻辑性的语言难以达到目标时，诗词就派上了用场。它传达了可以"言传"的东西，也传达了"只可意会，不可言传"的东西。也就是说，它所传递的，是一般文字所难以全部涵盖的东西，是文字以内连同文字以外的东西。我在《赠友人·后记》中讲了自己写诗的简单体会，这里再作一点小补充。

贾漫、刘章、杨金亭、周笃文等诗友给过我许多指点。出这本书的时候，吕梁松、李一信、李葆国等诗友给过我许多帮助。谨在这里致谢。

2009年2月

霹雳狂飙卷大江
——在纪念南社成立一百周年座谈会上的发言

各位领导，各位专家，各位文化界、新闻界的朋友：

今天，我们在这里隆重集会，纪念南社成立一百周年。这是一件十分有意义的事情。1909年11月在苏州成立的南社，是以宣传革命思想、振奋民族精神、弘扬民族传统、革新诗词艺术为宗旨的全国性文学社团。它和辛亥革命紧密相连，是二十世纪我国最重要的文学团体之一。

虎丘雅集是南社成立的标志。在这之前，南社这个名称已经在社会上出现了。1908年1月，高旭、柳亚子、陈去病与刘师培、何震等在上海聚会，相约结社。后因陈去病赴杭州聚众祭奠秋瑾受到清廷缉拿，被迫逃往汕头，南社的成立不得不延期。上海聚会之后，陈去病、柳亚子的诗作中多次出现南社的字样。1909年10月，高旭在《民吁报》上公开发表"南社启"，郑重宣告"与陈子巢南（去病）、柳子亚庐（亚子）有南社之结"。南社这个名字暗含对抗清廷的意思。陈去病说："南者，对北而言，寓不向满清之意。"柳亚子说："它的宗旨是反抗满清，它的名字叫南社，就是反对北廷的标志。"南社成立的时候，有十七个成员，其中十四人是同盟会会员。不久，大江南北的许多同盟会、光复会会员纷纷加入南社。

1910年，浙江成立越社（鲁迅为其社员），沈阳成立辽社。1912年，广东筹建广南社，南京成立淮南社。它们都是南社的分社。至武昌起义前夕，南社成员达二百二十八人。他们赋诗撰文，呼啸呐喊，以"掊击清廷，排斥帝制"，激励人心，振奋民魂。他们不仅挥毫泼墨，许多人赴汤蹈火，站在革命斗争的第一线，赢得了全国各界的交口赞誉。辛亥革命成功后，南社继续扩大。到1916年，会员达八百二十五人，最高时达一千一百八十多人。它聚集了我国近代史上一大批优秀人才。政治家黄兴、宋教仁、廖仲恺、沈钧儒、邵力子，戏剧家李叔同、吴梅、欧阳予倩，小说家包天笑、周瘦鹃、徐枕亚、沈雁冰，画家黄宾虹，书法家沈尹默，诗人苏曼殊、于右任、柳亚子等都是它的成员。南社有自己的会刊，社方多次组织社员进行雅集，前后举行过十八次。社员的作品和雅集的唱和大多登在社刊《南社丛刻》上，共出了二十二期。1924年，社员胡朴安从会刊中选出一部分有代表性的诗文，编成《南社丛选》，在上海出版。2000年，解放军文艺出版社重印此书，后来人民文学出版社把它列为"百年百种优秀中国文学图书"之一隆重推出。

清朝被推翻后，南社中的不少人坚持三民主义，反对军阀称霸和袁世凯称帝，继续举起革命的旗帜。宋教仁、宁调元等被袁世凯杀害，用自己的生命谱写出感人肺腑的革命乐章。但也有人认为反抗清廷的目标已达到，革命已大功告成，可以偃旗息鼓了。还有人看到推翻清廷后，中国社会仍然处于动乱之中，黑暗并未消除，于是产生了悲观情绪。1917年，南社内部有人大力颂扬以清朝遗老自居的某些"同光体"诗人，受到柳亚子等人的坚决抵制，引起了社内的一场大动荡。1923年10月，北洋军阀曹锟贿选总统，包括高旭在内的十九名南社成员收取贿金违心投票。陈去病、柳亚子等宣布"不再承认其社员资格"。南社内部矛盾进一步加剧,不同意见者很难包容在一个大的统一体内。此后它很难组织起统一的活动,实际上已经解体。1923年5月,柳亚子、廖仲恺、茅盾等人成立"新南社",宣布它的精神是"鼓吹三民主义,提倡民众文学,而归结到社会主义"。这实际上是一个新的组织,由于种种原因,只存在一年多就停止活动。

南社虽然只活动了短暂的十几年,但它在中国革命史和诗歌史上却有着非常重大的意义。1899年,梁启超等人提出"诗界革命"。南社则把"诗界革命"演进为大规模的全国性诗歌实践,演变为汹涌澎湃的革命诗潮。他们把传统诗词和民族解放、民族独立的革命斗争结合起来,不但在推翻清朝统治,反对北洋军阀中发挥了巨大的思想动员与鼓舞斗志的作用,而且开拓了古典诗词的一个崭新局面,实践了中华诗词从古典到现代的过渡,产生了一批优秀的作家作品。像柳亚子、陈去病、苏曼殊、高旭、马君武、周实、宁调元、于右任等,都有骄人的创作成就。他们的诗词不仅限于反清反袁,也宣传资产阶级的民主自由观念。苏曼殊作为"革命和尚",写了大量爱情诗。他的作品蕴含着丰富的个性解放内涵。马君武把西方哲学、自然科学的新知识写入诗词,他逝世时,周恩来在挽词中称其为"一代宗师"。宋教仁不但着力推进宪政和法治,而且他的诗也很有魅力,尤其工于五律。总之,南社诗歌是一座尚未被评论家和文学史家充分开采的富矿,其中有不少珍宝值得后人去挖掘。

南社把"诗界革命"推向高潮,把我国的诗词带到又一个活跃繁荣的新时期。然而,历史的发展常常超出人的想象。南社成立十年之后,我国爆发了震惊中外的"五四"新文化运动。与之紧密相联系,在"五四"前夕,一种崭新的诗歌品种 —— 自由体诗歌在神州大地上横空出世。"五四"运动给中国大地带来了灿烂的思想光芒，然而并没有给中华诗词带来光明前景。新诗给诗歌园地注入新的生机，然而并没有给传统诗词带来新的发展空间。正如毛泽东同志指出的，五四运动的不少代表人物不懂辩证法，思想方法带有浓厚的形而上学色彩：好的一切皆好，坏的一切皆坏。他们在提倡新文学反对旧文学的时候，把民族传统中许多好东西当成封建余孽而加以抛弃；他们在引进西方种种文艺形式的同时，把传统文艺中的许多经过千锤百炼、深受民众欢迎的艺术形式，也当作无用的赘物加以排拒。他们认为诗词格律、平仄对仗、工整押韵，这些统统是束缚诗情的枷锁，应予以彻底打破。二十世纪二十年代之后，格律诗处在一种很尴尬的生存环境中，许多人视其为落后于时代的老古董，只能供士大夫吟风弄月，不能反映新的时代。辛亥革命前后红火一时的诗词，一夜之间跌入低谷。随着中华诗词陷入窘境，对南社遗产的保护与开掘也很难引起社会的重视。回顾南社成立以来的历史沧桑和中华诗词的大起大落，人们可以看到，南社在人们心目中的地位和中华诗词的历史命运是分不开的。当诗词受到歧视和冷落的时候，南社不可能得到公正的评价；当中华诗词的社会地位有所提升之后，对南社的研究与继承，就不可避免地提到文化界、诗歌界的议事日程上来。新时期以来，中华诗词从复苏走向复兴，诗歌领域逐步出现了新诗和旧体诗词比翼双飞的局面。目前，全国除西藏外，各省市自治区都有了自己的诗词学会，中华诗词学会和各地学会的会员加起来近百万。《中华诗词》发行两万五千多份，是全国发行量最大的诗歌刊物。在诸多专家学者的共同努力之下，南社研究也逐步走向正常化。二十世纪八十年代以来，北京、广东、上海、云南、香港等地先后成立了多种研究南社的学术社团，进行了扎扎实实的收集资料与学术研究工作。今天，当我们全力以赴地建设中国特色社会主义文化，努力把中华诗词推向新的高度的时候，我们能从南社前辈那里得到什么启示呢？刚才陈进玉主任已就这个问题进行了深入的论述，我在这里补充几句。

一、我们要学习南社前驱者那种以天下为己任的精神，紧扣时代脉搏，反映人民心声，自觉地用诗歌激励民心、振奋民魂，实现民族振兴的大业。南社的同仁们认为"文学者，国魂之所寄也"；"近世各国之革命，必有革命文学为之前驱"。他们明确地要用文学振民魂、促革命。南社的代表人物不仅是时代的歌者，更是时代的先锋战士；他们不仅挥毫泼墨，更要赴汤蹈火。在反清反袁的斗争中，许多社员为国捐躯。一个文学团体出了那么多革命烈士，在这一点上，大约只有后来的"左联"能和它相比。读南社的诗作，我们不能不被诗中洋溢的视死如归、慷慨赴义的精神所感动。"当为效死沙场鬼，忍作偷生歧路人。"（王大觉）"愿播热潮高万丈，飞雨不住注神州。"（宁调元）这些诗句今天读来，仍能使人热血沸腾。

也许有人会提出这样的问题：让文学承担革命的使命，把文学和革命紧紧地联系在一起，是否会泯灭文学的特色，取消文学的独立性？是的，文学要有自己的独特魅力，要有自己的独立性，但文学的独立性是相对的，它不应该也不可能离开时代和人民而独立。鸦片战争之后，中国的社会矛盾迅速加剧，酝酿着一场翻天覆地的大变革，它呼唤着新的文学，新的诗歌。让文学承载激励民心、振奋民魂的使命，是时代的要求，社会的需求，它不但不会降低文学的水准，还会给它提供巨大的生长动力，赋予它以丰富的社会历史内涵。今天，我们所处的时代和南社时期大不一样了，但我们同样需要文学艺术来净化民魂，振奋民心。南社先驱们与时代同步，与人民同心的精神永远不会过时。离开了时代，离开了人民，文学之花就要枯萎。这已被无数事实所证明。

二、我们要学习南社前驱们的大胆创新精神，兢兢业业地继承遗产，认认真真地开拓进取，发展和繁荣社会主义时代的新诗词。在政治上，革命派与改良派是针锋相对的。在艺术追求上，南社基本上实践的是梁启超等人关于"诗界革命"的主张。即"新语句""新意境""古风格"。南社的高旭、马君武等人早期是"诗界革命"的积极参与者。柳亚子曾提出"文学革命所革当在思想，不在形式。形式宜旧，思想宜新"。这和梁启超"当革其精神，非革其形式"的主张是完全一致的。在南社代表人物的诗作中，确实有着前所未有的"新语句、新意境"。那里的抒情主人公仍以知识分子为主，但已不是传统意义上的士大夫。他们沐浴过欧风美雨，少了几分温柔敦厚，多了几分忧患与沉思。从龚自珍、林则徐、黄遵宪、丘逢甲、秋瑾，一直到南社同仁的诗词，我们可以看出中华诗词从古典到现代逐步转变的轨迹。当然，在肯定南社在诗歌革新上的重要贡献的同时，我们也要看到他们的局限性。南社重视弘扬民族文化传统，反对丢开老祖宗另起炉灶，这是难能可贵的。但只革内容，形式完全不变，这是很难做到的。旧形式可以表现新内容，新形式也可以表现旧内容。旧形式一旦与新内容相结合，它就不可能完全不变。梁启超自己也看出，"盖由新语句与古风格常相背驰"。正是因为艺术革新的力度不够，"五四"新文化运动的大浪冲来，新生的革命诗词就被冲得七零八落。我们应当比南社那一代人更成熟，要更科学地处理继承与革新的关系。一方面认认真真、扎扎实实地继承民族优秀遗产，一方面坚定不移推进诗词改革。马凯同志最近提出,诗词改革要"求正容变",这是很正确的。

在回顾南社风风雨雨的时候,我们很自然地想起一个重要人物,就是柳亚子。在三个南社发起人中,柳亚子年纪最小,排第三,然而,他始终是南社的灵魂人物。1906年,不到二十岁的柳亚子加入同盟会和光复会。武昌起义胜利后,有人消极了,有人倒退了,柳亚子却一直坚持激进民主主义立场。特别可贵的是,在中国共产党成立之后,他一直是党的忠实朋友。1927年,蒋介石发动"四一二"大屠杀,他写诗加以痛斥。1941年发生"皖南事变",他赋诗悼念新四军将士。他不仅是著名的诗家,还是散文家、史学家,撰写过《南明史纲》。他和毛泽东同志的友谊是众所周知的。他和鲁迅的友情也非同寻常。茅盾的《解放思想,发扬文艺民主 —— 在中国文学艺术工作者第四次代表大会及中国作家协会第三次会员代表大会上的讲话》高度评价了柳亚子:"柳亚子的诗词反映了前清末年直到新中国成立后这一长时期的历史 —— 从旧民主主义革命到社会主义革命的历史,如果称它为史诗,我认为是名符其实的。"

去年11月,我有幸到陈去病、柳亚子的故乡吴江参观访问,写了一首怀念南社的小诗。请允许我用这首真诚而不成熟的小诗结束我的发言。

文弱书生聚水乡,拼将热血铸华章。

百年犹见遗风在,霹雳狂飙卷大江。

2009年11月28日

诗词规则与诗词规律

在谈论诗词的时候，有个问题不能不讲，就是规则和规律的关系。我们往往忽视规律，离开规律讲规则。规则是要讲的，诗词因为非常注重形式美，所以有很严格的规则，比如押韵有押韵的规则，平仄有平仄的规则，不能"三平"，不能"孤平"，不能这个不能那个，这都是从传统的创作经验中概括出来的。但是规则必须符合客观规律。规则是从哪儿来的，它是主观的一种规定，但这种主观规定必须符合客观规律。为什么要押韵，因为诗需要美，美需要和谐，押韵才能达到音调的和谐。你只有懂得规律，再讲规则，才能知其然也知其所以然。但现在只讲然，不讲所以然。比如说，诗词规则里面有一条，不能合掌。合掌是什么？是重复，一般来说艺术是不能重复的，艺术要独创，但艺术也不是绝对排斥重复。鲁迅的散文《秋夜》就是重复着讲枣树，这样才能把那种寂寞的心情表现出来。"寻寻觅觅，冷冷清清，凄凄惨惨戚戚"，它的几个词是相近的，是有重复的。音乐里面的分节歌，几段歌词一定要用同一个调子来唱。戏曲里面的垛子句，不同的唱词重复着相同的乐句。最有名的是扬剧《鸿雁传书》，它是一个人的戏，那就是戏。一长串垛子句下来，把人物的感情抒发得淋漓尽致，非常动人。河北梆子也有很多垛子句。现在有人把李白的"吴宫花草埋幽径，晋代衣冠成古丘"也说成是合掌，王籍的"蝉噪林愈静，鸟鸣山更幽"，还有毛泽东的"独有英雄驱虎豹，更无豪杰怕熊羆"，都被说成是合掌。论者就是拿一个框框来套，两句相近的就说你合掌。重复在中国戏剧里头多得很。你看越剧《梁山伯与祝英台》英台哭坟那场戏，祝英台到坟前就哭了，然后就唱。那是整个戏的高潮，唱完就跳进去化蝶了。"梁兄啊，实指望，红衣花轿到你家；谁知晓，白衣素服来吊孝。""实指望，鼓乐笙歌来迎娶；谁知晓，喜鹊未叫乌鸦叫。"这些都是排句，很长很长。有些时候演员可以即兴编演。唱完了她还说，"梁兄啊，你一眼睁来一眼闭，莫不是舍不下高堂双亲老年迈"，梁山伯没反应。"莫不是……"唱了很多很多，最后唱道，"梁兄啊，你一眼睁来一眼闭，莫不是舍不得小妹祝英台。"唱到这里，梁山伯眼睛闭上了，祝英台就跳进去了。这是民间艺术，可以有超常的想象。你不能开棺验尸啊，你来吊孝也不能把坟刨开啊！这些"合理性"啊，你都不必去推敲它，这是民间的东西啊！所以重复这个东西，在天才的笔下是神来之笔，在蠢材的笔下就是简单的重复，非常蹩脚。所以艺术这个东西是千变万化，多种多样的，首先要懂得规律，在规律的基础上懂得规则。规则是人为规定的。美是和谐的吧，你追求和谐，就要押韵。押韵在于声韵相同。从古代到现代音韵变了，有些字在古代是谐音的，在今天已经不和谐不押韵了，你还要死守古代的韵书，这不是"胶柱鼓瑟"吗！当然你要用就用吧，这是不犯法的、不犯罪的。但你非要干预别人，说别人不能用新声韵，这是没有道理的。

把"合掌"问题无限夸大，大约和刘勰的一段话有关系。刘勰生活的年代，近体诗尚未生成，"永明体"刚刚出世。不过，在诗词歌赋中，使用对偶句已经很流行。汉魏六朝是骈体文的黄金时代，不但抒情文字，连学术论文也经常写成骈文。陆机的《文赋》、刘勰的《文心雕龙》，都用骈体文写成。如何写对偶句？这是文艺理论家不能不关注的问题。《文心雕龙》的"丽辞"一节写道："反对者，理殊趣合也；正对者，事异义同也。""反对为优，正对为劣。"刘勰认为事例相异意义相同者为正对，事例不同意义相对者为反对，前者为劣，后者为优。其实，《文心雕龙》中就有许多"正对"。律诗，楹联中的对子，只要词性相同、字数相等、平仄相反，都可以做成对子。正对、反对，都既有可能出佳句，也有可能出劣句，都有成功和失败两种可能性。"屋漏更遭连夜雨，船迟偏遇打头风""春蚕到死丝方尽，蜡炬成灰泪始干"……这些都是脍炙人口的正对，它们是历史公认的佳句。刘勰是我国古代最杰出的文艺理论家之一，但他的话不可能句句是真理。所谓反对为优，正对为劣，未必是刘勰理论中的精华部分。我们品评诗词作品，要从实际出发，要看艺术品本身有没有思想穿透力和艺术感染力，而不能从本本出发，从前人的某几句话出发，以至流于"胶柱鼓瑟，刻舟求剑"。

诗要讲规则，无规矩则不成方圆，但又不能被规则框死，必要的时候可以有所突破。什么叫突破？有的论者认为出现拗句进行"拗救"就叫突破，超过这个限度是不允许的。我认为突破的幅度还可以大一些，不要做人为的限制。宋人李之仪的《卜算子》"我住长江头"是千古名篇，但它的最后一句突破了字数的限制，从五个字变成六个字："定不负相思意。"李清照批评苏东坡的某些词不合律，但她自己对格律也有重大突破。《武陵春》最后一句应是五个字，李清照加了一个字："载不动许多愁。"毛泽东的《蝶恋花·答李淑一》上下阕两个韵，这是前所未有的。总之，怎么突破，突破到什么地步，要看内容的需要。我们要讲规则，更要讲规律。诗词的种种规则都是为了达到作品的美、和谐。真善美是艺术的共同规律。

所以规律应该是比规则更大的东西。文艺理论、诗词理论都要研究规律。规律是根本，它要通过一定的规则来体现。前者是本，后者是目。所以，我们要在把握艺术规律的基础上讲究规则。

2010年2月

注：摘自在马凯《心声集》研讨会上的发言

漫议毛泽东的诗词和诗论

一

1957年1月，《诗刊》创刊号发表了毛泽东诗词十八首。对于这一举措，毛泽东是有顾虑的，他说："这些东西，我历来不愿意正式发表，因为是旧体，怕谬种流传，贻误青年；再则诗味不多，没有什么特色。"（《致臧克家等》，1957年1月12日）这是他的真心话。发表之后，果然"谬种流传"。准确地说，是"火种流传"，而且势头十分猛烈。从1957年初到今天的半个多世纪，毛泽东诗词热一直没有停止过。它被翻译成少数民族文字，翻译成外文，热遍全中国、全世界[1]。一位海外华人说，过去是"有水井

---

[1] 何联华先生在《诗词动四海，吟诵遍五洲》一文中写道：截至目前，毛泽东诗词的国内版本，包括汉文本、少数民族文本、外文本、对照本、手迹本、字帖本等，已达到三百多种。……毛泽东诗句被翻译成英文后，先后又被转译或直接翻译成法、俄、德、意、日、荷、西、葡、印尼、匈、捷、朝、越、泰、希腊、罗马尼亚、阿拉伯、世界语等数十种语言文字在世界各地传播。据美籍华裔著名文学研究专家聂华苓及其丈夫保罗·昂格尔了解，截至上个世纪末，"已经出售的毛泽东诗词集达7500万册，完全比得上有史以来所有用英语写作的诗人的诗集的总和"（《毛泽东诗词研究丛刊》第三辑第136页至137页，中央文献出版社2011年11月第一版）。

处必有柳词，现在是有华人聚居处必有毛泽东诗词，必有中华诗词"。半个多世纪以来，没有任何一位中国诗人的作品像毛泽东诗词那样，拥有那么多的读者、那么高的背诵率。郭沫若、闻一多、徐志摩、臧克家、艾青、郭小川、贺敬之 …… 他们能有毛泽东诗词那么多的读者吗？根本不能望其项背。这和毛泽东的政治声望有一定的关系，更根本的还是诗词本身的吸引力。毛泽东诗词还被作曲家谱成多种形式的歌曲：抒情歌曲、进行曲、京剧、昆曲、评弹 …… 半个多世纪以来盛唱不衰。这也是空前的。从古到今，哪一位诗人的作品被人如此配乐、如此传唱？压根没有过。

《毛泽东诗词》结集出版后，各种评论、研究著作应运而生，不仅国内学者在写，海外也出版了多种研究毛泽东诗词的专著。可以说，毛诗研究已成为当代的一门显学。开始，是对作品的注释、评论。这种著作现在还在陆续涌现。像郭沫若、臧克家、赵朴初等，就写了大量阐释毛泽东诗词的文章。毛泽东写完诗，总要送到朋友那里求正。首先是郭沫若，有什么新作，总要请郭老"笔削"。对作品的注释，是研究工作的第一步，是基础性的工作。作品写于何时，与作品有关的人和事是什么，对诗词的章句应怎样解释？如果诗中用了典故，那么出处在哪里，作者用它表达什么意思？我不清楚外国人怎么研究他们的诗歌，中国从《诗经》开始，就很重视注释工作。臧克家和周振甫的毛泽东诗词注释，影响了几代人，产生了重大的社会影响。毛泽东自己也写过关于作品的注释。当然，关于毛泽东诗词的研究，不仅有注释和单篇作品的评论。特别是新时期以来，研究的角度是多方面的。有研究毛泽东诗词和中国文化传统的关系，有研究毛诗和中国革命史的关系，有研究毛诗和作者传奇生涯的关系，有研究毛诗的史诗品格和美学特征，有对毛泽东诗词不同版本的比较研究……这些都非常有意义。我准备从另外一个角度谈毛泽东诗词：它在中国文艺史、诗歌史上占什么地位，它对中国现当代文艺生活和诗词创作产生了什么影响？关于这个问题，过去讲的人不多，我尝试着讲点不成熟的看法。

二

要了解毛诗在我国文艺史上的地位，就要简单地回顾一下历史。

我国封建社会从周秦发展到清朝末年，已经走到尽头。随着西方帝国主义的侵入，社会矛盾进一步加剧，中国迫切需要一场重大的社会变革：推翻帝国主义、封建主义的统治，改变贫穷和落后的面貌，实现民族的独立解放和振兴。诗歌也是这样，从《诗经》开始，经过汉乐府、唐诗、宋词、元曲……到了清朝末年，诗词也面临着一场大变革。当时，内容陈旧，形式僵化，已成为诗歌的普遍弊病。诗词需要一个巨大的历史性转折——从古典到现代的转折。这个任务经过几代人的努力才得到实现。

近世诗词的第一代革新者是以龚自珍、魏源、林则徐等人为代表的中华首批"放眼看世界"者，他们都是北京"宣南诗社"成员。林则徐是民族英雄，也是诗歌革新家。魏源是著名学者、政论家、诗人、诗论家。他接过林则徐的《四洲志》，完成了《海国图志》的编创工作，对打开中国人的眼界产生了历史性的影响。他提出"师夷长技以制夷"，倡导"经世文风"，对政坛、文坛、诗坛都产生了重大影响。龚自珍是开一代新文风、诗风的标志性人物。他在一首诗中写道："四海变秋气，一室难为春。"作为爱国人士和大诗人，他敏锐地感到世界在大变化，中国也要大改革。

龚氏自称"但开风气不为师",写了许多脍炙人口的佳篇,在抨击封建"衰世",呼唤精神解放和改革风雷的同时,也呼唤新的诗风。梁启超说:"晚清思想之解放,自珍确与有功焉!"中国社会科学院的学者在集体编著的《中国文学通史》中写道:"中国近代文学的开端,是以一位杰出的思想家、文学家为标志的,这位人物就是龚自珍。"

第二代诗词革新的代表人物是黄遵宪、梁启超、夏曾佑、谭嗣同、丘逢甲等人,他们明确提出"诗界革命"的响亮口号。黄遵宪提倡"别创诗界",主张"我手写我口"。他多年在国外当外交官,有着开阔的眼界和丰富的阅历,更有着浓厚的家国情怀。所著《人境庐诗草》等代表了"诗界革命"的最高成就,至今仍被读者广泛传阅。梁启超说:"时彦中能为诗人之诗而锐意欲造新国者,莫如黄公度。"梁启超是诗词创作健将,更是文学理论大家。1899年,他提出"诗界革命"的口号。他说,中国"非有诗界革命,则诗运殆将绝"。"今日不作诗则已,若作诗,必为诗界之哥伦布、玛赛郎(麦哲伦)然后可。"(《夏威夷游记》)诗界革命的具体纲领是以"新意境、新语句入古风格"。

1909年成立的南社,把近代诗词革新推向又一个新境地。如果说,梁启超、黄遵宪等人的"诗界革命"和维新变法紧密相联系,那么柳亚子、高旭、陈去病等人发起成立的南社则与辛亥革命紧密相联系;如果说,"诗界革命"燃起诗词革新的熊熊烈火,那么南社则掀起一股声势浩大的革命诗潮。南社旗帜鲜明地以"掊击清廷,排斥帝制",激励民心,振奋民魂为宗旨,其骨干成员都是辛亥革命的中坚力量。他们和康、梁改良派在政治见解上是尖锐对立的,在诗歌问题上的见解却非常一致。南社发起人之一柳亚子说，诗歌革命"当革其精神，非革其形式"，应"以新意境入旧风格"。这和梁启超的观点如出一辙。南社最高潮时有社员一千多人，黄兴、宋教仁、汪精卫、廖仲恺等都是南社社员。孙中山长期流亡在外，不可能加入南社，但他也是革命诗词的热心实践者。苏曼殊是革命和尚，也是痴情和尚。作为"出家人"，他写了不少情诗，虽大多没有直接抨击时弊、歌颂革命，却洋溢着个性解放的精神，和时代前进的潮流是完全一致的。秋瑾牺牲于南社成立前两年，她的创作倾向和南社是一致的。"身不得男儿列，心却比男儿烈。""一腔热血勤珍重，洒去犹能化碧涛。"作为女诗人，她的诗情之豪放，是许多男人难以望其项背的。南社的成员们创作了许多气壮山河的革命诗章，把传统诗词推向一个新的繁荣期。可是时过不久，传统诗词就跌入到历史上从未有过的最低谷，从文艺王冠上的明珠，变成备受指责的"封建余孽"。

1919年的"五四"新文化运动在提倡新文学上是有大功劳的，它高举科学民主和反帝反封建的大旗，吹响了思想解放的号角。但是五四运动的领导人也有片面性，在批判封建主义时走向极端，把传统文化中许多好的东西也当作封建余孽而一股脑否定掉。旧体诗词就是当时被重点否定的对象。当时被否的不仅有格律诗，还有传统戏曲，甚至中医、汉字。新诗的诞生本来是好事，但一批新文化人却把新诗和旧体诗、自由体和格律体完全对立起来，仿佛要发展新诗，就要推倒旧体诗。"五四""诗歌革命"和二十多年前的"诗界革命"完全是两码事。黄遵宪、梁启超等人要革新传统诗词，胡适等人则要用新诗代替旧体诗。"诗界革命"的主流是非常积极的，但带有一定程度的不彻底性。随着内容的出新，艺术风格也要有新的发展。完全保留"古风格"，是不适宜，也是不可能真正办到的。"五四"前后的"诗歌革命"虽然纠正了二十年前的不彻底，却走向极端，从大胆革新走向全盘否定，给了传统诗词一记致命的闷棍。"五四"之后，旧体诗词虽仍拥有为数不少的爱好者，但它已不被视为文学的正宗，被放逐出新文学的大家庭。"五四"以后的新文学史，在讲到诗歌时，一般都只讲新诗，不讲旧体诗。鲁迅的旧体诗影响很大，绝不亚于他的散文，但文学史著作讲鲁迅时，一般都有专节讲他的小说、杂文、散文，却不讲他的旧体诗。显然，在相当一部分人看来，旧体诗词不能进入新文学的殿堂。

毛泽东诗词是在诗词创作受贬斥、受歧视、受压制，处在最低谷的大背景下出现的。据作者自己讲，他的诗大多在"马背上哼成"，是战斗生活的副产品。他无意做诗人，却成为大诗家；无意以个人的创作影响诗歌潮流，却对中华诗词的发展产生极其巨大的影响。对于中国诗歌来讲，它起码有以下两点重大的历史意义：

（一）它以强大的思想感召力和艺术魅力，以成功的艺术实践，宣告了诗词过时论的破产。诗词在当代艺术之林中有没有安身立命之地？优秀的反映当代生活的格律诗算不算新文学？毛泽东诗词以成功的艺术实践，宣告了传统诗词不但能够表现当代的生活，而且能够表现得十分深入，十分感人。既然如此，难道不应该排除偏见，恢复传统诗词在当代社会生活和文艺生活中的应有的地位吗？

（二）它完成了传统诗词从古典到现代的过渡。毛泽东之前，龚自珍、林则徐、黄遵宪、丘逢甲、秋瑾、苏曼殊、鲁迅、柳亚子、郁达夫……许多诗家都在运用传统形式表现现代生活上进行了努力，取得了各自的成绩。而集大成，登高峰，作用最大的，是毛泽东诗词。它是传统向现代过渡的典范，诗词表现了现代生活的典范。

三

1963年，人民文学出版社推出的《毛泽东诗词选》，收入诗作三十七首。到1996年，中央文献出版社推出《毛泽东诗词集》，正编副编加起来共六十七首。他一生究竟写了多少诗？许多文稿已经散佚，恐怕这个问题是个千古之谜。就已经看到的毛诗，数量虽小，质量却特别高，起码有一半以上经常被人传诵。一个诗家发表的作品，能有五分之一到三分之一广为流传，这就很不简单，能有一半以上盛传不衰，这种情况是很罕见的。

毛诗题材广泛，有写草木山川的，有写爱情友情的，有咏古诗、咏史诗，数量最多的是政治抒情诗。我们说，毛主席诗词开拓了中华诗的一个新时代，首先因为它反映的是一个崭新的时代：民族求解放求振兴的新时代，劳动人民当家做主的新时代。中国革命和建设的许多重大历史事件：第一次国内革命战争，开辟井冈山根据地，围剿与反围剿的斗争，长征、抗日战争、解放全中国；新中国成立后的翻身喜悦，社会主义现代化建设，新形势下的反修反帝斗争……这一切都在毛诗中得到生动而深入的反映。说毛泽东诗词是当代诗史，是用艺术形象写成的中国革命史，是毫不夸张的。

毛泽东人生阅历的丰富性和传奇性，简直是举世罕见的。不但平常人，就是革命队伍中杰出的领导人也很难与之相比。"莽昆仑，阅尽人间春色。"毛泽东正是阅遍了二十世纪国内国际各种风云变幻。除了出国留学，中国革命者所经历过的东西，他几乎都亲历过。把这些东西化成文字，无疑就是一部很生动的诗篇。毛泽东诗词的成功和作者非凡的人生阅历当然分不开，但光有非凡的阅历还不足以成就一位大诗词家。对历史和社会的无比深入的洞察，对民族解放和民族振兴事业的无比忠诚，加上文化素养的深厚，艺术天才的高扬，种种因素聚集在一个人身上，这才成就了一位二十世纪的大诗人。毛诗的重要价值不仅在于再现了他个人的传奇阅历和中国革命的历史进程。巴尔扎克说，作家应当是社会的书记。这话对于小说、纪实文学来讲是合适的，对于诗人来讲，未必很合适。在马克思主义经典作家中，毛泽东最强调浪漫主义。这和他的诗人本性，和他深谙艺术规律是分不开的。毛诗反映新时代，主要不在于写出过程和场面，而在于发出了时代的心声，体现了时代的要求，写出了新的人物、新的精神面貌、新的思想境界，塑造了新的诗歌意象，从而完成了中华诗词从古典到现代的大飞跃。

我们不妨看几首作品。

《沁园春·长沙》。这首词写的是青年时代的毛泽东，也是给那个年代青年革命者画的一幅群像。上阕抒情写主人公眼中的自然景色："看万山红遍，层林尽染；漫江碧透，百舸争流。鹰击长空，鱼翔浅底，万类霜天竞自由。"下阕直接写人，回忆当年一群志同道合的少年朋友在湘江边上聚会："携来百侣曾游。忆往昔峥嵘岁月稠。恰同学少年，风华正茂；书生意气，挥斥方遒。指点江山，激扬文字，粪土当年万户侯。"1957年发表毛泽东诗词十八首的时候，这首打头。它标志着毛泽东诗词已经成熟。作者善于驾驭长调，这首一百一十四个字的《沁园春》，一气呵成，自然流畅，如行云流水。作者没有直接写这群年轻人的政治抱负和政治理想。"问苍茫大地，谁主沉浮"，"到中流击水，浪遏飞舟"，寥寥几个字，就把他们以天下为己任的气概写出来了。全诗跃动着青春的活力，充满着浪漫气息。可以说，它是毛泽东诗词中第一首具有经典意义的作品。

请注意，从青年时代开始，"指点江山，激扬文字"，"中流击水，浪遏飞舟"就是主人公生活的主要课题。这一点一直贯穿到晚年。毛泽东和历代农民起义的领袖，推翻旧王朝的英雄豪杰不同，后者念念不忘的是"将相本无种"，"彼可取而代之"，"大丈夫当如是也"。毛泽东蔑视权贵，以建立一个没有人剥削人、没有人压迫人的社会为奋斗目标。"粪土当年万户侯！"从青年时代开始，毛泽东就有这种前无古人的气概。

《忆秦娥·娄山关》。这是一首写长征的名篇。长征中，红军曾两次攻占娄山关。这首写的是1935年2月第二次攻占娄山关。写景之准确、细致，艺术想象力之丰富，情景之水乳交融，在这篇作品中几乎都达到了极致。像"苍山如海，残阳如血"，这样的比喻旷古未有，只有毛泽东这样的大手笔才写得出来。占领娄山关是遵义会议后的第一个大胜仗，但作者的心情仍是沉重的，因为还没有摆脱国民党军队的围追堵截。"雄关漫道真如铁，而今迈步从头越。"这是百折不挠的斗争精神，是革命的乐观主义精神。全诗的气氛是悲壮的。正因为在悲壮中透出乐观，这种乐观才更加震撼人心。

《念奴娇·昆仑》。这首词一开头就气势非凡："横空出世，莽昆仑，阅尽人间春色。"作为湘中人氏，作者前半生接触的主要是江南山水。来到大西北，粗犷雄奇的天色山光，引起诗人不尽的遐想。这首和四个月后写的《沁园春·雪》是姐妹篇，一个写山，一个写雪，都是借物言志，都是抒发革命情怀的巅峰之作。本篇写于长征即将结束的时候。意味深长的是，它并没有写长征，而是面对昆仑山发出奇想。"而今我谓昆仑：不要这高，不要这多雪。安得倚天抽宝剑，把汝裁为三截？一截遗欧，一截赠美，一截还东国。太平世界，环球同此凉热。"这体现了作者的高瞻远瞩和非凡情怀。渡过革命的难关后，他考虑的不仅是眼前的事情。作为大战略家、大思想家，他考虑的是中国和世界的未来。这是一首抒发革命理想的力作，写世界大同的力作。情和景，现实和理想，在这首词中得到非常完美的结合。

《沁园春·雪》。在毛泽东诗词中，这首如果不是人皆能诵，也是传诵最广的作品之一。它最鲜明、最突出地体现了毛泽东的创作风格，被公认为毛诗的巅峰之作。不久前，有专家对几次诗词评奖做了统计，发现应用最多的词牌是《沁园春》。这从一个侧面说明了这首词的影响之大。

毛泽东很喜欢雪，他笔下的自然景物，山和雪出现得最频繁："漫天皆白，雪里行军情更迫。""此行何去，赣江风雪迷漫处。"（《减字木兰花·广昌路上》）"飞起玉龙三百万，搅得周天寒彻。"（《念奴娇·昆仑》）"更喜岷山千里雪，三军过后尽开颜。"（《七律·长征》）"风雨送春归，飞雪迎春到。"（《卜算子·咏梅》）"雪压冬云白絮飞，万花纷谢一时稀。""梅花欢喜漫天雪，冻死苍蝇未足奇。"（《七律·冬云》）"千里波涛滚滚来，雪花飞向钓鱼台。"（《七律·观潮》）……《沁园春·雪》的上阕写自然风光，从雪景中映照出祖国的大好河山。景观之壮丽、气魄之宏伟，是前无古人的。下阕回顾历史、展示今朝，写大好河山中的风云人物。所谓"略输文采""稍逊风骚""只识弯弓射大雕"，不能只是从字面上去理解，认为这是断言那些人物只会舞枪弄棒，不会舞文弄墨。若论"文采""风骚"，在中国的三百多个历代皇帝中，名列前茅的应属李后主、宋徽宗。要比这些还轮不到秦皇、汉武、唐宗、宋祖。我的理解，诗中关于封建皇帝的那些话，不是批判他们缺乏文化、缺乏文采，而是批判那些人物疏于文治和缺乏人文精神，不会真正爱护大好河山，不会真正爱护广大人民群众。"风流人物"不是指某一个人，而是如作者所说，指的是无产阶级。只有工人阶级才能担负起领导人民群众实现民族解放和民族振兴的光荣使命。作者还说，诗的主题是反封建。在十一年前写的《沁园春·长沙》中，作者就表达过同样的主题："粪土当年万户侯。"那个时候更年轻，表达得更激烈。"问苍茫大地，谁主沉浮"和"数风流人物，还看今朝"是一脉相承的，都是呼唤引领历史潮流的新兴阶级。

自《沁园春·雪》问世以来，围绕着这首词的争议从来没有停止过。1945年11月，此词在重庆《新民报晚刊》发表。在蒋介石的亲自授意下，"总统侍从室"秘密策划，发动诸多媒体围攻、贬损这首词。蒋介石亲自定调子，说这首词有"帝王思想"。直到今天，否定之声仍不绝于耳。这并不奇怪。要否定中国革命，首先就要否定革命领袖毛泽东；要否定毛泽东诗词，就要否定它的高峰《沁园春·雪》。将近七十年的时间过去了，看来，情况正像毛泽东的一句诗"蚍蜉撼树谈何易"。

《浪淘沙·北戴河》。这首词写的是新社会。作者如何展现这个"新"？如果是一般的写手，难免花气力在生活中捕捉一些人所常见的新现象：海边的新建筑，城市的新工厂，浪里的大船只，校园里的红领巾……毛泽东没有刻意求新，只是如实地写出自己在北戴河的所见所思。"大雨落幽燕，白浪滔天，秦皇岛外打鱼船。

一片汪洋都不见，知向谁边。"这并不是什么新社会独有的景色，
几千年前就有过。作者似有神来之笔，"萧瑟秋风今又是，换了人
间"。寥寥数笔，画龙点睛，新境界就出来了。这就是高手，就是
大手笔。鲁迅说，水管里流出来的都是水，血管里流出来的都是
血。毛泽东所以写新生活、新人物那么得心应手，关键在于创作
主体的思想感情。站在时代的前沿，就一定能写出"新"来。

《卜算子·咏梅》。苏轼的《卜算子》写的是鸿雁，表达的
是对屡遭贬斥的无奈。同样词牌，陆游写的是梅花，表现的是报
国无门时的苦闷和滚滚浊尘中的清高。毛泽东的这首词写于1961
年冬，当时我们在国内国际都遇到了许多困难。怎么看待那段历
史？诗词的任务不在于通过诗句分析政治形势，而在于表达在特
定历史环境中人的思想感情。这首诗写的是共产主义者的情怀。
"已是悬崖百丈冰，犹有花枝俏。俏也不争春，只把春来报。待到
山花烂漫时，她在丛中笑。"这种不畏艰险，乐观进取，这种只迎
春不争春，只讲奉献不图回报的精神，用现代的语言来讲，大概
就是今天的"核心价值观念"吧！塑造的是花的形象，表达的是
共产主义的人生观价值观。这是一首境界很高的诗，艺术上也很
高超，堪称当代咏物诗的典范。没有一句政治术语，却写出崇高
的政治理想和生活哲理。毛泽东通过对梅花的歌颂，塑造出了"新
的人物，新的世界"。

读毛诗，我们会感到有一股前无古人的气魄。"为有牺牲多壮
志，敢教日月换新天。""敌军围困万千重，我自岿然不动。""不管
风吹浪打，胜似闲庭信步。""虎踞龙盘今胜昔，天翻地覆慨而慷。"
这一类句子读起来让人心旷胆豪。它不是喊出来的、吹出来的，而
是发自肺腑的心声。我国历史上有许多豪放派诗人，他们感动过一

代又一代读者，但站在毛泽东面前，是难以比肩的。毛诗的大气魄，来自他的大胸襟、大视野，和中国革命的空前艰巨、空前宏伟也是分不开的。可以说，革命理想主义、革命英雄主义、革命乐观主义，是毛诗中的一根思想红线。这就使得毛诗和我国古代的优秀诗歌既有思想上的渊源关系，又有精神气质上的明显不同。

作为艺术创新的大师，毛泽东尊重传统文化，坚实地站在传统的基础上进行创造。他的诗都是采用传统诗体，不论律诗、绝句、长短句，基本上都是按照传统艺术规范写出来的。偶尔有突破，但绝没有摒弃诗词格律之意。他追求明白晓畅，有一定文化素养的老百姓都能看得懂。譬如《清平乐·六盘山》，原来有"旄头漫卷西风"之句，后来改成"红旗漫卷西风"。至于"小小寰球，有几个苍蝇碰壁。嗡嗡叫，几声凄厉，几声抽泣"，简直就是白话。他也用典，但从不用冷僻难解之典。像"神女应无恙，当惊世界殊"，这个被古代文人墨客用过无数遍的老典故，到了毛泽东手里，就焕发出全新的光彩。毛诗之新，不新在浅层次上，是思想内涵的新，艺术境界的新。他从不故作新奇状，从不为创新而创新。诗词如何创新？毛泽东诗词给我们树立了很好的榜样。

六十二年前，毛泽东和苏联著名汉学家费德林在火车上长谈。当费德林问到毛的诗词创作时，毛答道："现在连我自己也搞不明白，当一个人处于极度考验，身心交瘁之时，当他不知道自己还能活几个小时甚至几分钟的时候，居然还有诗兴来表达这种严峻的现实。"（费德林《我所接触的中苏领导人》，新华出版社1995年版，第20页）也许正是在完全顾不上写诗的时候不可抑制地冒出了诗情，这样的诗才能惊世骇俗。

四

毛泽东的诗词见解，主要有两部分。一是对作家作品的评价，一是对诗词发展道路和创作规律的看法。前者大多散见在他的读书点评、谈话、讲话、文章、书信之中。作者精通中国文化，对历代诗词烂熟于心，一般人觉得很偏僻的诗词，他都能倒背如流。被他点评到的作家作品数量很大。对屈原之后，唐以前的诗家，他十分推崇曹操。他说："曹操的文章、诗，极为本色，直抒胸臆，豁达通脱……曹操的诗气魄宏伟，慷慨悲凉，是真男子、大手笔。"在谈到山水诗时，他高度肯定了谢灵运的历史作用："山水诗的出现和蔚为大观，是文学史上的一件大事。如果没有魏晋南北朝人开辟的山水诗园地，没有谢灵运开创的山水诗派，唐人的山水诗就不一定能如此迅速地成熟并登峰造极。就这一点，谢灵运也是功莫大焉。"对于当代诗人，他十分赞赏柳亚子。他认为，柳的诗词"慨当以慷，卑视陈亮陆游，读之使人感发兴起"。毛泽东不写新诗，也不大爱读新诗，但对新诗并没有一概否定。在延安的时候，他曾热诚肯定柯仲平的叙事诗。延安街头诗的兴起，和毛泽东的大力支持有很大关系。

研究毛泽东的诗词观，人们的主要依据是毛泽东著作中有关诗词的几篇正式文稿。如1957年1月给臧克家等人的信，1959年9月给胡乔木的信，1965年7月给陈毅的信，1958年3月在成都会议上的讲话，等等。这些篇什，有的出自作者手笔，有的经作者审定认可，当然十分重要。但是，光研究这些文稿是不够的。他在日常生活中的谈话，包括休闲时很随意的聊天，往往在不经意之中冒出耀眼的思想火花。所以，那些记述毛泽东谈话的回忆录，也应当进入研究者的视野。譬如以下几次谈话，我认为都是很值得留意的：

（一）1949年12月，苏联汉学家费德林和毛泽东一起乘车赴苏，他们在火车上长谈。毛泽东谈到《诗经》以及屈原、李白、杜甫、白居易等诗家，都给予崇高的评价。在谈到诗歌的发展时，毛泽东说："求新并非弃旧，要吸取旧事物中经过考验的积极的东西。就拿我个人的文学经验来说，我们主张新文学要建立在通俗易懂的口语基础上。诗嘛，主要应该是新诗，让大家都能看懂，而不仅仅是为了上层知识分子。"费德林插话："可是也有不少中国人用旧体诗写现代内容 —— 爱国主义、革命斗争 ……"毛泽东接着说："当然啰，写不了新诗写旧体诗也是可以的。不过这不可能推广，特别不能在年轻人间推广。你知道，旧体诗很难写，也不能充分表现现代生活所要求的那些思想。"（费德林《我所接触的中苏领导人》，第15—20页）

（二）1957年1月，毛泽东在中南海会见臧克家、袁水拍。臧克家反映，《诗刊》的印数太少，应当增大发行量。毛立即答应帮助解决问题。毛泽东说："现在的新诗，太散漫，我以为新诗应该在古典诗歌和民歌的基础上求发展。"他还说："鲁迅的新体散文诗集《野草》不流行，而其旧体诗却流行很广，因为旧体诗容易背诵记忆。"

（三）1957年6月，毛泽东在中南海会见词学专家冒广生。冒比毛长二十岁，主人首先倾听专家的意见。冒广生谈了他对三百年来词人提倡填词必墨守四声的不同意见。他说，他作《四声钩沉》，即在提倡词体的解放。毛泽东对冒的见解很感兴趣。毛说："旧体诗词的格律过严，束缚人的思想，我一向不主张青年人花偌大精力去搞，但老一辈的人要搞就要搞得像样，不论平仄，不讲叶韵，还算什么格律诗词？掌握了格律，就觉得有自由了。"毛泽东接着说："中国的诗歌，从《诗经》的四言，后来发展到五言、七言，到现在的民歌，大都是七个字，四拍子，这是时代的需要。一种形式经过试验、发展直到定型，是长期的有条件的。譬如律诗，从梁代沈约搞出四声，后又从四声化为平仄，经过初唐诗人们的试验，到盛唐才定型。形式的定型不意味着内容受到束缚，诗人丧失个性。同样的形式，千多年来真是名诗代出，佳作如林。固定的形式没有妨碍诗歌艺术的发展。"毛泽东还说："新诗的改革最难，至少需要五十年。找到一条大家认为可行的主要形式，确是难事。"（舒湮《一九五七年我又见到了毛泽东主席》，载《新华文摘》1986年第1期。）

（四）1958年春天、1965年夏天和诗友梅白的两次谈话。梅白是湖北省委干部，曾任省委秘书长，多次陪同毛泽东视察，并一起谈论诗词。1958年3月坐船过三峡的时候，毛泽东修改梅白的七绝《夜登重庆枇杷山》，并说道："诗贵含蓄和留有余地。""诗贵意境高尚，尤贵意境之动态。有变化才能见诗之波澜。""诗要改，不但要请人改，而且主要靠自己改。放了一个时候，看了、想了，再改，就有可能改得好一些。这就是所谓推敲的好处。当然，也有经过修改不及原作的。"1965年夏天的一个夜晚，在武昌，梅白听毛泽东谈论旧体诗时，向毛提了个问题："主席为什么说怕谬种流传，贻误青年？"躺在藤椅上，仰望着点点繁星的毛泽东回答："那是针对当时的青少年说的。旧体诗词有许多讲究，音韵、格律，很不易学，又容易束缚人们的思想，不如新诗那样自由。""但另一方面，旧体诗词源远流长，不仅像我们这样的老年人喜欢，而且像你们这样的中年人也喜欢。我冒叫一声，旧体诗词要发展，要改造，一万年也打不倒。因为这种东西最能反映中华民族和中国人民的特性和风尚，可以兴观群怨嘛！哀而不伤，温柔敦厚嘛！"（梅白《在毛泽东身边的日子里》，载《春秋》1988 年第 4 期）

毛泽东的诗词见解博大精深，需要反复研读，反复领悟。这里，我谨就两个颇有争议的问题谈点看法。

一、关于新诗和旧体诗的关系

自从新诗诞生以来，如何看待和处理新诗与旧体诗的关系，一直是困扰诗词界的一个大问题。就个人兴趣来讲，毛泽东酷爱诗词，对新诗没多大兴趣。他用书法写了许多诗词作品，就是没写新诗。在私下场合，他甚至用开玩笑的口气说："你知道我是不看新诗的，给我一百块大洋我也不看。"可是讲到诗歌的发展格局时，却一再强调诗要以新诗为主。1949 年冬对费德林这么讲，1957 年初对臧克家等人也这么讲。这是为什么？

（一）毛泽东作为党和国家的领导人，他努力把个人爱好同党和国家的方针政策区别开来。人的兴趣、爱好是千差万别的，难免有所偏爱。作为方针政策，必须从全局出发，顾及方方面面，不可能跟着个人兴趣走，不允许过度向某一方面倾斜。毛泽东不愿意让自己的艺术爱好影响党和国家的文艺方针政策，更不可能利用手中的权力去改变旧体诗的社会地位。所以，尽管他非常热爱旧体诗词，对新诗缺乏浓厚的兴趣，但在讲到新旧诗的关系时，他总是努力尊重新诗的社会地位。

（二）在毛泽东谈论新诗和旧体诗的关系时，新诗确实在诗坛占据中心地位。那时，旧体诗不但不能和新诗平分秋色，连"为副"的地位也没有，甚至不能进入新文学的殿堂。《诗刊》虽然发表了毛泽东诗词十八首，但这是例外，在一般情况下，它是不刊登旧体诗的。"文革"结束后，在臧克家的提议下，《诗刊》才辟出两个页码专门刊登旧体诗。其他媒体更是极少给旧体诗新作提供登台亮相的机会。毛泽东说，"旧体诗可以写一些"，这已经是往前迈进了一步。他强调旧体诗"一万年也打不倒"，说明他对压制旧体诗是有看法的。在新中国成立初期，温饱问题还没有基本解决，文盲在人口中占相当大的比例，不可能在全国大范围内普及诗词。作为高雅艺术，比起新诗来，后者更通俗易懂，更容易普及，更容易被诗歌写作者所驾驭。毛泽东在半个多世纪以前根据当时的情况做出新诗为主的判断，是完全可以理解的。

今天，中国诗歌的格局已经发生了巨大变化，旧体诗词在中华大地上有了迅猛的发展和普及。全国各省、市、自治区（西藏除外），包括香港和澳门特区，都成立了自己的诗词学会，经常参加诗词活动的人数达百万之众。以发表诗词创作和评论为己任的《中华诗词》，每期印数两万五千份，是全国发行量最大的诗歌刊物。目前，纸质媒体和网络上的诗词作者和读者的数量都不少于新诗的。客观情况已经发生了变化，死守毛泽东根据过去的情况做出的具体判断，这不是实事求是的态度。在新的情况下，维持新诗为主的局面是不可能办到的。历史上没有任何一种文艺形式可以永远为主，永远在文坛称霸。几千年来，诗歌一直是我国文艺王冠上的明珠，到了二十世纪初，小说就成为文学乐队中的第一小提琴，诗歌退居次席。现在，电视剧是受众最多的艺术品种，小说如果不被改编为电视剧，传播范围是很有限的。艺术应当百花齐放。谁也不可能从属于谁，谁也不可能一家独大。中华诗词学会提出，新诗和旧体诗应当比翼双飞、同荣并茂，互相学习、互相竞赛、互相补充。我以为，这是符合客观实际，也是符合毛泽东思想的。

二、关于诗词的改革与创新

毛泽东强调当代诗词要继承几千年民族文化的优秀传统，同时还强调，它必须改革、创新。关于艺术创新，毛泽东在他的一系列文艺论著中讲了许多重要意见，譬如，作家要深入生活，要表现"新的人物、新的世界"，体现时代精神和人民意愿，要把普通的实际生活典型化，创造出新的艺术形象……这些原则对于诗词艺术都是完全适用的。针对诗歌的特点，毛泽东特别强调，要"诗言志"，"内容是浪漫主义和现实主义的对立统一"，要有"神奇的想象，奇妙的构想，大胆的夸张"。在毛泽东看来，诗词是抒情艺术、浪漫艺术，"写诗就要写出自己的胸怀和情操，这样才能引起读者的共鸣，才能使人感奋"。

鉴于新诗比较散漫，毛泽东认为新诗的形式尚未成型，将来很可能在民歌和古典的基础上创造出新的诗体。有些朋友根据这一意见，便认为旧体诗创新的严重问题也在于创造新的诗体，只有到了出现崭新诗体那一天，旧体诗才能真正顺应新时代的需要。

王国维说，"一代有一代之文学"。这是对的。他进一步断言，一个时代必须有一个标志性的新文体，"四言弊而有《楚辞》，《楚辞》弊而有五言，五言弊而有七言，古诗弊而有律绝，律绝弊而有词。"这就说过头了。汉兴五言而不废四言，唐兴律绝而不废古风。李白是唐诗的标志性人物，他的律绝数量不多，倒是写了许多古风和"乐府旧题"。苏轼是宋诗的一座高峰，他是填词高手，也是近体诗大家。代表新时代的艺术品首先要体现新的时代精神，塑造新的诗歌意象。新形式适于表现新内容，旧形式也可以体现新内容。我们在上面说过，毛泽东的六十七首诗词，都是采用传统诗体。他认为写旧体诗就要讲究格律，不讲平仄，不讲押韵，那算什么格律诗！他又认为，旧体诗限制大严，可以有所突破。他的《蝶恋花·答李淑一》上下阕用两个韵，七绝《为李进同志题所摄庐山仙人洞照》第二句是三平尾，这些都是对传统格律的突破。在讲到新诗时，他曾说新诗需要"找到一条大家认为可行的主要形式"。讲旧体诗，我们没有发现他在什么场合特别强调创造新诗体。他倒是讲过这样的话："形式的定型不意味着内容受到束缚、诗人丧失个性。同样的形式，千多年来真是名诗代出，佳作如林。固定的形式没有妨碍诗歌艺术的发展。"毛泽东没有创造出什么新诗体，同样完成了惊天动地的艺术创新。

和诗体创新密切相关的一个问题是诗体的拓宽与拓展。有诗家指出，目前的诗词创作，形式比较单调，长制无非是五言七言古风，短制无非是五言七言绝句、律诗加上曲子词，最近增加了一个散曲。我很同意这个意见。古代的诗体是很多样的。两汉是五言诗的黄金时代，但那时的不少名篇却不拘泥于五言。苏伯玉妻的《盘中诗》是三言，曹操的《短歌行》是四言。唐朝是近体诗的高峰期，刘禹锡、白居易等人却写了不少"竹枝词"。岑参的《白雪歌送武判官归京》三句一个音节，在当时的诗歌中独树一帜。毛泽东的诗作也不拘泥于五言、七言。《好八连》是三言，《给彭德怀同志》是六言。近来，不少诗家在拓宽诗体上做了努力，如"竹枝词""新古风""自度曲"，等等。就具体作品来讲，有的比较成功，有的不尽如人意，但这些尝试无疑是有积极意义的。拓展与拓宽不是彻头彻尾的另起炉灶，但也需要逾越现有雷池的勇气。广义地说，也是一种创新。总之，我们要鼓励艺术创新。诗词是在严格的艺术规范之中创新，既不能抛弃传统而为所欲为，也不能死守传统而迈不开步子。

2012 年 5 月

作者附记：本文第四部分引用了好几篇回忆录的文字，所记毛泽东谈话，大多未经谈话者审阅，其可信度、确凿性如何，自然需要进一步研究。有同志就曾对梅白的回忆文字提出批评意见，不过，批评者也没有全盘否定梅文的真实性。研究历史，要重视"正史"，也不能完全无视野史、传闻、逸闻。本文所引谈话及对此做出的引申和论断，是否实事求是？希望读者参考多方面的材料，独立思考，做出自己的判断。

旧体诗的复兴和面临的几个问题
——在云南文史馆的专题讲演

近一个时期以来，或者说新时期以来，旧体诗词的发展势头比较迅猛，用一句话来表述，就是"从复苏到复兴"。为什么说复苏呢？就是说它前一个时期遇到挫折，甚至遇到压制，长期抬不起头来，最近几十年慢慢走出困境，复苏了。这就得简略地回忆一下中华诗词一百多年以来所走过的历程。

一

中国的诗歌，如果从《诗经》算起，到现在已经有将近三千年的历史了。这是有完整诗集保存下来的诗歌历史，作为口头文学，它的历史肯定比这个时间还要长。长期以来，诗词一直是中国文艺最重要的一个品种，可以说是文艺王冠上的明珠。到了清朝末年，诗词发展到一个历史转折点，面临着严重的突破创新问题。当时梁启超写了一首诗："诗界千年靡靡风，兵魂销尽国魂空。集中什九从军乐，亘古男儿一放翁。"他赞扬了陆放翁，严厉批评了整个诗词界，他对"诗界千年靡靡风"深感不满。当然，诗人讲话总是有点艺术夸张，诗词界不至于时时处处都是靡靡风，但从总体上说，当时的诗词确实内容比较陈旧、艺术比较僵化，需要突破、需要发展。所以，维新变法前后，一些人提出了"诗界革命"的口号。

"诗界革命"，是梁启超1899年在一篇文章里提出来的。至于有关的倡导和创作实践，比这出现得还要早。黄遵宪、梁启超、夏曾佑、丘逢甲等人，都是诗界革命的积极倡导者。创作成绩最突出的是黄遵宪，他当过二十年外交官，既眼界开阔，又有强烈的爱国主义思想。他的《冯将军歌》《台湾行》等名篇，至今读来仍使人热血沸腾。梁启超说："近世诗人能熔铸新思想以入旧风格者，当推黄公度。"丘逢甲不但是著名诗人，也是著名爱国斗士。马关条约签订后，日本霸占了台湾。作为台湾本土人氏，丘逢甲组织民众武装奋勇抗日，兵败后撤到大陆。他的《春愁》是百年来传诵不辍的名篇："春愁难遣强看山，往事惊心泪欲潸。四百万人同一哭，去年今日割台湾。"诗界革命的力度很大，梁启超说要当诗界的哥伦布、麦哲伦，要发现新大陆，开辟一个全新的领域。当时带有纲领性的提法，是"以新意境、新语句入古风格"。这个主张起了很积极的作用，但是也有缺陷：既然意境是新的，语句、语言也是新的，那么风格总要有点发展吧？怎么可能完全都是古风格呢？当然，他们这么讲也有理由，因为古典诗词的形式要求比较严格，他们是要在古典格式、韵律的基础上表现新内容。

此后，规模更大的诗界革命，就是辛亥革命前成立的南社。1909年，柳亚子等人在苏州成立南社，其骨干都是同盟会会员，其中有不少是同盟会的中坚人物。黄兴是南社社员，他的诗写得很不错。宋教仁的诗也写得很好，他后来被暗杀了。南社的特点是把诗歌创作和革命斗争紧密地结合起来。他们认为"文学者，国魂之所寄也""近世各国之革命，必有革命文学为之前驱。"他们中的许多人既是诗人，更是革命斗士。像宁调元、陈子范、宋教仁、廖仲恺……还是革命烈士。一个文学团体出了那么多革命烈士，在这一点上，大约只有后来的"左联"能与之相比。和革命紧密相联系，并没有妨害诗情的发挥，倒是给诗歌创作注入慷慨悲歌、壮丽雄浑的色彩。南社的政治主张与改良派是针锋相对的，但在诗歌改革问题上，二者的主张却几乎是一致的。柳亚子讲："文学革命所革当在思想，不在形式。形式宜旧，思想宜新。"也就是"以新意境、新语句入古风格"。应该说，古典诗歌到了南社时代，已经向现代化迈进了一大步。南社推出了许多气壮山河的好诗，但是在诗歌改革上，它和维新派一样稍微有点保守，还是"入古风格"。

二

南社打开了诗词的新局面，催生了一个新的诗潮，但是往后不到十年，诗词就遇到厄运，被一股浪潮冲入冷宫。"五四"前夕，新诗出现了。据有关专家论断，新诗产生的标志，是1917年《新青年》发表胡适等人的一组白话诗。但也有论者提出不同意见，认为比胡适早八年，也就是1909年5月，于右任在《民呼日报》发表的《元宝歌》，才是开山之作。新诗的出现，本来是大好事，但一些倡导者却把新旧诗体完全对立起来，仿佛二者是你死我活、水火不相容的。新诗的倡导者们纠正了过去诗界革命和南社的一些不够彻底的东西，但是我感觉实在是矫枉过正，把"古"的东西全给否定了，代表文章就是胡适的《谈新诗——八年来一件大事》。朱自清将胡的这篇文章看成新诗的金科玉律——诗歌改革的金科玉律，不只代表个人的意见，也表达了一大批人的共识。当然，对胡适在古典诗词上的所作所为，我们要一分为二：他提倡新诗是有大功劳的。他对长短句还是做了一些肯定，自己就写了不少长短句，也编过古典曲子词的集子。但他对律诗、绝句，对诗词格律是彻底否定的。他说，诗就应该"不拘格律、不拘平仄、不拘长短"，想怎么写就怎么写，绝句、律诗"决不能"表现当代人复杂的思想感情。胡适是主张白话文的，他的诗歌改革，就是用白话的诗来取代文言的诗。他认为文学革命的关键在于文体、在于形式，要从"语言文字文体等方面的大解放"着手。总之，凡是用白话文的，就是新诗、新文化；凡是用文言文的，就是旧诗、旧文化。

提倡白话文，主张用白话代替文言，不是始于"五四"时期，早在19世纪末，维新派就有人写文章：《论白话为维新之本》。到了20世纪初，全国有几十家白话报纸，连新疆都有了白话报纸。应当承认，用白话代替文言是大势所趋，是很正确的，但不能把问题绝对化。诗歌的语言和日常口语不完全一样，它是艺术的语言，应当比日常说话更简洁、更凝练。什么是文言？一、它是古代的语言，二、它是古代的书面语言。文字开始是刻在乌龟壳上，后来刻在钟鼎上，写在棉织品和丝织品上，刻在竹简上。古代文字载体非常稀少，到了东汉，才发明了纸张。载体匮乏，所以文字必须非常简洁。这一点和诗歌有相通之处。文字在它的发展过程中，有些复杂的用语不断被简化。所谓成语，就是高度浓缩的语言；今天，这种简化还在继续。譬如"执政为民""立党为公"，你说它是文言，还是白话？从这个意义上说，我们今天仍在产生和运用类似文言的东西。所以，对于文言，不能一概放逐，一律不许它们进入诗歌王国。况且，古代诗词中，包括律诗绝句中，有大量非常口语化的篇章。李白的"床前明月光",杜甫的"两个黄鹂鸣翠柳",陆游的《示儿诗》,都是明白如话的,可以说是古代的"白话诗"。至于白居易,他的诗以明白晓畅、高度口语化而著称。所以,也不能把诗词和文言完全等同起来。最早的"古文"和口语是一致的,后来距离越来越大。黄遵宪主张"我手写我口",这是很有针对性、很正确的。胡适认为话怎么说,诗就怎么写,这就太过了,把艺术语言和自然状态的语言完全等同起来。白话诗一直有不够凝练、太散文化的毛病。不能不说,这和胡适的主张多少有些关联。

"五四"提倡科学、民主,提倡新文化,这是有大功劳的。但矫枉过正,在批判封建主义的同时,把不少积极的东西也否定掉了。当时不但否定传统诗词,也否定了许多其他的传统艺术形式。譬如《新青年》上就争论过怎么看待传统戏曲。提倡新文化那拨人主张"废唱而归于说白",还说西方的戏剧是人道的、人性的,中国的戏剧是反人性的。那个时候对传统的东西否定到什么地步呢?民国政府曾经下文废除春节,下文禁止中医(后来又下文恢复),全部文字都要拼音化,取消汉字,连鲁迅、瞿秋白都有类似的观点。这是有一定理由的,不用拼音,认字比较难;而外国人认字母,就容易多了。可是,"书同文、车同轨",对中华民族起了多大的凝聚作用!全世界只有中华民族有几千年延续不断的发展历史和文化传统。日文、韩文,都受到汉字的影响。为什么世界上只能有一种拼音文字,不能存在另一种方块的、象形的文字呢?对于这个问题,我们现在已经慢慢认识得比较清醒了,但在上个世纪初,否定传统的舆论是很强大的,把许多有价值的东西,包括旧体诗都给否定了。所以,"五四"以后的很长时间里,虽然还有人在写旧体诗，但是它没有什么地位。

用传统诗词表现新时代、新生活，这能不能叫新文学？"五四"以后相当长一段时期，主流媒体不承认它是新文学，说它是老古董。一些长期写诗词的作者，在强大舆论压力面前也对此持怀疑以至否定的态度。郭沫若在1943年说过："近来前方将士多有写作旧体诗的倾向。这种风气的养成固然是值得重视的，但旧诗乃至文言文都不适于作为表现新时代的工具了……作为雅致的消遣是可以的，但要作为正规的创作是已经过了时了。"新中国成立十年的时候，他对诗词写作进行反思，又说道："我过去闹闹旧诗是挨过骂的，有时候不敢发表旧诗，在编集子时把旧诗都剔出来成为'集外'。我们的洋气太盛，看不起土东西，这是'五四'以来形成的一种风气。"（《就当前诗歌中的主要问题答〈诗刊〉社问》,《诗刊》1959年第1期）柳亚子在1944年写过一篇文章，他说："我是很喜欢旧体诗的，但是我认为旧体诗只是一种回光返照，我相信再过五十年，就没有人再写旧体诗了。"柳亚子一辈子都在写旧体诗，视旧体诗如生命，他为什么会这么讲？就是因为当时的舆论太厉害了。戏曲是否定不掉的，它在老百姓中有很深的根基，知识分子说三道四对它产生不了多大影响，戏曲照样在那儿发展。但是，文学却受到很大的影响。大家查一查新中国成立后新时期以前的文学史著作，旧体诗是不入史的。讲鲁迅，杂文是一个章节，小说是一个章节，散文是一个章节，但根本没有旧体诗这个章节。鲁迅旧体诗的影响，我认为绝对不小于他的散文，而且鲁迅作品背诵率最高的就是他的诗，有好几篇是家喻户晓的。毛泽东在二十世纪五十年代中期的一次接见中讲到诗，就谈了鲁迅的旧体诗比散文影响大，散文可能在知识分子当中影响比较大，但在更广泛的范围里，散文的影响就没有诗那么大了。"五四"以后，否定旧文化，打倒封建文化，推倒贵族文学，旧体诗也一概被否定了。它被放逐出新文学的殿堂，作为一个文学品种，整个地被归入老古董。新文学的刊物不接纳它，新文学的讲堂没有它的席位，新文学史的著作中没有它的章节。这些事实，大家是有目共睹的。

三

诗词的全面复兴，始于二十世纪末，但自新诗诞生之后，这方面的努力一直没有间断过。新诗产生不久，就有人看出新诗的不足，同时呼唤旧体诗。作为新诗的开拓者之一，闻一多1925年在美国写了首绝句："六载观摩傍九夷，吟成缺舌总猜疑。唐贤读破三千纸，勒马回缰作旧诗。"闻一多呼唤"勒马回缰作旧诗"，不过，他并不是要重新用旧体诗涵盖诗坛。回国后，他和徐志摩等人组织"新月社"，主张新诗也要讲格律，尝试自由体的格律诗。新月派搞的是富有格律美的自由体诗歌，和传统诗体走的不是同一条路。

诗词复兴的第一声春雷，出现在二十世纪五十年代。1957年初，《诗刊》创刊，发表了毛泽东诗词十八首。五年后，《人民文学》发表了毛泽东的六首词。《诗刊》推出十八首毛泽东诗词，是我国诗歌史上的一件大事，也是我国文艺生活中的一件大事。此后，在全国以至全世界，掀起了一股持续半个多世纪的毛泽东诗词热。《诗刊》在发表十八首诗词的同时，还发表了毛泽东致臧克家的信，提出："诗当然应以新诗为主体，旧诗可以写一些，但是不宜在青年中提倡，因为这种体裁束缚思想，又不易学。"毛泽东一生酷爱诗词，作为党和国家的领导人，他不愿意让自己的兴趣影响党和国家的文艺政策。所以，他对诗词写作问题十分慎重，从来没有公开提倡写旧体诗。1960年开第三次全国文代会的时候，周扬的主报告有一大段专讲毛泽东诗词，送审的时候，毛主席一笔全部勾掉。给臧克家的信中虽然有"不宜提倡"的说法，但发表诗词本身就是一种提倡，而且是比抽象说理力量大无数倍的提倡。毛泽东诗词以深刻的思想内涵和强大的艺术魅力告诉人们，旧体诗也可以表现新时代，而且可以表现得非常深刻、非常生动、非常感人。旧体诗并没有过时，它在新时代仍然大有用武之地。榜样的力量是无穷的。毛泽东诗词的发表，启迪了无数诗歌爱好者，启迪了广大干部群众。受毛诗的影响，许多人走上诗词创作的道路。今天年纪大一点的诗词创作者，有许多是受毛诗的鼓舞而走上诗词创作之路的。论诗歌在群众中的传播率和背诵率，近现代诗人，包括新诗人，没有一个能比得上毛泽东。其读者是上亿、几亿，加上海外读者数量就更多了。唐宣宗李忱在悼念白居易的时候写道："童子解吟长恨曲，胡儿能唱琵琶篇。"毛诗的传诵，其盛况恐怕要大大超过白居易。有人统计，现当代诗家填词，使用最多的长调是《沁园春》，这和毛泽东的影响无疑是分不开的。

　　1976年的"四五"运动，再一次显示了传统诗体的强大生命力。这一年清明节，群众自发在天安门广场悼念周总理，声讨"四人帮"，他们斗争的主要武器是诗歌。天安门广场是鲜花的海洋，诗歌的海洋。诗歌中有少量新诗，绝大多数是旧体诗。这些诗也许还不够工整、不够精巧，却是真正的心声。写诗者并不想当诗家，他们只是要表达一种被压抑多年的思想感情。满腹哀思、满腔愤懑，通过诗句喷涌出来。为什么要选择旧体诗这种形式？这是群众的选择、历史的选择。群众觉得旧体诗适合表达他们的哀思和愤懑，于是就采用这种形式来写诗。天安门诗歌同样说明了传统诗体不但能够表现新时代、表现人民的心声，而且能够表现得很深刻、很动人。它不但能为少数文人所掌握，也能为当代的广大干部群众所掌握。在历史的关键时刻，它又一次充当了人民群众抒情言志的重要载体。

"四五"之后，特别是粉碎"四人帮"之后，诗词的复兴已经成为一股不可遏制的潮流。各地纷纷成立诗社，举行唱酬活动。1978年，北京成立了野草诗社。1981年，广东成立了广州诗社……各地还办起诗词杂志和诗词讲习班。如广东的《当代诗词》，湖南的《洞庭诗词》《岳麓诗词》，湖北的《三闾诗词》《骚坛》。1984年，西北军区政委肖华联合了一些爱好文艺、爱好诗词的同志，倡议成立一个全国性的诗词组织。经过广泛串联、反复酝酿、认真筹备，经中央批准，在1987年召开了中华诗词学会成立大会，诞生了有史以来第一个全国性诗词组织。习仲勋同志代表党中央和国务院到会讲话，肯定了诗词事业在当代文艺全局中不可或缺的重要地位。中华诗词学会成立以后，诗词事业进一步发展，到去年下半年，学会会员超过两万，加上各省、市、县的会员，大概有百万大军。全国各省市自治区，除西藏外，包括香港、澳门，都成立了诗词学会。《中华诗词》杂志的发行量是两万多，可以算是全国发行量最大的诗歌刊物。在网络上，旧体诗词的创作和传播量也很大，起码不亚于新诗。特别令人振奋的是，中华诗词不但在华夏大地生机盎然，在世界五大洲也广泛开花结果。据海外诗友介绍，不论欧洲、美洲、澳大利亚、东南亚、东北亚，凡是有华人聚居的地方，都有中华诗词的社团在活动，诗友们用诗词抒写他们在域外的生活、表达他们对祖国和故乡的思念。不少社团和大陆的诗友密切联系，互相唱和。前几年，我们在北京接待一个美国华人的诗词代表团。他们告诉我们，过去是有水井处必有柳词，现在是有华人聚居处必有中华诗词和毛泽东诗词。域外已经有了强大的"海外兵团"，诗词已成为联结全世界华人的重要精神纽带。

四

新时期以来，诗词复兴大约经历了两个阶段。从粉碎"四人帮"到本世纪初，处于突飞猛进的阶段。蒙受了半个多世纪的压制，诗词界积蓄了很大的反弹力。面对百废待兴的局面，人们组织诗社、编辑书刊、开设讲座、筹办网站、挥毫泼墨，短时期内做完了需要几十年才能完成的工作。诗词界很兴旺，很红火，是文艺大家庭中特别有闯劲的一分子。从本世纪初到今天，爆发式的发展告一段落，进入平稳发展阶段：按部就班、平稳前进。诗词队伍在一天天扩大，人们对诗词格律的驾驭在一天天熟练起来。平稳意味着没有大的曲折、大的波澜，也蕴藏着消极的东西：缺乏冲击力和爆发力，缺乏重大突破。目前，诗词工作面临着许多新问题，特别是一百多年来民族虚无主义的流毒，远远没有彻底肃清，还需要花大气力做这方面的工作。我在这里仅就有关诗词的两个问题，讲一讲个人看法。

（一）关于旧体诗和新诗的关系　新诗和旧体诗都是适应社会和历史需要而产生的，它们各有自己的优长之处，各有自己的作者群和读者群，各有自己的存在价值。新诗历史短一点，将近一百年，但和古典诗词一样，它也有自己的代表作家、代表作品。

无论你喜欢不喜欢，它已经在人民生活中生根了，发芽了。近一百年前，搞新诗的人曾经压制旧体诗，今天是不是可以反过来，用旧体诗压制新诗呢？这就比较幼稚了。中国这么大的一个国家，需要多种多样的诗歌形式，有新诗，有旧体诗，有少数民族的各种诗体，这才符合"百花齐放、百家争鸣"的方针。

怎么看待毛泽东讲的要以新诗为主呢？大家都知道，毛泽东酷爱诗词，不爱看新诗，甚至说，给他一百块大洋也不看。在毛泽东强调新诗为主的时候，诗坛确实是以新诗为主的。那个时候，《诗刊》只是偶尔刊登旧体诗，它基本上是个发表新诗的媒体。旧体诗不但不能演主角，甚至连配角也当不上。直到"文革"以后，经臧克家提议，《诗刊》才开辟了几页旧体诗的版面。我们在上面说到，作为党和国家的领导人，毛泽东生怕个人爱好影响党和国家的文艺方针，他不愿意破坏已经形成的诗歌格局，所以一再强调以新诗为主。我觉得，文艺形式没有哪一个可以永远为主。几千年来，诗歌一直是我国文艺王冠上的明珠，在各种文艺形式中居于领衔主演的地位。到了二十世纪初，情况发生了巨大变化。一百多年前，梁启超发表了《论小说与群治之关系》这篇著名文章，他认为"欲新一国之民，不可不先新一国之小说"，"欲新政治，必新小说"。近二十年后，鲁迅发表《狂人日记》《阿Q正传》等名篇，在华夏大地上掀起小说创作的热潮。从此，诗歌离开了第一把交椅，小说成为新文学的领头羊。但是，小说也不可能永远坐铁交椅。今天，小说再厉害，也比不过电视剧。小说必须改编成电视剧，才有更广泛的受众。如果只在文学界折腾，是成不了多大气候的。艺术品种常常交替领先。所以，不可能也没有必要去人为地规定谁为主，谁为辅，让它顺其自然地发展，这对社会、对人民群众没有任何不良的影响。艺术欣赏都是自由选择，你爱看什么，爱听什么，谁也无法去限定。艺术发展的格局，归根结底，是由社会需求、群众爱好来决定的。一个艺术品种，只要群众喜欢它，社会需要它，就必定有广阔的发展前途。

新诗和旧体诗应当互相学习、互相尊重、互相竞赛，同荣并茂。有好心的朋友提出，既然新诗和旧体诗各有长处，能不能把二者的缺点抛掉，把二者的优点合起来，创造一种融二者之优长，弃二者之短缺的最完美、最合适的诗体？这就好像羊肉串很好吃，糖葫芦也很好吃；糖葫芦甘甜，羊肉串鲜美，于是要把它们的长处合起来，制造一种新的既甘甜又鲜美的串串。任何一种文学样式，都是既有优点又有局限性的，没有任何局限性的东西，我觉得是废物，因为没有任何局限性，必然也没有任何长处。新诗和旧体诗要互相学习，但不必互相靠拢、互相融合，它们应当各自发挥自己的长处。我不主张新诗格律化、格律诗自由化，这样一来，双方的特点都没有了。新诗就是要自由一点，可以押点韵，稍微整齐一点，但如果向旧体诗靠拢，就会把新诗的特点抹杀了。新诗的特点没有了，旧体诗的特点也没有了，这就弄个非驴非马的"四不像"。形式还是自由发展为好，让老百姓去选择，让历史去检验。

（二）关于诗词创新和出精品　近几年，诗词队伍在继续扩大，新作数量在持续增长。据有关专家估算，每年在纸质和网络媒体上推出的诗词新作，达到几十万首，是"全唐诗"的十倍，十几倍。应当承认，其中有令人赏心悦目的佳作，但佳作比较少，特别缺乏具有超强感染力的扛鼎之作。我们还没有创造出像毛泽东诗词、鲁迅诗歌这种水平的划时代之作，还没有产生当代的李白、杜甫、苏东坡、辛弃疾。如何出精品、攀高峰，这是摆在诗词界面前一个非常严峻的问题。诗词的繁荣以什么为标志？普及的程度如何，活动是否搞得红火，这些都可以作为参照物，但最根本的标志，要看精品力作。一部真正的精品，其感染力大过千百首平庸之作。一个时代的诗词达到什么高度，归根结底，要靠所产生的精品来衡量。2005年在山东开常务理事会的时候，孙轶青会长郑重提出"精品战略"，他指出：出精品、繁荣创作，是诗词界的第一要务。今天，我们仍然要把出精品作为头等大事来抓。

目前，影响诗词创作健康发展的主要有两方面问题。一是保守倾向，说得严重一点是泥古倾向。一些诗家很熟悉诗词传统，这本来是好事，却死守传统的框框。他们自己不敢越雷池一步，也不愿他人有所突破。他们的作品很有传统韵味，就是缺乏当代生活的气息。有时你分不清这些诗词是今人写的，还是唐代人、宋代人写的。有人为此还很高兴，觉得有古人风范，达到古典境界。如果中国诗词的最高境界就是返唐返宋，就是唐风宋韵，那么有李白、杜甫就可以了，还要后来这些人干什么！假的唐三彩做得再好，也比不上真的唐三彩。与上面说的这种现象相联系，有些诗写得很深奥，大量用典故，大量用生僻的古汉语。仿佛不这么做，就显示不出造诣之深。诗应当让人读懂，特别要让广大群众读懂。艺术首先诉诸人的感官，要一读就受感动。如果看起来很吃力，要反复查词典才能看懂，那怎么能感动群众、深入人心？所以，诗词还是力争达到雅俗共赏。这不是低水平，而是高境界。

公式化、概念化，在诗里讲套话、讲空话，是诗词界常见的又一个痼疾。人们把有些诗称为"三应诗"："应酬、应景、应时。""三应"有时也能写出好诗，刘禹锡的《酬乐天扬州初逢席上见赠》就是在酒席上吟出来的。其中"沉舟侧畔千帆过，病树前头万木春"，已经成为经典名句。诗人当然免不了应酬、出游，免不了对时事发表意见。但无须看到一点就写。要对生活有深入的观察与思考，要有对生活独到而深刻的感悟，要把生活感悟转化为栩栩如生的艺术形象，然后才动笔写诗。完稿后还要多推敲、多修改。有些"应时"诗看来很"与时俱进"，实际上从诗中听不到一点时代脉搏。究其原因，就是作者没有真情实感、没有燃起真正的诗情。现在，诗词界的活动很多，各种活动都催着诗人去赋诗。对于初学者来讲，要鼓励他们勤写、多写。对于有一定造诣的人来讲，一定要慎重，一定要"厚积薄发"，不轻易出手，更不必动辄"斗酒诗百篇"。写出来后，自己不满意的不必拿出去发表。经过认真推敲、认真修改，感到确有新意、确有与众不同之处，这才公之于众。

创造精品力作，要弘扬大胆创新的精神。要在深入生活的基础上创新，在继承传统的基础上创新，要把个性和人民性结合起来，把诗词韵味和时代精神结合起来。所谓新，首先是内容上的新。要倾听时代前进的足音，体察人民群众的喜怒哀乐，了解广大老百姓的心声，要有新的思想、新的感情、新的立意，这样才能写出富有时代特色的新格律诗。形式之新也很重要，关键在于要塑造出新的生动感人的诗歌意象。在诗体上，既可以"旧瓶装新酒"，也需要"新瓶装新酒"。毛泽东诗词基本上是用传统诗体写出来的，他也尝试过新诗体，《好八连》就是一次尝试，但作者似乎不大满意，生前编诗集的时候没有把它列入"正编"。总之，创新的标志是创造出前所未有、独一无二、思想性和艺术性高度结合的艺术形象。至于怎么达到这一目标，途径、方式是多种多样的。

2012年11月

诗词问题访谈录
——答《中华文化》记者问

记者：您是全国知名的文艺理论批评家，可是从简历上看，您怎么学的却是音乐？

郑伯农：学习音乐完全出于个人兴趣。我从小就喜欢音乐，后来考上中央音乐学院附属中学。1951年，全国有很多人参加考试，一共只招了十六个人。我在附中学习了六年，在中央音乐学院本科学习了五年，毕业后留校任教又待了十几年。可以说我的上辈子是在音乐圈子里度过的。

记者：为什么后来搞文艺理论？

郑伯农：我从小喜欢音乐，稍微懂点事之后，也喜欢上了理论思考。后一点大概和家庭影响有关系。上中学的时候，我崇拜贝多芬、柴可夫斯基、聂耳、冼星海，也崇拜鲁迅、瞿秋白、别林斯基。课余读了不少文史哲方面的书，虽似懂非懂，却读得津津有味。1957年，中央音乐学院成立音乐学系。我成了这个系的第一批学生。"文革"结束后，刚刚恢复的文化部成立政策研究室，室内有个理论组。我被他们借调过去，参加撰写批判"四人帮"的文章，后来参加全国第四次文代会的筹备工作。开始是借调，后来有借无还，不让我回音乐学院，在中国文联研究室协助主要负责同志做工作。这样，我就转到文艺理论批评的研究和组织工作领域中来。

记者：那您为什么后来转向诗词创作和研究？

郑伯农：我退休以后，年纪大了，得了一场病，头晕，可能是长期伏案工作引起的。过去我对诗词本来就有点兴趣，写过一点诗词，有关方面就邀我到诗词界参加活动。一旦参加进去，有些朋友就千方百计把我套住。不是说他们一定要拉住我不让我走，有被动因素也有我自己的原因。我过去习惯于长期伏案工作：看书、写文章。得了心脑血管病后，医生建议不要长期伏案，不要开夜车，更不能抽烟。显然，生活节奏和生活习惯要有一个大变化。不能像过去那样源源不断地写大块文章了，那么，干点什么好呢？诗词是比较适宜的选择。它篇幅很小，写起来比较省劲，既可以延续写作生命，又不须费太大气力。再者，过去我一直从事文艺方面的调查研究，只就文艺问题发表意见。随着阅历的增多，对人生、对社会不能不产生种种感悟，颇想在这方面一吐胸中之积郁。诗词是很好的表达形式。一是身体原因，二是思想感情方面的原因，使我一步步走到诗词这条路上来。

记者：在您的诗词创作中，谁对您产生过重要影响？

郑伯农：对我有重大影响的应该是诗人臧克家。他可以说是我的恩师。1993年，我带一个中国作家代表团去越南访问。回国后有报刊要我写点稿子，于是就写了几首诗。我觉得写得很一般，可是老诗人臧克家看到后居然给我写封信，他说我的诗词可堪造就，要往深处钻研，今后要一边写文艺评论，一边写诗。他还给我改了个别重要字句，也夸奖了我几句。他是诗坛泰斗，一番鼓励让我树立起信心。我开始省悟到，不仅作家身上有艺术细胞，像我们这样习惯于逻辑思维的人，身上也可能埋藏着艺术细胞。既然如此，何不尝试一下，在自己的身上开发形象思维？有了臧老的鼓励，我就陆续写了一些格律体的诗。此后，心有所动就动笔写几句，就像抽烟一样，抽多了，慢慢就上瘾了。记得近二十年前，我每写一组，就寄给臧老。他像抓"扶贫"工程一样给我指点。我走进诗词的院落，完全是臧老把我推进来的。还有一个人，就是诗人贾漫。他曾任内蒙古作协副主席、内蒙古诗词学会副会长。我们是文友，也是棋友，经常在一起下象棋，一面落子，一面谈诗。他记忆力特好，能背诵普希金《奥根·奥涅金》的中译本，背古典诗词更不在话下。我的许多新作经他看过，他毫不客气地指谬，帮我推敲完善。他长我四岁多，最近得病在天津卧床。想起老恩师、老朋友，我心里很不平静。

记者：您现在是用电脑写作还是用笔写作，过去您是怎样安排每天作息时间的？

郑伯农：我还是用笔写作，用电脑不行。我年轻的时候，时间安排得比较紧。从中学后期到大学期间，除了完成课堂作业外，还要自己看一些东西，背一些东西。民歌、戏曲、诗词、古文都要背一些。我的辅导老师黄翔鹏是著名音乐理论家，他建议我多背民歌，还要背诗词歌赋，这使我终身受益。"文革"中，我起初热诚"参加革命"，后来成了牛鬼蛇神。除了劳动，接受批斗外，有空余时间就偷着看一点书。打倒"四人帮"后，先后到文化部、中国文联工作。为掌握社会思潮和文艺思潮，不能不大量阅读。到中国作协党组工作并担任《文艺报》总编辑后，自学的时间少了。因为当时的工作任务压得人简直喘不过气来，要开会，要处理行政事务，要参与诸多的应酬活动，还要看稿子。一般情况下，我白天上班，都是处理零碎的事情，许多比较重要的稿子都是晚上回家处理，要改要看。那个时候就没有什么学习计划了。

记者：您在诗歌创作过程中最大的苦恼是什么？

郑伯农：创作过程中倒没有什么苦恼，如果有苦恼我就不写了。因为我都是在业余时间写。我在《文艺报》工作时，写诗等于调节生活。写文章很累，看稿子很累，处理一些问题又比较伤脑筋。写写诗，换换脑筋，不乏一定的乐趣。好多诗句是在观察思考中突然冒出来的，不像写文章那么辛苦。

记者：您的家人支持您进行诗歌创作吗？她们怎么评价您的作品？

郑伯农：我爱人和女儿都支持我在中华诗词学会做事。但是她们都不管我作诗，也没有评价过我的诗。

记者：您怎么看待情诗，写过吗？

郑伯农：我专心投入诗词事业，是五十岁以后的事情，已经不是谈情说爱的年龄了。我只写过两首爱情诗，一首写给一个已经离开我的女朋友，也可以说，给我的初恋女友。那是一段不堪回首的往事。我在中央音乐学院的时候谈过恋爱，我们在一起相处十几年的时间。"文革"期间，因为江青说我父亲是假党员、美国特务、印度特务，还点名批判由我执笔的一篇《光明日报》编辑部文章，我就把自己的手稿、文稿以及我父亲的一些稿子藏在她家里，结果这些文稿被说成特务的黑材料、联络密码。红卫兵到她家里抄家，斗她父亲，把老人家折腾苦了。他哪里知道，特务的帽子也可以瞎扣一气。一时想不开，她父亲就开煤气自杀了。此事让我心痛一辈子。"文革"中我解放无望，对方只好离开我。临要分手的时候，我给她写了一首诗。还有一首就是写给我爱人的，在我们银婚纪念的时候。我们经"月老"介绍认识。那时，她是北京知青，在内蒙古兵团种地、教书。我们通信来往一段时间，共同语言很多。我"负罪"在身，她远在边疆，大家谁也不嫌弃谁。在北京见几次面后，就订下终身。结婚时，我已是中年人。中老年人也有爱情，和青年人不一样。青年人一见钟情，充满着青春火焰。中老年人的爱情是相濡以沫，相依为命。表面上不那么火热，像平静的水流，但水里有浓浓的酒。"同看阴晴圆缺，共尝苦辣酸甜。总把热肠酬冷眼，秉性难随世道迁。匆匆白发添。"写的就是老年人的爱。

记者：近年来，手机短信已经成为节日期间国人互相问候的一种普遍方式。不少人喜欢用诗歌来编写拜年短信。您怎样看待这种有趣的现象？

郑伯农：我觉得这个现象既是充分利用了现代科技，使文艺与科技相结合，又是恢复了古老的传统。与科技相结合不用多说，手机通信本身就是很现代化的一种手段。怎么叫恢复古老的传统？就是传统的诗歌，传统的文艺不是那么太私人化、专业化的。传统的文艺互动性很强，不是单纯地我写你看、我唱你听，而是共同参与，互相启发，同娱同欢。所以古代诗人经常互相唱和，唱民歌经常有问有答。用手机发一条短信，他不是为了得奖，也不是为了成名，虽然是创作，但这就是生活的一部分。过年过节很高兴，就会把心情写成一首诗，传给朋友。朋友和了一下，然后又有其他的朋友一起和。所以，手机传诗既很现代化，又很有传统色彩。现在，手机送诗已成为诗词的一种重要传播途径。

记者：当前有这样一种现象，老年人喜欢诗词歌赋，小朋友也喜欢诗歌，但似乎中青年人较少涉足。您怎样看待这种两头热闹中间缺失的现象？

郑伯农：可以说是老年人偏多，青年人少一点儿，但不是说整个缺失了。我们现在的《中华诗词》杂志执行主编高昌，才四十岁多一点儿，写诗起码有二十多年的历史，他就曾经是青年诗人。《中华诗词》杂志社每年要举行一次"青春诗会"，邀请十位左右成绩突出的青年诗人到京开会，切磋诗艺。每年都有生气勃勃的青年诗才涌现出来。

记者：是否可以说中、青年人其实也是喜爱诗词的，只是生活压力大、时间少而已？

郑伯农：青年人中，诗词爱好者没有老年人多，但也有一定的数量。前几年北京有个网站，是青年诗人的网站。过年的时候，主持者写一首古体诗，在网上发出去，马上收到几百首和诗，都是青年人写的。后来他们把在网上唱和的作品结集出版，找我作序，我就给他们写了个序。从青年人那里，我学到不少东西。

记者：您怎么看待旧体诗与新诗的关系？在当代社会，它们应当怎样相处？

郑伯农：传统诗词有几千年的历史，新诗也有近百年的历史，它们都是中华民族宝贵的文化财富。新诗更接近于口语，更便于为一般人所掌握。格律诗更凝练，更富有形式美。二者各有自己的长处与不足之处。我们一贯认为，新诗和旧体诗应当互相补充、互相学习、互相竞赛、同荣并茂。诗歌要"百花齐放"，就要容纳各种不同的诗体。新诗和旧体诗中，都有精品力作，也都有平庸之作，甚至丑陋之作。不要拿自己的长处比别人的短处，不要掩盖自己的短处，专抓对方的短处。新诗和旧体诗，只要内容积极、感情真挚、形象鲜明、意境优美，就都是好诗。

中国作协党组书记李冰在一篇讲话中说，新诗和旧体诗好比飞机上的两翼。我觉得这个比喻很准确，很生动。两翼要谐调，飞机才能顺利地飞翔。

记者：您认为古典诗词和当代诗词有什么不同？它们应不应该有所不同，您在创作中如何处理这个问题？

郑伯农：艺术具有很强的继承性，诗词尤其是这样的。譬如绝句、律诗、曲子词诞生于隋唐，至今仍在沿用。今人填词，字数、句数、押韵、平仄，和一千多年前大致一样。不过这并不意味着当代诗词只是古代诗词简单的延伸。王国维说，一代有一代之文学。古代的《诗经》《楚辞》《乐府》、唐诗、宋词，它们都是很不一样的，各有自己的独特风貌。今人写诗，内容和形式都与古代不同。首先是内容上的不同。当代诗词要表现今天的生活，体现当代人的思想感情。同时，表现形式、诗的语言，也应与古代有所不同。诗词更接近于文言，但仍要让人感到是当代人在说话，是说当代的话。如果让人感到你是当代的林黛玉，当代的宋玉、潘安，这就失败了。现在有些人喜欢仿古。以为越像古代人，就越有诗词韵味。刘征同志把这种现象称为制作"假唐三彩"。初学者往往要经过模仿的阶段，对此无须大惊小怪。但只停留在再现"唐风宋韵"的阶段上，是不可能有大作为的。

我个人没有刻意追求"当代性"，我活在当代社会，对生活有了感受，把它用诗的语言写出来就是。我讲的是我的话，是当代人的话。写好了，就不会古色古香。作为一个沐浴过时代风雨的人，我不能不感到，个人的命运和民族、国家的命运是很难分开的。所以，不论处境如何，都比较关心周围的大事。这一点总能或多或少地反映到诗作中来。我对风花雪月比较缺乏感应力，比较关注的还是人情、民情、国情、社情。诗词固然比较高雅，但我从不刻意追求高雅，倒是常常想着要让一般读者都能接受。除了写给诗词界的前辈师友外，我很少用典故，也从不用只有在古代汉语词典中才能找到的词汇。我知道，自己不过是个凡夫俗子，装雅士也装不像，也就不去装腔作势了。在我看来，明白晓畅、雅俗共赏，这才是诗词的高境界。我最近看到山西朋友包括山西农民诗人写的一批散曲，深深被迷住了。它们既有诗词韵味，又有浓郁的泥土气息，生动活泼，幽默潇洒。我很喜欢土气、草根气，它比"贵族气"要清新多了，比"铜臭气"更不可同日而语。

记者：您认为当代诗词在今天的文艺格局和社会生活中处于什么地位，扮演了什么角色？

郑伯农：古代，诗歌在文艺生活和社会生活中都是十分重要的角色。劳动、婚恋、战争、祭祀，各种群体活动和民俗活动，都离不开诗歌。两千多年来，诗词一直是中华文艺王冠上的明珠，各个文艺品种中，诗的地位最显赫。"五四"反对旧文化、旧文学，诗词一度被打入冷宫，从此新诗取代了旧体诗，后者被拒于新文化的大门之外。新时期以来，对诗词的偏见逐步受到质疑，民族虚无主义的观点得到一定程度的清理，旧体诗词从尘封中走出来，从复苏走向复兴。现在，新诗一花独尊的局面已被打破了。到去年年底，中华诗词学会共有一万九千多名会员。加上省市县的会员，总人数达百万之众。全国各省、市、自治区，包括港澳，除了西藏外，都成立了自己的诗词学会。中华诗词学会的机关刊物《中华诗词》，每期发行量近两万五千份，是全国发行量最大的诗歌刊物（含新诗刊物）。据有关人士统计，网上发表诗词，其作者量、作品量、读者量都不小于新诗。诗词的质量在稳步提高，出现了不少很有实力的作者和颇具魅力的作品。当然，精品力作仍然较少，提高创作水平仍是摆在诗词界面前的迫切任务。

诗词在复兴，这是大家都看得到的事实。那么，它在今天社会生活中的影响，能不能恢复到春秋战国时期、盛唐时期那种辉煌？应当看到，古代文艺生活是比较单纯的，那时没有今天那么多的文艺形式和文艺传媒。今天，文艺品种比过去要丰富得多。特别是伴随着高科技的发展，文艺载体和传媒的面貌日新月异。二十世纪初，电影刚刚问世，它就逐渐取代了老资格的姐妹艺术，成为"最有群众性"的艺术。今天，电视比电影更厉害。论受众之多，谁也赶不上电视连续剧。小说曾经盖过诗歌，一度成为最有人气的文艺品种。但今天的小说如果不"触电"，不被改编为电视剧，其受众是很有限的。应当承认，诗词笼罩一切的时代已经过去了。今天，它不可能像先秦、像盛唐时期那样，成为文坛唯一的领衔主演者。尽管这样，我们在摆正诗词的社会地位的同时，决不能妄自菲薄，轻视诗词在今天的作用。要看到：

一、虽然今天的文艺品种十分多样，诗歌只是文艺百花中的一种，但诗词有它独特的表现方式和独特的魅力，是任何其他品种所不能替代的。譬如，它十分凝练，具有高度的概括力，能够十分准确、十分精练、十分鲜明地表达一个时代、一个民族的时代精神和民族精神。说到民族精神，人们首先会想到经典诗词中的一些名句。如："人生自古谁无死，留取丹心照汗青。"（文天祥）"苟利国家生死以，岂因祸福避趋之。"（林则徐）"为有牺牲多壮志，敢教日月换新天。"（毛泽东）它们所产生的精神力量，超过了许多名噪一时的大型作品。

二、诗词不但本身具有强大的感染力，对其他文艺品种也有深远的影响。人们常说，文学是诸多艺术门类的基础。歌曲、戏剧、戏曲、曲艺、电影、电视剧，都离不开文学本子。如果说文学是基础，那么诗则是文学语言的基础。艺术语言要诗化，美的作品要富有诗意。为什么人们常用"史诗性"这个词赞美杰出的长篇小说和戏剧作品？因为富有诗意，不但是对诗歌的要求，也是对诸多艺术品种的共同要求。苏东坡称赞王维的作品"诗中有画、画中有诗"。优秀的画家、书法家，都很重视诗词修养，有的还是写诗的名家。著名国画大师齐白石，是公认的诗词高手。当代书法大师沈鹏、绘画大家王为政，都兼擅诗书或诗书画。诗词修养不但对文艺家是不可或缺的，许多科学家也努力与诗词结缘。科学家们认为诗词可以培养人的创造力和想象力，可以提升人的思维。中国科学院院士杨叔子，就是当代诗教事业的首倡者之一，几十年如一日地为此奔走呼号。

总之，恢复古代那种文艺格局，让诗词重新独占鳌头，重新成为文坛的巨无霸，这是很难做到的。但诗词一定会创造新的辉煌，达到新的高峰。对此应有充分的信心。

2012年4月

附录：

海王子宣言
（首届“国际诗词研讨会”一致通过）

　　我们来自五大洲（亚、欧、美、非、澳），都是炎黄子孙，都是中华诗词的热爱者和耕耘者。应中华诗词学会的约请，诗友们有的翻山越岭，有的远渡重洋，从世界各地来到祖国南端的巽寮湾，下榻于富有文化氛围的海王子学习型酒店，参加第五届华夏诗词奖颁奖会暨国际诗词研讨会。我们在领略丰收喜悦的同时，也就当前中华诗词在海内外的发展问题交流了情况，交换了看法。在浓郁的乡情和同胞情之中，大家各抒己见，各献其策，取得可喜的共识。

一

　　诗词是中华民族文化传统的重要组成部分，是民族精神的重要载体，是民族艺术的传世之宝。在五千年的中华民族发展史中，诗词一直滋润、哺育着民族的心灵，成为亿万人民不可或缺的精神食粮。近二百年来，随着国门的打开，一方面西风东渐，西方文化大量涌入国内；另一方面，大量中华儿女走出国门，向全世界传播中华民族的智慧和文明。如果说，过去诗词只是在中华大地上生根开花，那么到了二十世纪末二十一世纪初，情况有了很大变化。据官方统计，目前，全球有六千多万旅外华人，分布在世界的每一个角落，他们之中有许多诗词爱好者。海外诗友们纷纷组织诗社、创办诗刊，举行诗词唱酬、吟咏活动，通过诗词联络感情，抒发他们在异国他乡的生活感受，倾吐他们对祖国和故土的思念之情，推出了不少激动人心的好作品。可以说，凡是有华人聚居的地方，都有中华诗词的爱好者在活动。除了大陆诗家外，域外已出现了实力强劲的"海外诗词兵团"。这是一个了不起的新现象。近一个时期以来，随着我国国力的增长和国际影响力的增强，中华文化的影响力也在增大。学习汉语、钻研汉学，在世界许多地方成为一种时尚。世界各地纷纷成立了孔子学院，吸引着越来越多的外国学员。而历史悠久的中华诗词，正是孔子学院所讲授的一个重要科目。

面对诗词在世界各地的勃兴，与会诗友感到十分高兴与欣慰。目前，诗词已成为联结海内外华人的一根重要的精神纽带。大家认为，诗词振兴从一个侧面反映了民族振兴的步伐，也给民族振兴提供了积极的精神动力。在这种形势下，海内外诗友应当加强联络、加强交流、同心协力，争取把我们的诗词事业办得更好，让中华诗词登上一个新的台阶。

二

诗词界有许多事情要做。与会诗友认为，目前，下列几个方面的工作，应引起我们的高度重视。

（一）繁荣诗词创作，提高创作水平，积极推出精品力作

不论什么时候，繁荣创作都是诗词工作的中心环节和第一要务。诗词事业要有雄厚的群众基础，要面向广大的诗词爱好者。

但诗词的魅力，首先要靠优秀作品来体现。一篇魅力强大的传世之作，其作用胜过千百篇平庸之作。一个时代的诗词达到什么高度，不是靠数量，而是靠少数顶尖级的作品来体现。因此，要十分重视创作水平的提高，为精品力作的产生创造良好的条件。怎样才能出精品？没有捷径可走，没有一试就灵的药方，要靠丰富的生活积累、深刻的生活感悟、澎湃的创作激情和对诗歌意境的精心营造。在市场竞争十分激烈的当代社会，浮躁是常见的流行病。我们一定要力戒浮躁，提倡厚积薄发、刻苦磨砺、精益求精，创造出更多的与新时代相适应的优秀作品。

繁荣诗词创作的主力军在大陆，但决不能忽视"海外兵团"的作用。现在新作品的数量很多，每年达到近百万首。有了好作品，还需要评介、推广，否则它们很可能被淹没在汪洋大海般的平庸之作当中。在筛选、推荐、评介的时候，一定要放眼五洲四海，一定不能忘掉"海外兵团"。要建立和健全科学的筛选、推荐、评奖机制，努力避免"遗珠之憾"。

（二）排除偏见，正确处理诗词和各种姐妹艺术的关系，恢复诗词在当代文艺格局中的正常地位

诗词曾经是我国古代文艺王冠上的明珠。近现代以来，随着西方各种文艺样式的传入，随着科学技术的发展，文艺的品种和载体越来越多样。应当看到，诸多文艺品种的争奇斗艳，新鲜文艺样式的不断涌现，是历史发展的潮流。我们应当适应历史潮流，主动处理好和姐妹艺术，特别是和新诗的关系。新诗和旧体诗都是诗，写好了，都能感人、都能传世。中华诗词学会曾经提出，新诗和旧体诗应当"互相学习、互相竞赛、互相补充、比翼双飞"。与会诗友非常赞同这个意见。

诗词界要尊重其他的文艺品种，社会各界也要尊重诗词的社会地位。应当看到，新文化运动兴起之际，一些领潮者在批判封建主义的时候有扩大化的倾向，把诸多传统文艺当作封建余孽而一概打倒。传统诗词是受冲击很严重的一个领域。时至今日，民族虚无主义的流毒虽得到一定程度的清理，但远没有彻底肃清。把诗词当作"出土文物""夕阳艺术"以至"封建余孽"，这样的思想在若干领域中还时隐时现。有些人不承认反映新时代的旧体诗词也是新文艺，反对在现当代文学史著作中讲述现当代诗词，不承认诗词应和其他姐妹艺术享有平等的待遇。所以，我们要继续做工作，为诗词"正名"，恢复它在当代文学中的应有地位。大家高兴地看到，现在，不仅诗词在复兴，楹联、辞赋等传统文体也在复兴。我们要和楹联界、辞赋界的朋友联起手来，和一切热爱民族传统文化的朋友联起手来，在继承的基础上大胆创新，让传统的文艺形式在当代重新焕发光彩。

（三）加强联络、加强交流，让诗词更好地走出国门、走向世界

诗词走向世界包括两个层面的含义。一是扩大诗词创作的主题与题材。它不仅要反映国内生活，海外风云，人们普遍关心的国际问题，异国他乡的山光水色、风土人情，也应进入诗人的创作视野。二是扩大中华诗词的阅读队伍和创作队伍。不仅要在华人中传播传统诗词和新的创作成果，也要在不同肤色、不同语言的国际朋友中传播中华诗词，甚至吸引少数有兴趣者加入创作队伍。海外也要积极开展诗教工作，使中华文化、中华诗词在华裔中代代相传。我们要加强对古典和现当代优秀诗词的翻译工作，为国际朋友提供优良的读本。越是民族的，就越是世界的；越是时代的，就越是永恒的。有了优秀的原创作品，又有了出色的翻译，诗词就一定会穿越国界，成为世界人民的共同财富。

与会诗友对中华诗词学会寄予厚望，期待他们在联络、协调上发挥枢纽作用。同时，各地诗词组织也要各显其能，努力利用自身的条件做好海内外诗友的联络、交流工作。

与会者展望中华诗词的前程，大家都充满感慨。中华民族曾经长期走在世界文明的前列。西方工业革命以来，我们一度落后了。六十多年前，中华民族站了起来。经过半个多世纪，特别是改革开放以来的艰苦奋斗、开拓创新，我们逐步甩掉贫穷落后的帽子，缩小了和发达国家的差距。中国这么一个古老而伟大的国家，应当为人类做出更大的贡献。目前，举国上下正为实现中国梦而奋力拼搏。诗词家要为民族振兴放歌走笔，也要为世界和平、为人类的发展与进步挥毫泼墨；要为中国人民奉献出新的精品力作，也要在世界人民面前展现出民族艺术的新风采。与会者坚信，中华文化的生命力是强大的，中华诗词的前景是辉煌的。我们要用自己的双手，去创造中华诗词更加辉煌的未来。

2014年5月

注：本文由作者执笔起草

读《将帅诗词三百首》

在中国人民解放军建军七十三周年之际，解放军出版社推出了《将帅诗词三百首》。

这是一本众所企盼的书。过去，一些地方出版社编过中国人民解放军将帅诗词选。朱德、陈毅、叶剑英等老元帅，曾出过诗词专集。解放军出版社的这本书，除了精选老元帅、老将军的诗作外，也选了一批近期走上军事领导岗位的"新将军"的歌章。这里，有开国元勋的力作，也有军旅新秀的佳篇。共收了一百八十二位作者的三百篇诗作。有旧体诗词，有新诗，有民歌体，以传统格律诗为多。可以说，这三百首集中体现了新中国开创者和保卫者的心声，展示了二十世纪中国的军魂。

中国革命的特点是武装的革命对武装的反革命。在革命战争年代，军队的重大作用是人所共知的。在社会主义建设和改革年代，军队的作用同样是十分巨大的。他们不但肩负着保卫祖国、保卫人民的神圣使命，经济、政治、科技、文化等各条战线的建设，都离不开军队的参与和支持。哪里有最艰险的事业，哪里就有军人的身影。扶贫抢险、抗洪救灾，哪一项离得开军队？这种状况是世界其他国家所少见的，大概这也是一项"中国特色"吧！

特别要看到，人民军队的精神面貌对全国影响巨大，许多新风气是部队首先弘扬尔后推向全国的。军魂、民魂、国魂，三者密不可分。一个世纪前，梁启超曾经发出"兵魂销尽国魂空"的感慨。人民军队建立之后，恰恰是中国军魂发出最耀眼光辉的时期。而将帅诗词，正是军魂孕育出来的灿烂之花。集子中的不少篇章是广大读者耳熟能详的。像陈毅的《梅岭三章》《赣南游击词》，叶剑英的《远望》《八十书怀》等，不但广为部队官兵所传诵，对全国广大读者的精神面貌也产生了深远的影响。

和五颜六色的当代诗坛比较起来，这本诗集的思想色彩并不驳杂。尽管诗的题材很宽泛，有记叙戎马生涯的，有写和平建设的，有怀念战友的，有写给亲人的，有写祖国河山的，有写国际题材的，有怀古的，有对当今社会风气的感慨，但统观全书，爱国主义、革命英雄主义的思想基调是非常鲜明的。这和编者的取舍固然有关系，更主要的是由军旅诗本身的状况所决定的。军人是在血与火的考验中成长起来的。作为个人，他们当然有各自的七情六欲。作为共和国的创建者和保卫者，理想、信念、奉献、拼搏，始终是他们生命的灵魂。读老帅们的诗，人们首先会被诗中所透露出的巨大人格力量所震撼。他们的诗情，总是和民族的兴衰、人民的苦乐紧密联系在一起。这个传统正一代代地传下去。

集子中年纪最大的作者是功勋盖世的朱德元帅。人们都知道朱总司令一生戎马倥偬，其实他也是一生吟咏不辍。少年时期，他就热爱诗词。1906年二十岁时，他在《顺庆府中学堂留别》中写下这样豪迈的诗句："祖国安危人有责，冲天壮志付飞鹏。"1918年护法战争时，他率滇军入川，在驻守地泸州组织诗社，留下许多动人的诗章。创建人民军队后，他更是吟咏唱和不辍。集子选了他的多篇代表作。如：

> 仵马太行侧，十月雪飞白。
>
> 战士仍衣单，夜夜杀倭贼。
>
> ——《寄语蜀中父老》
>
> 群峰壁立太行头，天险黄河一望收。
>
> 两岸烽烟红似火，此行当可慰同仇。
>
> ——《出太行》

这两首写于二十世纪三十年代末和四十年代初的诗，气势如虹，激情似火，今天读来仍让人心潮澎湃。

毛泽东说，他的诗词多半是在马背上哼出来的。将帅们也是这样，他们的诗章多半是在戎马倥偬、日理万机之中产生的。有感而发，直抒胸臆。也许有些诗还欠雕琢、欠工整，但没有专业圈子里所常见的造作和矫情，总是充满着质朴的人生感悟和由衷的感情喷发，读来亲切感人。许多诗章富有个性。譬如陈赓和许世友，都是富有个性的名将，他们偶尔写出的诗章也是个性鲜明的。1933年，陈赓不幸在上海被捕关进死牢，他看到恽代英在墙上写的血诗，失声悲呼之后步韵和了一首："沙场驰驱南北游，横枪跃马几春秋，为扫人间忧患事，小住南牢试作囚。"这里，革命英雄主义的气概跃然纸上，也满带着陈赓式的乐观和幽默。

集子中不乏既富有诗情又富有哲理的佳句，使人过目难忘。如"此生留得豪情在，再作长征岂畏难"（乌兰夫：《纪念长征胜利五十周年》），"兴时英物寻常有，如是完人难得来"（韩练成：《怀念周恩来总理》），"英雄失路寻常事，鸡犬升天不是仙"（李逸民：

《莫忘菜根香》)。周克玉的《泰山述怀》是寓意深长、立意新颖的咏物诗。陆恂的《斗富吟》以史为鉴，对腐败和拜金主义的讽刺是入木三分的。

集子中的新诗数量不多，但也很值得留意。彭德怀、贺龙、叶挺都写过很有分量的新体诗。编者选了彭总的两首新诗、贺总的新旧体诗各一首。新时期中，部队涌现出不少将军诗人，像朱增泉、张庞、邓正明、彭龄、贺捷生、邵华……他们都有佳作入选。刘亚洲少将以报告文学闻名于世，他的诗作不大为人所注意。此书选了他于二十世纪八十年代初写的《凯旋》，足见编者的眼力和工作的细致。编者既重旧体也重新体，凡是真正优秀的、有代表性的诗作，不管采取什么形式，都选了进来。

繁荣文学，需要作家、评论家、编辑家的共同努力。此外，还需要一家——选家。从一定意义上说，编辑家也是选家。不过，一般的编辑是从大量来稿中选出可供公开发表的作品。而我们这里讲的选家，是指那些善于从已经问世的作品中选出优秀代表作的专家。中华民族过去是重选家的。传说孔子删诗，从三千首诗章中选出诗三百。此说虽遭到史家的质疑，但古人把孔子说成选家的祖师爷，可见前人对选家的重视。《昭明文选》《唐诗三百首》《古文观止》，曾经在中国文化史上产生多么巨大的影响！一个优秀的选本，其作用并不亚于一部优秀新作。现在，打着"经典""精粹"旗号的选本多得很，选的是否都是货真价实的精品力作，却很值得怀疑。这本《将帅诗词三百首》未必达到了完美无缺，但编者的态度是公正的，工作是认真细致的。他们尊重群众的选择和时间的考验，努力把个人的艺术鉴别和社会实践对艺术的检验结合起来。这个选本可能还存在着个别的遗珠之憾，但比起过去那些相近类型的选本来，无疑在丰富性和完备性上大大往前迈进了一步。

2000年8月

高原思缕九回肠

——读郑欣淼《陟高集》

郑欣淼同志是学者型的文化领导干部，出版过多种学术著作，创作旧体诗词是他的业余爱好。据"夫子自道"，他的处女作问世于1965年，那时才十八岁。七年前，陕西人民教育出版社推出了他的第一本诗集——《雪泥集》。《陟高集》是《雪泥集》的续篇，收入他从1993年到1999年的近二百首诗篇，有近体、古体、长短句，绝大多数是在大西北任职时的吟唱之作。

新诗诞生之后，我国出现了一批专业诗人。至于旧体诗词，历来鲜有职业诗家。屈原是左徒，杜甫是左拾遗，毛泽东和陈毅是职业革命家。专业诗人把全部心血倾注在诗歌的创作与研究上，对诗歌的发展起了很大的推动作用，但他们也容易被职业所拖累。既以写诗为业，就要源源不断地向社会交付自己的产品，有灵感要写，没有灵感也要千方百计地憋出灵感。特别是在商品经济的环境中，许多艺术品成为商品。怎样吊起出版商的胃口，怎样让作品畅销起来？这些问题经常困扰着艺术作品的生产者。相比起来，业余诗人的写作要自由得多。诗兴来了就挥毫泼墨，没有创作冲动就搁笔干别的去。他们写诗，或是为了记录自己的心灵轨迹，或是为了和亲友交流思想感情，最初并没有想到发表。结集出版是后来的事。所以，写作的时候无须考虑种种诱人或烦人的诗外因素。也许他们不像专业诗人那样在艺术形式和艺术风格上有某种刻意追求，却能更自然地袒露自己的心迹。欣森的诗也是这样的。收在《陟高集》中的诗歌质量不算很均衡，有的很精彩，有的朴素翔实有余，尚缺些潇洒酣畅，但都是有感而发，能够让读者触摸到一颗西北汉子跳动的心。

"最是真情难弃舍，高原思缕九回肠。"作为长于大西北，又长期在大西北工作的关中汉子，欣森对这块热土满带深情。他歌唱这里的山川，也歌唱这里的人情。首先引起我由衷共鸣的一批写人物的诗。"双眉不画趋时样，忠鲠常为违世音。青冢忍看木已拱，三秦春树燕山云。"（《纪念张宏图同志逝世十周年》）"镜里鬓丝云海志，梦中慈母苦欢颜。昔时巾帼终无悔，更幸今朝风满帆。"（《赠徐锦华同志》）欣森也写名人、要人，如鲁迅、老舍、杨虎城……而他题、赠、悼、贺的诗，对象大部分是普通干部和群众。古人说："谈笑皆鸿儒，往来无白丁。"从集子中可以看出，欣森的朋友中有许多"白丁"，而且对他们怀着很深的感情。《悼郭振声同志》，写的是青海省政府的一位司机："戈壁日千里，寂寂昆仑草。岁暮慰贫寒，风雪河湟道……吊尔中心悲，怀尔往事绕。莫谓相与短，已觉岁月老。满腹竟无语，一尊酹深杳。"三十六行的五言古体一气呵成、真挚深沉。这里，没有上司对下级的俯视、怜悯，洋溢的是发自肺腑的同志情、手足情。

"诗言志。"《陟高集》中的歌章，不论状物、叙事、抒情，都或鲜明或含蓄地展现出作者的志向和情怀。"汉文曾使神魂著，陶令更教风骨宏。"这是悼亡友陈俊山，也是作者自己的向往和追求。他不唱高调，也绝不游戏人生、无病呻吟。从朴实无华的诗句中，我们可以感悟到一个革命干部的社会责任感和忧患意识。"有志犹思能绝漠，牵肠每笑自忧天。""从善耻为趁风絮，求真笑对野狐禅。""人贵青蚨文章贱，我看白眼世情凉。"

1995年，作者到包钢参观，写了一首《满江红》，是咏物，也是抒情，情和景结合得相当完美，我以为是一首很有韵味的长短句：

> 初见开炉，光灼灼、钢流涌急。星花溅、蜿蜒前进，风狂雷激。渣滓原只浮水面，赤龙固自舒行迹。壮矣哉，血脉但腾张，胸怀涤。　莫邪剑、良工力；越王胆、忧伤积。看钢肠钢骨，九回方迄。天地洪炉多烈火，人生锻炼当无息。且自励，磨垢去尘芜，常新熠。

前人把旧体诗词分为豪放和婉约两大派。欣淼的诗属于哪种类型？"治世催人藻思进，更期铁板与铜琶"，他显然更倾心于豪放派。但他的风格是多样的，有豪放，也有婉约和诙谐。文坛刮起贬损鲁迅风的时候，欣淼拍案而起，写了六首七绝，其中一首："当年惯见矢如猬，轻薄于今笔似刀。寄语诸君休逞快，青山何损半分毫。"慷慨激越，简直是愤怒出诗人。游长安香积寺，他写了一首五律，简直是心静如水："萧寺连村舍，炊烟和梵声。花残叶愈翠，风静鸟尤轻……"我很钟爱"花残叶愈翠，风静鸟尤轻"这样的句子，状物细致入微。全诗寥寥几十个字，把关中郊外的暮春景色点染得栩栩如生。他有一首写青海姑娘的诗，也很有特色。"旷野白云夏草萋，任由驰骋女儿姿。上天幸自赐颜色，双颊无须染燕支。"高原的太阳把姑娘的脸颊晒红了，赐予她们以独特的美。作者抓住了生活中的美，诗写得轻灵而诙谐。人们读后，难免会发出会心的笑。

欣森在"后记"中说，新诗和旧体诗要"并存""互相借鉴"。我很赞同。"五四"以来，新诗骤然勃起，蔚为大观。这体现了历史前进的趋势。但独尊新诗抑制旧体，是不公平的。旧体有严格的格律，把握起来很不容易。它的语言和口语有距离，不易表达当代人的思想感情。但不易不等于不可为。诗词中的格律犹如戏曲中的程式，把握不好如同戴上镣铐，把握好了照样能够出新。戏曲可以和话剧并存，为什么新旧体诗不能并存？事实上在新诗勃兴之后，旧体诗词仍在不断发展。毛泽东、朱德、陈毅、叶剑英等老一代无产阶级革命家，写过许多脍炙人口的旧体诗。鲁迅、郭沫若、茅盾、郁达夫、田汉、老舍等文学大家，也留下了许多旧体名篇。鲁迅的旧体诗，影响不下于他的散文，传诵之广更要超过后者。近来，爱好诗词的"人口"迅速增长。据统计，网上发表的旧体诗词，数量大大超过新诗。专门刊登此类作品的《中华诗词》，发行量不断上升，直逼《诗刊》，成为全国第二大诗歌刊物。可见时代需要反映当代生活的旧体诗词。诗歌之是否优秀，关键不在于是新体还是旧体，而在于是否有真挚的感情、鲜明的形象、美好的意境，是否为人民群众所欢迎和热爱。达到了这几点，不论采取什么形式，都是好诗。诗的天地很广阔，不应该只有一个"独生子女"。诗坛要百花齐放，就要在"二为"方向下真正做到：一、新体和旧体自由竞赛；二、诗歌中各流派自由竞赛。如果在诗歌中独尊新诗，在新诗中独尊新潮，哪还有什么百花齐放？新体和旧体不存在对抗性矛盾，不存在你死我活、此消彼长的关系，而应当是互相竞赛、互相学习、互相促进、比翼双飞的关系。所以，尊重旧体诗的历史地位和现实地位，有利于诗歌的繁荣，也有利于新诗的成熟壮大。

2001年10月

率真　清丽　机敏　蕴藉
——读尽心的《三十而丽》

　　尽心去年刚到而立之年，而诗龄却已近四分之一世纪。十岁开始写打油诗，十二岁写自由诗，十五岁写格律诗，到二十世纪初，已写书十八本、编书十二本。除了写诗、写散文、编写讲解诗词格律的书籍，她还为诗词活动做了大量组织工作。张锲同志称她为"诗痴"，她的确是诗词王国的痴心女子。

　　二十世纪九十年代末，我偶尔读到她的一部诗集，很是惊喜。最近，又读了她的《三十而丽》，再一次领略了她的诗情。率真、清丽、机敏、蕴藉，这就是我对《三十而丽》的印象。集子中有一首五言绝句："憨态由人赏，雄风只自知。林间耽戏耍，率性少年时。"这是为一幅画题的诗。我想，它写的不仅是画中的小老虎，其中大约也有诗人自己的影子吧！

　　在一般人的心目中，诗人多少带有几分神秘。尤其是经过一些舆论的渲染，诗人几乎成了与食人间烟火者迥然不同的"另类"：或特别高傲，或特别狂放，或特别孤独，或特别神经质。仿佛不是世之"另类"，就写不出惊人的诗句来。我读尽心的诗，怎么也感觉不到她的身上有什么"另类"的特质。她有一颗平常心，有一般女孩子所常有的喜怒哀乐。比起同龄人来，只不过更执着、更率真、更耽于情感。不论抒情、写景、言志，无非是"写人之所有，道人所未言"。率真、痴情，加上情感的诗化、语言的锤炼、格律的铿锵，就使得她的诗章在自然之中透出一股不寻常的韵味。譬如《京华春雪》："窗前暗自数花期，不信芳菲北地迟。飞雪似花花似雪，轻寒莫打报春枝。"多么自然，多么率真。古往今来有无数呼唤春天的诗，尽心的这一首无疑是别具一格的。

格律诗创作的一大难题是创新。如何表现新的时代，如何写出新的意境？乍看尽心的诗，觉得它和古代诗歌确有某种类似之处。它充溢着爱情、亲情、友情，它也写山川草木、雨雪风月。不过，仔细一看，抒情的主人公变了。尽心就是尽心，她既不是当代的李清照，也不是当代的林黛玉。如果说，模仿往往是学习创作的第一步，那么尽心早已超越了对古人的模仿。她用自己的手写自己的心，用古典的形式表现当代青年人的思想感情。当市场经济迅猛发展，金风劲吹、物欲横流引起有识之士的普遍忧虑的时候，一些青年不愿意随风入俗，他们在追求更有意义的人生，寻找美好的精神家园。尽管这种追求还带有几分朦胧的色彩，但它是积极的。尽心的创作，正是这种追求在诗歌领域的反映。所以，表面看来很古典，骨髓却是当代的。她不属于只知赚钱消费的一代，更不属于颓废的一代。她的诗蕴含着当代青年自尊自爱和积极进取的精神。请看《少年壮志》：

欲展凌云翼，双肩万任扛。
长风不相助，也敢过长江。

她也有一般少女所常有的"淡淡的忧愁"，但她绝不颓唐。请看《闲居》：

> 陋室门虚设，地偏无意开。
> 闲愁随梦去，妙语入诗来。
> 露重当怀恨，天高不自哀。
> 心清如朗月，何必逐尘埃。

二十出头的时候，她和一批诗友创办一个青年诗社。四年前离开诗社的时候，她填了一首词："最怕临歧心痛，无泪无言相送。几载雨风同，手把'新松'栽种。珍重！珍重！莫叹生涯如梦。"（《如梦令》）对事业的钟爱，对朋友的深情，潜藏在往事回忆和分手道别之中。情是流淌而不是表白出来的，很耐人寻味。

格律诗创新，不能不涉及形式问题，最根本的还是内容。选材很重要，关键还在于抒发主人公的思想感情。如果抒发主人公对生活确有新鲜而独到的感悟，又能熟练地驾驭诗词格律，那么他就能自然而然地写出富有新意的格律诗来。如果他的思想感情还停留在前人的窠臼里，只知对景伤情，望月兴叹，那么，尽管格律严谨，用词考究，想象奇特，也与真正的创新沾不上边。尽心的创作，她的长处与不足，都说明了这一点。

尽心还很年轻，她写的就是她所经历的那份生活和她所生活的那个圈子。世人可以很容易地指出她的不足：她的诗歌缺乏凝重的历史沧桑感，缺乏更开阔的生活视野。这与其说是诗歌的不足，不如说是作者生活阅历的不足。一个刚刚独立生活不久的女子，又成长在社会发展相对平静的年代，不可能像老年人那样饱经忧患，也不可能像前代人那样一出校门就奔赴民族解放斗争的第一线。要求她饱览历史沧桑，要求她深入把握现实生活的各个层面，是不现实的。年轻的一代，应当比老一代生活得更安定、更幸福。"诗穷而后工。"我不希望她困苦潦倒，不希望她为获得诗情而付出沉重的生活代价。我只是希望她随着年龄的增长，能不断地深化对生活的感悟，不断地拓宽创作的视野，特别要更多地关注普通老百姓的苦辣酸甜。"三十而丽"，这自然很好。到了四十、五十会怎么样？其实对于这一点，尽心自己是清醒的。她在一篇散文中写道："冰心老先生说，年轻的时候能写点东西的都是诗人，是不是真正的诗人，要看他年老的时候。"我相信，过了若干岁月，尽心不但有清丽和温婉，也有厚实和深沉。但愿到了那个时候，她依然青春似火。

2003 年 4 月

民族精神的丰碑
——品《毛泽东诗词鉴赏》

　　臧克家、李捷同志主编的《毛泽东诗词鉴赏》第二次增订版，最近由河南文艺出版社出版了。早在1990年，臧老约请五十余位专家学者，为已经面世的五十首毛泽东诗词撰写评析文章，加上注释文字，出版了《毛泽东诗词鉴赏》第一版。五年后，有六首诗作被发现，刊于报端。于是增添了新的鉴赏文字，命名为增订一版。1996年，中央文献出版社经过艰苦搜索和考订，推出《毛泽东诗词集》，共收入诗词六十七首。本书编者再度约请专家为新发表的十一首撰写文章，于是就有了这本《毛泽东诗词鉴赏》增订二版。

　　"五四"新文化运动高举反帝反封建和科学民主的旗帜，掀开了我国历史的崭新一页。但是，新文化运动的领导人在勇敢地冲破老八股、老教条的同时，也带有一定的偏激性和片面性。他们在正确地批判封建思想的同时，把一些应当积极继承的好东西也抛弃了。譬如对于中国戏剧，钱玄同等人主张"废唱而归于说白"。对于传统诗词，基本上也是采取否定的态度。胡适就认为用绝句和律诗的形式，不可能表现现代人新鲜而复杂的思想情感。他把骈文、律诗和缠小脚相提并论，认为它们是"同等的怪现状"。"五四"运动十年之后，文化界热烈讨论"旧形式的采用"问题。

这是新文化运动的前进和深化。许多新文化工作者从实践中逐步认识到，割断传统只能贻害文化事业，要使新思想深入到广大群众中去，就要重视对民族传统文艺形式的运用和革新。需要移植西方对我们有用的艺术形式，但在移植的过程中必须把它们和本民族的文化特色结合起来，使它们真正在中国生根。中华人民共和国成立以来，在党的"百花齐放、推陈出新、古为今用、洋为中用"的方针指引下，各个艺术门类大体形成了这样的格局：传统艺术形式的推陈出新和外来艺术样式的民族化，二者齐头并进。在戏剧领域中，戏曲和话剧都得到发展；在绘画领域中，国画和油画各领风骚；在音乐领域中，民乐和交响乐、民族唱法和美声唱法都得到重视。唯独在诗歌领域中，新体诗和格律诗的关系长期未能得到合理的确认。表达新内容的格律诗是否也是新诗，也是新文化不可或缺的组成部分？直到上世纪末，这个问题才引起人们的普遍关注。

毛泽东对中华诗词的影响，主要通过自己的创作实践。他酷爱诗词，一生都在读诗、写诗。正因为这样，他对诗词问题十分慎重，生怕因为个人的爱好影响了文艺工作的全局。他从来没有号召过写格律诗。他甚至说："诗当然应以新诗为主体，旧诗可以写一些，但是不宜在青年中提倡。因为这种体裁束缚思想，又不易学。"其实，任何一种长期积淀的艺术形式，都不易学，掌握得不好，都会束缚人的思想。诗词格律是这样，戏曲程式也是这样。中国文艺中有这种情况，外国文艺中也有这样的情况。毛泽东虽然没有号召写格律诗，但他的创作实践比抽象的号召更有感召力。他以自己成功的创作实践证明了，运用传统诗词的形式不但可以表现新生活，而且可以表现得很生动、很深刻。写得好，同样可以成为民族艺术的瑰宝、时代精神的丰碑。榜样的力量是伟大的。新时期以来，诗词创作风起云涌，不但有许多干部、知识分子痴迷于诗词创作，农村的乡镇也成立起各种诗社。农民们在工余推敲诗句、作画、练书法，成为社会主义精神文明建设中一道亮丽的景观。出现这种局面，原因是多方面的，毛泽东诗词的启迪作用是重要原因之一。

人们都说，毛泽东诗词具有前无古人的气魄。它的根源在哪里？在于作者的世界观，在于创作主体的思想感情。"指点江山，激扬文字，粪土当年万户侯。"这是青年时代的毛泽东。"敌军围困万千重，我自岿然不动。"这是红军时代的毛泽东。"雄关漫道真如铁，而今迈步从头越。"这是长征时期的毛泽东。"四海翻腾云水怒，五洲震荡风雷激。要扫除一切害人虫，全无敌。"这是晚年的毛泽东。作为伟大的马克思主义者和无产阶级革命家，他朝思暮想的是民族的命运、人类的前途。这一切很自然地形诸笔墨，点化为生动的艺术形象，形成了诗中前无古人的气魄。毛泽东不但在表现重大题材的诗章中，甚至在写山川草木的诗章中，也体现出前无古人的气度。像《卜算子·咏梅》："已是悬崖百丈冰，犹有花枝俏。俏也不争春，只把春来报。待到山花烂漫时，她在丛中笑。"诗中的梅花，既是大自然的骄子，也是美好品格的象征。这里，写出一种全新的人生志向、全新的荣誉观。当争名夺利之风甚嚣尘上的时候，读读这样的诗，是能够帮助人们净化灵魂的。

毛泽东开一代新诗风，是名副其实的艺术创新家。但他绝不是在语言和文体上故作新奇状。从他的作品中可以看出，他基本上是遵循传统格律进行写作的。特别是收入"正编"的四十二首，充分体现出作者驾驭诗词格律的圆熟。在毛泽东看来，诗歌的新，首先要新在思想感情和艺术形象上。他善于在朴素、自然的抒情、状物中，给读者带来一派新意。心有所动，情有所涌，提笔一挥，就挥出一片艺术新天地。譬如春光、秋色，古今中外有多少文人墨客描写它？"一年一度秋风劲，不似春光。胜似春光，寥廓江天万里霜。"读了《采桑子·重阳》，谁都无法否认，这里展现的是全新的艺术境界，是战士眼中的秋光、新时代创造者眼中的秋光。毛泽东的创新，不是小家碧玉式的，他赋予传统诗词以新时代的内涵，写的是"新的人物，新的世界"，促进传统诗词完成了从表现旧时代到表现新时代的伟大转变。当然，促成这种转变的不仅是毛泽东一个人，但毛泽东无疑是其中最杰出的代表。

香港诗人刘济昆说："宋代是'凡有井水处，皆能歌柳词'；今日是凡有华人饮水处，就有毛泽东诗词。""五四"以来，我国出现了好几位声名贯耳的大诗人，像郭沫若、闻一多、徐志摩、艾青、臧克家、田间……若论作品的背诵率和普及率，若论作品对民族精神的影响，恐怕他们中的哪一位也赶不上毛泽东。伟人在世的时候，不赞成人们大张旗鼓地宣扬他的诗词。1960年，周扬在全国第三次文代会上的报告原有一大段话论述毛泽东诗词，审阅讲话稿时，毛泽东挥笔把它全部删掉。现在，毛泽东已经逝世二十七年了，我们应当更冷静、更公正地对待这份宝贵的诗歌遗产。恰在这个时候，《毛泽东诗词鉴赏》增订二版与读者见面了。它不可能十全十美，它提供的不可能是最后的定论，但它提供了对毛泽东诗词评析和注释的高水平文字，凝聚了研究毛泽东诗词的新成果，对于帮助人们进一步领略和研究毛泽东诗词，无疑是很有意义的。

2003 年 12 月

战士的痴情　时代的洪钟
——赏《重回山厦旧战场》

　　广东东江地区是改革开放的前沿，也是闻名遐迩的革命老区。早在上世纪二十年代上半期，著名革命家澎湃就在海丰点起农民运动之火，并迅速扩展到陆丰、惠阳、紫金、惠来、普宁、五华等县。抗日战争时期，党所领导的东江纵队活跃于粤东地区，是华南敌后战场抗击日寇的主力军。在新民主主义革命时期，为民族解放捐躯的东江烈士达一万八千余人。

　　为纪念抗日战争胜利六十周年，花城出版社推出了由李容根任顾问、何小培任主编的《重回山厦旧战场》一书。这本书汇集了当年东江纵队老领导、老战士以及与纵队有密切关系的何香凝、廖承志、曾生、王作尧等一百五十余位作者的近千首诗歌。它们有的写于革命烽火年代，有的写于改革开放时期；有的是国破家亡、挺身赴义时的呼号与呐喊，有的是狂风暴雨、地动山摇后的回顾与前瞻。书的文献价值和史料价值是显而易见的。像第一次面世的革命烈士遗作、用六言诗体写成的《广东人民抗日游击队东纵队司令部布告》、在东纵成立大会上吟诵的诗歌作品、何香凝被东纵营救脱险后的感怀之作……都是难得见到的珍贵史料。这本诗集有很强的感染力，这不仅因为作者多是出生入死的老战士，不少诗是用生命和鲜血写出来的，还因为诗歌本身具有丰富的历史内涵和澎湃的革命激情，具有鲜明生动的诗歌意象。

战争题材的诗歌，一般人多多少少都接触过。读了集子的诗章，人们仍有耳目一新之感。像杨步尧的《东纵生活回顾》：

> 精英一旅震南疆，白手成军意气昂。
> 月烛星灯天作厦，霜衾露褥地为床。
> 出奇制胜重霄降，化整为零嶂壑藏。
> 战阑小憩山溪畔，且觅盘餐把网张。

又如叶秋香的《忆东纵交通员》：

> 飞鸿传讯彩云间，千里东江一日还。
> 两岸顽军围不住，穿云破雾越重关。

我以为这些都是情景交融的好诗，既有气壮山河的革命豪情，又有非常贴切非常细腻的生活细节描写。像"月烛星灯天作厦，霜衾露褥地为床"这样的句子，没有岭南游击生活的亲身体验是写不出的。只有生活体验，没有革命乐观主义的情怀，没有诗的灵感，也是写不出来的。

集子中的诗章不仅有对烽火年代的回顾，也记录了东纵战士们在新的征程中的心迹。十年"文革"中，在各个单位担任一定领导职务的"老革命"几乎无一例外地受到冲击。"京华战友如相问，一片丹心总是痴"——这是一位战士在关押之地让前来探望的家人带出去的诗。"十年浩劫无酥骨，一夕高歌有白头"——这是一位战士对"东纵人"政治表现的诗的总结。磨难过后，已经长满白发的老战士依然精神抖擞，满腔热忱地投入改革与建设。1983年，在纪念东江纵队成立四十周年的时候，东纵战友们有一次难得的聚会，许多人忍不住挥毫赋诗。原东纵副司令王作尧写下这样的诗句："西风吹遍又东风，迎风挺立有青松。四十年华正当茂，建设还须有老翁。"原东纵参谋长杨应彬写道："当年血战阵云红，赢得江山沐暖风。壮怀不计春秋老，长征再唱大江东。"这些诗朴素、纯真，显示出老战士们在改革开放年代不减当年的豪情，依然是冲锋陷阵的排头兵。

集子中有不少篇什是战友间的赠答、唱和之作，它们不同于一般的应酬之作。"峥嵘岁月堪记取，濡沫情深岂易忘。"从枪林弹雨中一起走来的战友，用鲜血凝结起来的友谊，是比什么都珍贵的。集子中还有一些缅怀悼念亡友烈士的诗作。如刘田夫、杨应彬的《敬挽叶帅》、欧初的《怀念英业同志》、吴有恒的《闻曾生出狱》《记杨康华》、杨步尧的《尹林平同志忆感》、胡希明的《悼亡友》、黄施民的《怀廖承志同志》，都写得深沉凝重，感人至深。特别是在人际关系严重被金钱污染，商品交换的原则渗透到各个领域的今天，读这样饱含纯情、饱含痴情的诗，能够使人受到一次难得的心灵沐浴。

从这本书中，我看到了一些文艺名家的名字，如吴有恒、陈残云、杜埃、黄秋耘、韦丘 …… 他们都是著作等身的资深文艺人，写出好诗是不足为怪的。更使我欣喜的是书中有更多的作者不是文艺界的业内人士，却同样写出感人肺腑的好诗。如杨步尧、黄施民，我过去没有听见过他们的名字，从书的作者介绍中知道他们的简历：前一位长期在政法战线工作，曾任广东省公安厅副厅长；后一位曾任广东省委宣传部副部长、深圳市委副书记兼副市长，和文艺沾一点边，但不是纯粹的文艺人。他们的诗都写得很精彩，对格律的掌握、意境的营造，都不在专业诗人之下。陈残云、陈芦荻对黄施民的诗有评价："作者倾积愫于毫端，倚新声于丽日"，"情真语挚，风格近乎苏辛，有奔放豪迈之传统"。我觉得这样的评价是很准确、很公允、很有见地的。这本书再一次用生动的事实说明了，诗歌要繁荣，就要冲破专业诗人的小圈子，吸纳更多生活在基层的业余诗歌爱好者来共同创作。我国古代鲜有专业诗人，李、杜、苏、辛都是诗坛大家，但他们都不是以写诗为职业的。出现专业诗人，是现当代的事。写诗需要专业技巧，更需要生活积累。所以陆游说，汝果欲学诗，功夫在诗外。这本书就鲜明地印证了这一点。专业诗人是不可或缺的，但不能仅靠他们只手打天下。他们应当和散布在各行各业的业余作者联起手来，这样才能扩大诗歌的创作源泉和创作空间，给诗歌开拓出更加广阔的新天地。

2006 年 2 月

真情流笔底　大气溢胸中
——读《马凯诗词存稿》

这是一本有特殊意义的诗集。作者集经济学家、诗人、领导干部于一身。读他的经济论文，人们会感到，他是一位扎扎实实从冷板凳熬出来的学者。掌握资料之扎实，分析问题之细腻，归纳论证之缜密，是一般的业外人士难以达到的。特别难能可贵的是，作为领导干部，他参加了许多重要决策，参与了许多重大项目的兴建，并把自己的社会实践转化为激情洋溢的诗章。作者把他的第一本诗集叫作《行中吟》。行，既是行走、旅行的行，也包含着行动、身体力行的意思。他不是以看客的身份写诗。譬如《九八抗洪（十首）》，作者在注释中说："一九九八年中国气候异常，长江、松花江、珠江、闽江等主要江河发生了大洪水，在神州大地进行了一场惊心动魄的抗洪抢险伟大斗争。作者随国家防汛总指挥部走南上北，身临其境，感慨万分而作。"作为国家防汛总指挥部副总指挥，他是以历史亲历者、见证人的身份写诗。像"生死牌由丹心铸，管涌洞以铁胸当"这样的感人诗句，没有亲历其境是写不出来的。集子中的《贺青藏铁路开工》《赞抗非典白衣战士》《三峡导流明渠截流观战》等许多篇什，也是在类似情况下写出来的。它们既是诗，也是历史的重要留影。既有鉴赏价值，也有很高的史料价值。

我喜欢马凯的纪事诗。不过，这些诗还代表不了他诗作的最高水平。最令人倾倒、令人陶醉的，是他的若干咏物诗和言志诗。寓情寓理于物，饱含人生哲理。在这些诗中，生活的意蕴得到更高的提炼，作者把自己人生体验的精华，几乎都熔铸在诗的意象之中：

> 坐地擎天立，凌空放眼收。
>
> 迎风磐不动，纳雨水争流。
>
> ——《咏物六首之一〈崇山〉》
>
> 遍野无声长，悬岩有隙生。
>
> 雪压根不死，春到绿乾坤。
>
> ——《咏物六首之六〈劲草〉》

写于1992年至2003年的《山坡羊·日月人三首》，是近来少见的出类拔萃之作。构思精巧，寓意深长，意境高远，潇洒清秀之中蕴含着深刻的人生哲理。把自然景物人格化，这是自古就有的艺术手法。而这首诗的思想境界，则是全新的。如第二首《明月》：

> 星空银厦，
>
> 粼波倒塔，
>
> 小桥倩影谁描画？
>
> 皓无瑕，
>
> 素无华，

悄悄来去静无价。

只把清晖留天下，

来，

无牵挂；

去，

无牵挂。

作者的《五绝·学诗》写道："水淡能收月，毫柔也纵龙。真情流笔下，大气溢胸中。"我们从《山坡羊·日月人三首》，从马凯的许多诗章中，都能看出这种境界。

《马凯诗词存稿》中有许多直接写政治生活的政治抒情诗，如《千年交替夜》《新中国五十华诞》《中国共产党八十华诞》《纪念毛泽东逝世一周年》《纪念毛泽东诞辰一百一十周年》《怀念周恩来总理》《纪念邓小平百年诞辰》《斥美恶行》《冬宫感怀》……千万不要以为这些是应景之作。作者不是专业诗人，没有人催促他以政治题材作诗。这些诗最初都不是为了发表，而是作为个人心灵的记录留下来的。看一个人的政治倾向，不仅要听他的公开言论，更要看他在私下的真情流露。

马凯的政治抒情诗不落俗套，不人云亦云，是作者政治情感的真实流露。当然，更令我关注的不是诗人如何在这些诗章中展示自己的个性，而是诗人真实的政治倾向。经历了"文革"，特别是经历了苏联解体、东欧剧变，一些人的信仰和立场发生了动摇，不再相信社会主义，不再坚持党的理想了。有的公开表明这种变化，有的嘴上说得冠冕堂皇，心里早已"告别革命"。马凯坚持改革开放，坚持党的理想和信念。他的政治立场一以贯之。毛泽东同志逝世一周年的时候，马凯深情地写了一首《沁园春》："才断天梁，又殒巨星，犹在梦中。见嫦娥舒袖，泪盈寰宇；吴刚捧酒，情满苍穹。马恩起身，列斯炙手，周引朱接上九重。携杨柳，众导师相聚，共论大同……"二十六年后，正值毛泽东诞辰一百一十周年，马凯依然难以抑制住对革命伟人的缅怀之情，写了三首《蝶恋花》："九曲大江奔未了，日斑何损光辉照。""横目千夫魑魅扫，鞠躬百姓人师表。""功过是非争未了，人民自是情难老。"充分体现了作者的冷静公正和坚定执着。2001年，作者在彼得堡参观冬宫，写下了七言长律《冬宫感怀》。作者首先赞颂了建筑的辉煌，进而回顾了俄罗斯帝国的四面扩张，再而讴歌了十月革命和第一个社会主义国家的盖世功勋，最后写道："昔时风范今安在？一夜分崩荡不存。元气自伤风瑟瑟，雄姿再展路沉沉。扶栏犹记兴衰史，国固中坚道至尊。"这首长律体现了作者驾驭格律诗的功力，也体现了作者善于把诗歌的激情和历史的理性结合起来。

集子中写亲情、爱情、友情、山水的诗，展现了作者精神世界的另一个侧面。如果说，政治抒情诗、言志诗、哲理诗如大江大河浩浩荡荡，那么写亲情、爱情、友情、山水情的诗则更像清澈委婉的小溪小塘。

马凯的家庭属于和睦温馨型，夫妻几十年如一日恩恩爱爱，生活上互相关照，事业上互相促进，下一代也很有出息。但并非"幸福的家庭都是一样的"，并非只有不幸的家庭才能给小说和诗歌带来创作素材。集子中有几首写给女儿或为女儿而写的诗，读来令人忍俊不禁。女儿一岁的时候，他有一首《五绝·小女恬睡》：

夜深竹有声，风过水无痕。

踮脚拂蚊去，恐惊睡梦人。

十九年后，读到女儿写的第一篇考察报告，他写了一首《忆江南·喜读初作》：

心中美，
最美蕙兰开。
窗上月移明似雪，
灯前笔走响如雷，
能不信成材？

我真没有见过把"可怜天下父母心"写得如此之真切，如此之细腻的诗作。现在人们都喜欢讲"爱"，这两首诗不就是活脱脱的爱吗！集子中有一首《七律·至友》，也值得反复吟哦：

少小相识在校园，轻舟学海奋当先。
心中大道同求索，脚底崎岖共苦甘。
淡若泉流堪致远，意由神会岂须言，
事逢难处凭谁问，又是彻谈到日悬。

把朋友之情写得如此之深切感人，在当今诗作中也是很少见的。

近一个时期以来，有一个词在诗词界很流行："老干体"。所谓体，在诗词领域具有两种含义：一是指诗的体裁、格式，如近体诗、古风、柏梁体，它不含褒或贬，用某种诗体作诗，既可以写出好作品，也可以写出拙劣之作；另一种指诗的创作倾向、创作特征，如宫体、台阁体、香奁体，它和某种思想风气、艺术时尚有关系。

"老干体"是贬义词，指某种公式化、概念化，以政治口号代替艺术形象的诗。但这种称谓是不科学，甚至是带侮辱性的。目前确有不少老干部拿起笔来写诗，他们的水平是参差不齐的。有的具有深厚的艺术功力，写得很好；有的初学乍练，不可能一出手就脱掉稚气。事实上，不论哪一个行当的人，工、农、兵、学、商，都有写得好的，也都有水平差的，他们之中都可能出现公式化、概念化的作品。怎么能把"老干"一棍子打死，把公式化、概念化全部归之于"老干"。官员写诗，是我国的一个悠久传统，他们之中产生了许多大诗家、大作品。屈原、曹操、王安石、文天祥，都是大干部。陶渊明、李白、杜甫，虽然没有当过高官，却都曾在政府任过职。当代的毛泽东、陈毅，既是党和国家领导人，又是写出千古绝唱的大诗人。难道因为这些大家是"老干部"，就可以对他们的诗作嗤之以鼻？马凯也是老干部、大干部。正因为是为民为国的干部，才成就了他的大视野、大胸襟，成就了作品中浓郁的家国情怀。我以为，马凯的作品为老干部大大地争了一口气。这些作品证明了，老干部不但有权以诗言志，而且可以写出很优秀、令人刮目相看的作品。像《马凯诗词存稿》这样的厚重之作，是能够给我们的诗坛带来新的希望的，而且已经带来了新的空气和新的活力。

2006年3月

我们时代的正气歌
——《千人断指叹》序

　　成瑞同志今年八十有五，离休前任国家统计局局长，是著名经济学家、统计学家。他出身于革命英烈之家，父亲作为党的农村干部死于日本侵略者的屠刀之下。他本人十六岁参加革命，抗日战争和解放战争时期，都在为民族解放和新中国诞生而浴血奋战。新中国成立后，一直在党政部门担任重要职务。2003年秋天，他在中华诗词学会北戴河会议上朗读了《千人断指叹》和《朱门内外》，引起强烈反响。年底，《中华诗词》月刊隆重推出前者。三年后，这篇力作获"华夏诗词奖"一等奖。传说唐朝的高适五十多岁开始写诗。成瑞同志步入诗坛的年龄比高适还大。他至今仍不倦地撰写经济论文，作诗是他的第一业余爱好。

　　提起成瑞老人的诗，我不禁想起他的一段往事：1985年，他到南方某地参观一个大溶洞。行至岔路口，一洞分为二洞。导游对游客说，一方为升官洞，一方为发财洞，诸位可以任选一洞而入。李老闻之不胜骇异，马上笑问："不想升官又不想发财，一心建设祖国的人该走哪条路？"随即他告诉导游，大革命时期黄埔军校门口有一副对联："升官发财请走别路，贪生怕死莫入此门。"返回住处，他"夜不成寐，忧心忡忡"，乃起而赋诗一首。他的许多诗都像这首《风起蘋末敢轻心》一样，是在生活中遇到不平之事，按捺不住起而挥就的。古人"路见不平一声吼"，成瑞同志是路见不平一首诗，其中有怒吼，也有感慨和规劝。

作为饱经风霜的老人，成瑞同志见多识广。他的诗题材广泛。集子中有"美"有"刺"，有对老一辈无产阶级革命家的歌颂，有对父亲和战友的怀念，有对时事的感怀，有对新生事物的赞美，有对丑恶现象的抨击……不过人们不难发现，他很少有什么纯粹的闲情逸致，不论写什么题材的诗，都充满着对国计民生的关怀。即便是旅游中写出的篇什，也包含着丰富的社会内涵。尤其是近几年的诗，几乎首首充满着忧患意识。作为有着七十年党龄的老共产党员，他为国家现代化建设的新成就感到欣喜，同时，也坦诚地对党风和社会风气的败坏以及贫富差距的迅速拉大深表不满。他同情弱势群体，愤恨社会上的骗子与蠹虫。"先烈入梦来，血照红旗扬。奈何红旗下，主人成羔羊？"（《千人断指叹》）"富豪一桌菜，毕生血汗钱。血汗薪已薄，又遭久拖欠……吁嗟乎！朱门内与外，相去如天渊！今日复何日，翘首望明天。"（《朱门内外》）"忍看群蚁蛀新厦，怒斥堤鼠觅小诗。夕晖苍茫何所望，月光如水照洁衣。"（《月光如水照洁衣——次鲁迅〈惯于长夜过春时〉诗韵》）不同阶层的人对于这样的诗句可能有不同的感受。但人们无可否认，这些诗是和着作者的血泪写出来的。他的诗是正义感的升华，是共产党人忧思与企盼的升华，是诗化了的童心与赤心。

这本集子不仅收有作者的诗作，还收有作者的散文和论文——主要是谈诗的论文。我认为，它们同样是很宝贵的。作者在讲到自己的写诗经历时说："要反映劳动群众的悲欢苦乐，关键在于深入群众、深入生活。诗词应当是从群众中来，到群众中去的，是源于生活，高于生活的。我们要做群众的知心朋友，做群众的忠实代言人，敢于介入社会生活；要从人民群众极其丰富的现实生活和生动形象的口头语言中吸取营养，加以精心提炼，把它与中华诗词的优良传统密切结合，以提高作品的思想水平与艺术水平。只有这样，才能从根本上避免诗词作品的泥古、贫乏和平庸，而创作出更多反映时代精神的佳品和精品；才能避免诗词作品成为诗词界少数人之间的'交换文学'，而使它具有广泛的群众基础，发挥它在推动社会前进中的重要作用。"这些意见对诗词界的朋友们无疑很有启迪意义。

集子中的好几篇散文都是回忆革命风雨中的往事，叙事严谨，感情真挚，具有强大的感染力和重要的史料价值。如《抗日战争胜利60周年杂忆（四篇）》《放歌〈白毛女〉，迎来东方红》，不但写得感人至深，还提供了不少鲜为人知的史料。

成瑞同志长我十五岁，是我所尊敬的革命老前辈。他邀我为这个集子作序。对于这项任务，受之有愧，却之不恭。如果上述文字对于读者了解老一辈革命家以及他们的诗情有一点点帮助，我就算没有完全辜负老前辈的期望。谨祝成瑞同志健康长寿、文思常涌。

2007 年 1 月

谈蔡词的语言

一

　　唐浩明和李元洛两位先生很赞赏蔡世平长短句的语言。唐先生说："他的词语言极生动活泼，富有情趣，既不逾旧体诗词之矩，又不受其束缚。"李先生说："蔡世平是散文作家又是诗词作者，是出入于现代与传统的两栖人。因此，他的诗词语言的运用，就颇得现代思维方式之助与现代散文创作炼句锻句之益，呈现出令人瞩目的新意与生机。"我很赞成两位先生的意见。世平既熟悉古代传统，又熟悉新文学；既潜心于散文创作，也痴迷于韵文吟咏。他在语言运用上的成功，和博采众长、融会贯通是分不开的。

二

　　人们都说世平的词善于运用口语和俚语，新鲜活泼又明白如话。这的确是他的长处。不过，光是引口语、俚语入诗，还不能保证创作的成功。关键是把各种生动的语言化到诗里头去，使鲜活的语言和鲜活的意象结合起来。"流水落花春又去，只瑶歌，滴血青山老。情百代，总难了"，这是融化了古典诗词的语言。"化作梦边梅，饰你西窗画"，这是借用和改造了现代著名新诗中的意象。"小花小草小风摇，歌踏外婆桥"，这是地地道道的现代口语。他经常把口语、俚语和古典诗词常用的语言放在一起，却显得很协调。既新鲜，又典雅。他的语言像信手拈来，又像胸中涌出，那么自然，又那么贴切。古人说，诗易工难化。语言也要"化"。达到"化"的境地，是很不容易的。

三

词亦称长短句，比起古风、律绝来，它的节奏变化更频繁，更有跌宕起伏。写词，人称填词，似乎只要照词谱把文字写好了，句数、字数、平仄、韵脚不出偏差，尽可能富有文采和情致，这就大功告成了。其实不然。古代的词都能入乐，后来词和音乐出现了某种脱节，但好词仍要讲究音调和节奏的美。今人写词，大多只知词谱不知曲谱，但要想写出好词，必须把握好特定词牌在节奏和音调上的变化，使它抑扬有致、朗朗上口、一气呵成。世平的词不是单纯的文字艺术、书面艺术，它富有音调和节奏的美。譬如读《中兴乐·与烈娃秋夜游南湖》，我不仅被浓郁的诗情所感染，也从文字中听出铿锵的音调："依然还是戍时妆。征衣染透风霜。青春羞色，别样芬芳。河山不语沧桑。动湘郎，佳期还会，琴弦不断，已续华章……"

四

世平使用语言是极大胆的。譬如："昨夜蛙声染草塘，月影又敲窗。"蛙声可以闹草塘、震草塘，怎么能"染"草塘？月影可以上窗、遮窗，怎么能"敲窗"？这不是把听觉和视觉混淆起来吗？又如"数点星声，几多萤语"。人们也可以问：星有何声，萤有何语？如果把艺术等同于生活，世平的这些词大可被斥为不合常理。但艺术的奥妙往往在于既源于生活又不拘泥于生活。钱钟书先生曾经详细论述过艺术的"通感"。早在十九世纪末，俄国大音乐家斯克里亚宾就主张用音乐表现光和颜色。九百多年前，秦少游曾写出"自在飞花轻似梦，无边丝雨细如愁"这样的名句。蔡词正是继承了《淮海词》的好传统。世平的这些语言看似离谱，却能表现出他对自然美的独特感受。我不主张竞相仿效，把感官交错当作一种时髦来追赶。艺术上任何一种新事物，都有可能被邯郸学步者弄得让人倒胃口。但世平这么做是有创造性的，也收到了良好的效果。目前就诗词领域来讲，语言的运用还是偏于拘谨，需要弘扬大胆创造的精神。

2007 年 3 月

喜读《三余续吟》
——在沈鹏诗词研讨会上的发言

北京的春天姗姗来迟。今天，春姑娘终于露出了灿烂的笑容。我们驱车数十里，来到历史悠久风景秀丽的大觉寺，一边赏花，一边研讨沈鹏先生的诗词。此时此刻，大家的心中都充满着春意和诗意。我代表中华诗词学会，代表孙轶青会长，向与会的领导同志和专家学者们表示热烈的欢迎。

沈鹏先生是书法大家，也是卓有成就的诗词家。他的诗多是从生活中萌生的偶感，看似不经意，却蕴含着对社会和人生的深入思考，平淡之中有新奇，飘逸之中有深沉，随意之中有机趣。王朝闻先生在《答沈鹏书》中说，"看来你的诗不是所谓豪放派，也不是所谓婉约派"；借用毛泽东评范仲淹的话来说，"你也是偏于豪放的中间派吧"。王朝闻先生的评价很准确、很中肯。沈先生的诗有正气，有浩气。"心潮时共风雷激，腕底曾驱虎豹游。"但很内敛，很含蓄，没有剑拔弩张，更没有虚张声势。沈先生自己说："生涯平素羽毛轻，漫有歌诗动地鸣"，"呐喊呻吟皆咏志，大音先哲曰稀声"。我们的时代需要黄钟大吕，但有大气、有浩气不等于大喊大叫。"大音稀声"，这是艺术的一种风格，也是做人的一种风格。沈鹏诗歌的风格特点是什么？他的诗豪放之中有婉约，这一特点很值得我们深入探讨。

　　沈先生在《三余续吟》后记中引了宋人刘克庄的话："唯不求工而自工者，为不可及。"他很欣赏"不求工而自工"的境界。他认为诗词的工"包括格律的掌握，又比格律的掌握高了一层，进入了诗的语言艺术范畴，思想性范畴"。这些话很有美学价值。艺术都有形式美，诗词比新诗更讲形式美，诗词家必须熟练地掌握诗词格律。但掌握格律、"求工"并不是诗词创作的最高目的。诗词创作的使命是言志、抒情，是创造意境、意象。形式是表达内容的手段，它不应当凌驾于内容之上。我想起了刚刚故去的文学大师巴金的一句话："文学的最高境界是无技巧。"巴老说，他写小说，是把自己的心掏给读者。他并没有否定艺术技巧，但在他看来，作家应把技巧溶化在自己的血液之中，一旦进入创作过程，就要"忘掉"创作技巧，全身心地创造艺术形象，真诚地和读者交心。沈先生的见解和巴老的意见是相通的。既掌握创作技巧和艺术程式，又超越它，不被它所束缚，这才是高层次的艺术创作。是以追求形式上的工整为目的，还是以言志、传情、塑造艺术形象为目的，达到"不求工而自工"？这是艺术匠人和艺术家的根本区别。

　　诗友们：长期以来，中华诗词学会一直提倡诗书画的结合，中国书法家协会也很重视书和诗的联姻。沈先生曾经在一首诗中写道："字外工夫诗内得"，他本人就是把书法和诗词结合起来的一个范例。我相信，我们这次研讨会一定会促进诗词界和书法界的亲密合作，促进诗歌和书法在当代的亲密结合。

　　诗友们：诗词过去曾经大力推动过社会的道德风尚建设，今天也是如此。"移风易俗，莫善于乐。"沈先生的诗，蕴含着丰富的

真善美。我相信，我们这次聚会不但有助于推动当前的诗词创作，
也会对文艺界的道德建设、荣辱观建设起良好的推动作用。

2007 年 4 月

《风铎集》序

大约两个月前，北京青年诗社的董澍到我家串门。他说他们联络了四家诗社和二十三家网站，春节前后搞了一次"迎春网络诗词大赛"，征集到诗作五百余首。现在征诗已经结束，马上开始评奖，希望中华诗词学会给予支持，推荐几位专家给大赛当评委。

听完董社长的陈述，匆匆翻了翻他送来的材料，我立刻感到此事非同小可。过去诗词界虽然搞过不少评奖，但通过网络这种现代化媒体进行征诗评奖，这是第一次。对于这样的新事物，自然应当给予充分的重视和力所能及的支持。特别令我高兴的是，此项评奖没有任何商业色彩，参赛及获奖者无须交纳任何费用，主办方完全是为繁荣诗词事业尽义务。近来，尽管中华诗词学会和许多地方学会、诗社搞的评奖是不收费的，但以赢利为目的的诗词评奖数量仍然很多。自从诗词热兴起之后，不少人看上了诗词这块热土，断定它是赚钱的好平台，于是各种名目的收费评奖活动风起云涌。有的打起"全球""全世界"诗词组织的旗号，以"提高"评奖的规格。有的未经本人同意，把诗词界的诸多名家列入"顾问""评委"名单，以壮大评奖的声势。看到董澍他们不图名、不图利，辛辛苦苦而兴致勃勃地为诗词事业办实事，我的心中油然升起一股欣慰感。

过了一个多月，董澍再次登门，告诉我评奖结果已经出来了。他拿出一沓刚刚打好字的稿纸，说是获奖作品都在上头，每张纸的左边印的是诗作，右边印的是评委的评语。把材料交给我后，董澍以不容拒绝的口气对我说，他们准备把获奖作品编成一本书，希望我为这本书写一段文字。作为文思已涩的老年人，我深知自己难以写出和那些优雅诗章相匹配的文字。为了不给董澍他们泼冷水，我以模棱两可的口气对董澍说，先不要说死了，我把作品看看再说。不料看了作品，居然心潮难平，产生了一些不吐不快的想法。我觉得从总体上说，这些获奖作品水平比较高，作者们不但能够自如地驾驭诗词格律，而且深得古典诗词的韵味，不少作品如果夹杂在古典诗词集中，人们简直看不出它是今人写的"另类"。有些作品写得很有新意，语言、构思、意境都很有特色。如"一篙溪水溶山绿，两岸东风入柳青"；"岂因旷达依流俗，不泯真纯即古贤"；"斗鬼批牛伤往事，扶贫济困仗时贤"；"柳堤萌绿草，麦地醒青苗"。这样的诗句清新蕴藉，读来使人过目难忘。

当前热心参加诗词活动的人，主要有两部分。一类是热爱诗词的各行各业干部，包括数量甚多的离退休干部。一般地说，他们有着比较丰富的生活阅历和人生感悟，但诗词修养参差不齐。不少人没有接受过诗词格律的专业培训，一边写诗，一边学习诗词格律。这些人的诗作容易被人诟病，但他们的生活阅历和人生感悟却是一笔巨大财富，也是诗情的丰富源泉。他们的诗在格律的严谨、艺术的细腻上也许不算最上乘，但他们却能不经意地写出一些未经时代沧桑的人难以发出的惊人之语。最近读到一首传说是许世友将军写的诗，令我震惊不已。"文革"后期，"四人帮"

开始"批邓、反击右倾翻案风",许将军十分气愤。在当时的历史条件下,他不能公开站出来声援被批判者,于是写了一首七言诗:"娘们秀才逞猖狂,三起三落理不当。谁敢动我诸葛亮,老子打他三百枪!"人们一看就知道,这不是文人写的诗。不讲格律,不讲平仄,如果撞到哪位深谙平水韵的评委手中,恐怕第一轮就会被刷掉。然而它率真、粗犷,朗朗上口,气势恢宏,能够给人以巨大的感情冲击。它所蕴含的精神力量,是许多打磨得很精巧的诗章所难以相比的。和荆轲的《易水歌》、项羽的《垓下歌》摆在一起,也丝毫不显得逊色。我引许将军的诗,并不意味着主张诗词可以不讲格律,不追求艺术,而是想强调生活和思想的重要性。生活的丰厚有时能弥补艺术修养的不足,而生活的贫乏,是无法用艺术修养来弥补的。

第二类,是长期与诗词结缘的文化人。一般地说,他们熟悉诗词格律,熟悉古典名篇,具有较高的诗词修养。缺点是长期过书斋生活,阅历不够丰富,生活面不够广宽。他们从小熟读唐诗宋词,开始是热衷于鉴赏,后来就用古典形式抒写自己的情怀。就像京剧票友一样,学梅则像梅兰芳,学程则像程砚秋。我在上面说到,有些诗友深得唐诗宋词的韵味,把他们的作品夹杂在古代诗集中,人们甚至看不出它是今人写的"另类"。这是他们的长处,也是他们的不足。长处在于有了良好的艺术基础,如果有了新鲜而深刻的生活体验,一定能写出既富有诗词韵味又富有时代特色的好诗。不足在于缺乏新的语言、新的感情、新的意象。也许他们很想创新,但他们太迷恋于古典诗词的感情氛围、艺术氛围,一动笔就是古案青灯、西风残雪,自然难以摆脱传统的窠臼。坦率地说,我在部分参评作品中看到这方面的不足。当然不是百分之百的泥古，而是某种程度的泥古。我也欣喜地看到某些既有古典韵味，又有时代新风的佳作。譬如：

> 芦苇丛丛冰上栽，喳喳小鸟自东来。
> 谁说三九少春色，一片生机水底埋。
>
> —— 问花笑谁：《冰河里的芦苇》
>
> 今冬雪少不堪夸，正孕遮天满地沙。
> 可叹骚人浑不懂，犹持梦笔待春花。
>
> —— 闲来谁与：《七绝》

前一首写春意，却不直接写春天，而是写在数九严冬中蕴藏着春意。"一片生机水底埋"，这样的句子富有哲理性，能让人反复回味。后一首讽刺那些缺乏"忧患意识"者，只会跟风唱赞歌，写得入木三分。论艺术的精致、打磨的精细，这两首都不算最突出。但它们把古典韵味和时代精神结合起来，唱出了时代的心声，却是很值得称道的。

2007年4月

感人肺腑的"心碑"

——《怀念刘少奇诗词选》序

　　为纪念刘少奇同志诞生一百一十周年，人民出版社出版了由沃宝田等同志编选的《怀念刘少奇诗词选》。这是一本进行革命传统教育的好教材，是一部感人肺腑、催人泪下的诗词集。

　　刘少奇同志是伟大的马克思主义者，是为共产主义奋斗终生的无产阶级革命家。几十年来，他作为党和国家卓越的主要领导人之一，对我党的建设，对我国民主革命、社会主义革命与社会主义建设，都有不可磨灭的功绩。

　　早在延安时期，革命老前辈之间就有诗词唱和的习惯。我们看到的最早歌唱刘少奇的诗，是朱德同志1948年写的《贺少奇五十寿于西柏坡》："少奇老亦奇，天命早已知。幼年学马列，辩证启新思。献身于革命，群运见英姿。人山人海里，从容作导师。……今年虽半百，胜利已可期。再活五十年，亲奠共产基。"从朱老总的诗章中可以看出当年党的领袖之间亲密无间的关系以及全党对少奇同志的敬爱。

　　这本集子中的作品，有少量是少奇同志生前问世的，绝大多数写于少奇同志逝世和平反之后。作者中有少奇同志的老战友、老部下，有党政军各界人士，有著名文艺家，也有和少奇同志从未谋面的普通老百姓。这里，有旧体诗、新诗、散文诗，人们从各个角度抒发了对少奇同志的敬仰与怀念之情。值得留意的是，集子中还刊有四首苗族民歌和一首青海花儿。一首苗歌唱道："天上有颗星星，它离月亮很近，突然一阵狂风，要吹去它的光明。地上有座山岭，它离太阳很近，突然滚来洪水，要淹没它的峰顶。狂风吹不散光明，星星又出现在夜空，洪水淹不了高山，它又耸立在人间。"朴素、清纯，生动地体现出苗家儿女得知中央为少奇同志平反后的激动之情。

中国古代讲究为殊勋厚德的人立碑。碑有两种，一种是石头刻的，一种是"心碑"。人们更看重"心碑"。从一定意义上说，这本集子中的诗词和许多歌唱毛泽东、周恩来的优秀作品一样，也是用心刻出来的碑，表达了广大人民群众对刘少奇的公正评价。一首旧体诗写道："十载沉冤一旦申，欣看大地又回春。岁寒然后知松柏，世乱方能识鬼神。矿井早成英杰志，铁窗益见性情真。案头《修养》长年绿，杨柳迎风色正新。"一首新诗写道："……没有人给你戴过一朵白花，安源煤天天给你佩戴黑纱。别说你当初没有墓地安眠，不，你的坟茔是人民的心田。党为您奏起了庄严的哀乐，人民向党发出由衷的称赞！"我以为，这些诗不但感情真挚，在艺术上也是富有魅力的。李瑞环同志写的诗配画《木匠》是一首别具一格的作品。他看到一幅少奇同志做木匠活的照片，写了四首诗，通过木工的艰辛歌唱刘少奇。作者感慨道："劝君莫论一时遇，九泉之下看荣辱。"

集子还收录了几首当年红卫兵"反思"的诗，它们从另一个角度记录了一代人的心灵历程："这纵然不是我的罪过，但我毕竟曾为罪恶助威。我曾虔诚地参加'革命'，却打倒了革命的栋梁、人民的英魁。尽管你不会将我责备，可我又怎能不绞心地惭愧?我惭愧，并不因为你平反，而是因为你再也不能返回。"忏悔是苦涩的，然而真诚而实事求是的忏悔却能使人清醒，给人以前进的力量。刘少奇说过:"好在历史是人写的。"优秀的诗章，是人民心灵的结晶。读这本诗词集，我们会感到少奇同志的高风亮节在闪光，我们会感到人民的心碑在高高耸立。

2008 年 11 月

读项宗西《春色秋光》

项宗西同志原籍浙江乐清，二十世纪六十年代从杭州"上山下乡"来到宁夏。打倒"四人帮"后，大批知青返城，宗西同志却一直留在宁夏，相继在企业和县、市、自治区担任领导工作。据"夫子自道"，受家庭影响，他从小就受到传统诗词的熏陶。上小学的时候，曾在杭州得过少年儿童诗歌一等奖。来到塞北后，一直笔耕不辍。九十年代末，开始在报刊上发表作品。这本项宗西诗词作品自选集《春色秋光》，是作者从四十多年来的诗作中筛选出来的，有近体诗、长短句，还有少量新诗、散文、楹联。

写诗不是少数人的专利。我国古代，士农工商、文武百官、三教九流都可以赋诗。自从隋朝创立科举制之后，诗歌一直是国家录取人才的一个重要考试项目。古代官员几乎都能写上几句诗。近一个时期以来，旧体诗词从复苏走向复兴，各行各业都有人参与到诗词写作的队伍中来，官员写诗的传统也在一定范围里得到恢复。一个尽心尽责的国家干部，他必须心系社稷苍生，为老百姓排忧解难。为人民服务的过程，也就是积累创作素材的过程。如果一个干部迷上了诗词创作，乐此而不疲，那么，一来可以陶冶情操，提高自己的思想境界和艺术素养；二来可以丰富周围的

文化生活，为社会主义文艺大厦增砖添瓦。这是一件于己于人都
有益的事情。宗西同志不以诗为职业。起初只是喜欢诗词，遇到
动心动情的事，在日记本笔记本上写下几句韵文。正如作者自己
讲的，开始是"出版在笔记本和信笺上，发行在亲朋好友之间"。
后来得到亲朋好友的肯定与鼓励，才拿出来公开发表。他的诗都
是有感而发，心有所动就写上几句，工作忙了，就搁笔考虑其他
问题，诗歌只是生活和工作的副产品。他的创作经历，反映了许
多从政而爱诗者的共同历程。

诗乃心声，诗如其人。作为在西北高原拼搏四十多年的江南书
生，作为自治区的领导人，宗西同志魂牵梦萦的首先是亲自耕耘过
的脚下这片土地。中华人民共和国成立以来，特别是中央提出西部
大开发以来，宁夏这片土地发生了天翻地覆的变化。宗西同志用他
的满腔热忱，讴歌了他的第二故乡，讴歌了这个大变化。他的诗绝
大部分和宁夏有关，是西部大开发的历史再现与艺术记录。如《硒
砂瓜》《塞上行·爱伊河》《固原返银途中遇雪》《祝捷》《凤凰城新
歌》《春到六盘山》…… 都给人留下很深的印象。他有一首《雨中
遐想》，既是写他的故乡杭州西湖，也是写他的第二故乡宁夏：

翻墨跳珠势卷洪，水天一色浪排空。
西湖借我三巡雨，塞上迎来一岁丰。

使我惊叹的不仅是翻用苏东坡的旧句写出新意，更是那股浓
浓的宁夏情结。回到故乡，仍深深牵挂着塞上那片热土。"西湖借
我三巡雨，塞上迎来一岁丰。"多么自然、多么朴素、多么深情！
这样的句子朴实无华，却让人一眼记住，并深深铭刻在心。

作者的故乡乐清是雁荡山所在地，也是我国山水诗的发源地。作为山水诗之乡的诗家，免不了用诗词描绘祖国的山山水水。如果说，古今有许多山水诗透露出一股远离尘世、归隐山林的情绪，那么宗西同志的山水诗则洋溢着另一种情绪。作者不图"出世"，而是非常"入世"，他把自然和社会结合起来，把历史和现实结合起来，在山水诗中凸现出一股鲜明的时代精神。譬如他的《登庐山》：

南来庐岳觅诗踪，直上葱茏百二重。

雾漫香炉隐飞瀑，云移鄱口现危峰。

美庐空剩萧萧竹，仙洞还萦郁郁松。

犹诉兴衰千古事，涛声日夜大江东。

自选集中有好几篇写亲情、友情的诗章。作者对四十多年前一同上山下乡的"贫贱之交"怀有很深的感情，这使我颇感惊奇。卷首的五律《塞上重逢》含情而内敛，娓娓道来，蕴含着丰富的人生况味：

少小结同窗，漂泊各一方。

难能西北旅，相见鬓飞霜。

归雁长河歌，疏林大漠黄。

韶华虽易逝，秋色胜春光。

长短句《水调歌头·送友之沪》，作于1973年，改定于2004年，大概是上山下乡期间送给提前回城朋友的歌章。"无边秋色，应是浩志胜离情"，这样的佳句令人神往。诗中有离愁，更有壮志，是一首很出色的送别诗：

> 酒应今日醉，月是故乡明。送君望远桥畔，云淡晓星沉。此去浦江激浪，洗却烟尘塞北，风雨任平生。海阔碧空净，万里壮行程。　　长河落，渔帆起，雁南征。无边秋色，应是浩志胜离情。更遣生花妙笔，写尽风云百载，银汉自天倾。北国知音在，何时会群英？

宗西同志的诗，使我想起一个人们很熟悉的话题：诗词如何同新的时代相结合？现在，诗词新作的数量很大，精品力作却比较少。人们经常见到两种情况。一是作者很熟悉传统诗词和诗词格律，但跳不出传统的窠臼，其作品虽有些许新生活的影子，骨子里仍是唐风宋韵——被模仿的唐风宋韵。这样的作品也许很工整、很像诗词，却欠缺一件最重要的东西——新的生命，新的生活气息。二是作者有表现新时代的主观愿望，却缺乏新鲜而独特的生活感受，缺乏营造诗歌意象的艺术功力，在诗里写过程、写口号、记历史流水账、发大而无当的空论。这样的作品干瘪无味，不可能打动人心。宗西同志和上述两者都不同。他有丰富的生活阅历和诗词素养，更难能可贵的是，有大视野、大胸襟。写起诗来不矫揉造作，不故弄玄虚，用的是古典的艺术形式，说的是当代人的话语，倾吐的是当代人的心声。所以，自然而然地具有鲜明的时代特征。集子中的诗作数量不多，却是一部很有分量，很有质量的集子。

2009年10月

诗词界的怀念
——孙轶青会长周年祭

　　孙轶青同志是中华诗词学会的发起者和筹建者之一。学会成立时，被聘为顾问，1990年出任副会长兼秘书长。钱昌照、周谷城两位老会长去世后，学会推举他为会长。从二十世纪八十年代筹建中华诗词学会到2009年去世，在将近四分之一世纪的时间里，他呕心沥血、殚精竭虑，为诗词事业做出重大贡献。孙老一生很辉煌，贡献是多方面的。抗日战争和解放战争期间，他浴血疆场，为抗击日本侵略者和消灭国民党反动派，立下了汗马功劳。中华人民共和国成立后，他长期在出版新闻战线做领导工作，为新中国的文化建设做出了卓越贡献。这些成绩都足以彪炳青史，但与他有类似经历的不乏其人。进入晚年，历史把他推到中华诗词学会会长这一特殊岗位上来。他率领广大诗友，使中华诗词从复苏走向复兴。这一特殊作用，是文化界的其他同志难以相比的。

　　诗词曾经是中华文艺王冠上的一颗璀璨明珠。近百年来，随着西风东渐和新文学的崛起，一些人对传统诗词采取排斥的态度，认为诗词格律是禁锢诗情的枷锁，旧体诗不能表现新生活，不能推陈出新。"五四"以来，虽有诗词爱好者包括知名人士仍在赋诗填词，但不少舆论把这一举动看成旧文学的回光返照，不承认反映新内容的旧体诗也是新文学的组成部分。毛泽东诗词的发表和传播，特别是1976年的天安门诗歌运动的爆发，激起人们又一次思考旧体诗的命运：难道它真的已沦为僵死的躯壳，不能表现新的时代？毛泽东诗词和天安门诗歌用鲜活的艺术形象，展示了传统诗体的强大生命力。粉碎"四人帮"之后，发展和繁荣旧体诗词，已成为一股不可阻挡的潮流。各地纷纷成立诗社、创办诗刊。提笔赋诗者，不仅有熟谙国学的文化人，工厂、农村、国家机关、军队、校园……各个领域都涌现出数量可观的诗词爱好者和写作者。中华诗词学会正是在诗词命运大转折时期成立的。学会甫一诞生，就面临着这样的问题：怎样对具有广泛群众性的诗词创作进行引导？怎样把波澜壮阔的诗词潮流和马克思主义的文艺方针政策结合起来？三任会长都对此做出了重大贡献，而任期最长的孙轶青同志，在这方面的贡献尤其显著。如果说钱昌照、周谷城会长在全国政协和全国人大担任重要领导职务，不可能把主要精力投到诗词方面来，那么，孙轶青同志则是心无旁骛，聚精会神地集思广益，解决了诗词工作中一系列重大问题。

孙老担任会长后，确立了会长办公会议制度，制定了《二十一世纪初期中华诗词发展纲要》，成立了诗教工作委员会。后来又提出"精品战略"，设置了遴选优秀新作的"华夏诗词奖"。在诗词的继承与革新问题上，他提出"知古倡今"，主张实行"双轨制"，号召"开创诗词新纪元"。在处理诗词队伍中老年人和青年人的关系问题上，他提倡"拥故纳新"，既要大力培养新生力量，也要十分重视发挥老同志的作用。在他和许多同仁的共同努力下，学会先后办起了《中华诗词》杂志和中华诗词学会网站，出版了"中华诗词文库"……我不可能在这里列举孙老主政时期学会的全部创举，仅上面这些，就足以证明孙老对诗词事业的非凡贡献。如果说，在钱昌照、周谷城担任会长期间，学会处于草创期，实现了从无到有，搭起了基本框架，打下了良好的基础，那么，孙轶青同志则接过他们的担子，把事业推向更广阔的平台。

我来学会之前，早就听说孙轶青这个名字，知道他是德高望重的老前辈。十年前开始参加中华诗词学会的活动，才和孙老有直接的接触。后来我在诗词学会任职，在他的领导下工作。他旗帜鲜明，胸襟开阔，既能坚定地引领事业的航向，又能团结各种意见不同的同志。作为群众团体的领导人，他有两点给我留下了特别深刻的印象。一是他对学会的日常工作抓得很紧、很细。周密安排，知人善任。但他从不陷入事务主义，在抓具体工作的同时，很注意抓思想。他经常组织我们讨论、学习中央的方针政策，结合中央的部署安排诗词学会的工作。我记得，逢到重大决策，他总是组织大家进行讨论，从思想理论上弄清问题的实质，然后进行具体的部署。譬如《二十一世纪初期中华诗词发展纲要》，就是由他提议并在他主持下反复修改讨论而制定出来的。他觉得，光抓具体工作是不够的，要把办实事和思想理论建设结合起来。近百年来，在民族虚无主义思潮的影响下，对诗词存在着种种偏见。孙老特别重视正本清源，排除偏见，弄清诗词的社会作用和历史地位。他不仅自己动手写文章，也通过诗词组织网罗一批有学识的同志从各个角度写文章。二是他严格自律，是廉洁奉公的模范。中华诗词学会是个没有国家拨款的群众社团，靠社会赞助和会员的会费维持团体的运转。对在学会机关工作的人员，学会每月发给一定的津贴。孙老则一个子儿也不拿，近二十年来一贯如此。他不仅不假公济私，而且经常反过来：以私济公。政协派给他的车，他经常用来给诗词学会办公务。为了替学会联络各种关系，他多次拿自己的工艺品赠人。他是全国著名书法家，但他写字从来不收钱。认识不认识的诗友找上门来，他总是有求必应。到外地考察、开会，他的住所经常挤满人，求字者络绎不绝。他在浙江突发脑溢血，和过度劳累，不停地写字是有关系的。中华诗词学会机关的工作人员一直比较团结，大家都以艰苦奋斗为荣，这与孙老等前辈树立的良好风范是分不开的。

在孙老逝世一周年的日子即将临近的时候，中华诗词学会和各地诗友都在思念这位离别不久的老领导。他的高风亮节，他的音容笑貌，总在我们面前闪耀。重振风骚，任重道远。我们要把老一辈所开创的诗词事业搞得更红火、更兴旺，以告慰孙老的在天之灵。

2009 年 12 月 29 日

读陈文玲《颍川吟草》

这是陈文玲女士的第一本诗词集。作者讲，集子中的作品从来没有发表过，既没有公之于报刊，也没有传之于网络，统统是"新媳妇第一次见公婆"。

那么，作者是不是一位新手、一位初出茅庐者？我是经朋友介绍认识文玲女士的。拿到她的作品，起初并没有寄予厚望。翻了几页，很快被吸引住了，渐渐生出一种惊喜，感到作者出手不凡。她不但以对诗艺的孜孜追求令我感动，更以独到的思想情怀和艺术境界令我振奋。这里，没有故作高深、没有矫揉造作、没有古色古香、没有陈词滥调，有的是朴素真挚的感情，充溢着生活芬芳和时代气息，我感到作者的追求恰恰是我所期盼的。

提起女诗人，人们难免会想起诗词史上一大串闪光的名字：古代的班婕妤、蔡文姬、薛涛、李清照，现当代的丁宁、沈祖棻……女诗人多以委婉细腻引人入胜。文玲不废婉约，却很难把她归入婉约派。她的诗使我想起一个响亮的名字 —— 秋瑾。"身不得男儿列，心却比男儿烈。"秋瑾的诗如狂飙天降，堂堂男子汉都难有她那种宏伟气魄。但文玲的诗词不是怒目金刚、呼啸呐喊式的，而是充满着哲理，有着大胸襟、大视野。这和她的特殊经历大有关系。她从小爱好诗词，在大学里学的是文科，读研究生时专攻经济学，后长期在政府决策研究部门工作。她的本职工作是对经济和社会发展的重大问题进行研究，在调查研究的基础上建言献策。对国计民生的长期思考形成了她的使命感，影响着她的气度和胸襟。她调查过许多重大课题。每完成一项调查任务，她就要挥毫赋诗，一吐胸中之块垒。仿佛说理式的文字还不足以表达她的全部感受，还需要用形象思维作为逻辑思维的补充。很有趣，集子中的好多首诗词都是调查研究的"副产品"，冷静思考缜密论述之后，必定继之以汪洋恣肆的感情流淌。这大约是她的一种比较独特而又合理的生活方式吧！

2008年，作者受命赴青藏高原调查研究"三江源"，写了四篇关于保护、恢复、建设自然生态的调查报告，填了四首《念奴娇》。下面是其中第一首：

> 众山之恋，三江源、喜马拉雅俯瞰。恣肆汪洋，板块易、拔地而起伟岸。雪化冰融，湖泊千万，汇聚波澜卷。飞流直下，纵横天地星汉。
>
> 生命择水而安，若水惟上善，盘古之赞。放眼奇观，九州苑、血脉流淌如练。不尽长江，澜沧湄公岸，黄河飞溅。文明人类，母亲乳汁浇灌。

难以置信，这是女诗人写出的辞章。祖国山河之壮丽，大自然之伟力，作者之无穷感慨，如飞流直下，尽泻于毫端。读罢心旷神怡。

作为女性，作者也有委婉纤细的一面。譬如她访问台湾之后写了一组诗，其中有两首《忆江南》：

> 凝眸望，谁晓我柔肠？东海岸边涛送暖，京城大雪
> 已遮窗，能不念家乡？

> 风催浪，卷起韵成章。昨日绵绵播春雨，今天漫漫
> 漾秋香。两岸共芬芳。

这里，有柔肠、有痴情，但没有"小女人"的脂粉气、闺阁气。思乡之情和同胞之情交汇在一起，既有委婉，又不乏大气。

她的一首《一剪梅·满院菊黄》给我留下很深的印象。我以为，这是一首难得的咏物诗，咏出了前人未咏之境，写出了菊的风骨，结尾的"荣辱皆休，高雅长留"是点睛之笔，令人回味无穷：

> 情染竹篱望晚秋。满院菊黄，一缕清幽。花中唯此
> 傲霜枝，香漫层楼，醉浸心头。
> 昂立金风韵意流。举目霓裳，俯首娇柔。缘何陶令
> 赏东君？荣辱皆休，高雅长留。

好诗常常具有哲理性。诗的哲理与哲学著作中的哲理有相似之处，也有不同之处。科教书中的哲理是经过严密推理得出来的，离不开分析、归纳、演绎、判断。诗中的哲理，特别是中国传统诗歌中的哲理，常常表现为一种感悟。"抽刀断水水更流，举杯消愁愁更愁"，"不识庐山真面目，只缘身在此山中"。这些名句中的

"理"都不是通过逻辑推断得出来的。宋人严羽说:"大抵禅道惟在妙悟,诗道亦在妙语。"集中还有不少诗章,如:《千秋岁》三首、《十六字令》三首、《兰陵王·咏山》等,都是诗和哲理的结合,体现出作者独到的悟性。

应当说,集子中的诗词有的很精彩,有的还需要进一步打磨。可能由于工作节奏太紧张,无暇细细推敲,个别篇章对格律的掌握略显粗疏。好在集中确有很多闪光的篇章,显示出一种新的活力、新的生机。这恰恰是当代诗词创作所欠缺的。所以,我很愿意为文玲的诗词鼓与呼。它虽然不是完美无缺、无可挑剔,却能够给我们的诗坛带来新风。

2010年2月

《荷塘新月——王玉明诗词选集》序

　　王玉明同志是中国工程院院士、清华大学教授。作为卓有成就的机械工程专家，他有高超的科学造诣，也有浓厚的人文情怀。他喜欢摄影、书法、音乐、诗词。从1962年开始，在钻研工程技术的同时，一直吟咏不辍，写下千余首诗章。三年前，清华大学出版社推出《王玉明诗选》。摆在读者面前的这本《荷塘新月 —— 王玉明诗词选集》，是他的第二本诗集，由作者自选，收集了从二十世纪六十年代初至今年三月的五百余首诗章，以旧体诗词为主，还有少量新诗。

　　新时期以来，科学家写诗蔚然成风，中国工程院成立了院士书画社，王玉明是其中很活跃的一员。"岁月悠悠去似梭，童心白发且高歌。流霞渲染知华丽，落叶飘飞悟洒脱。荒漠苦征甘寂寞，青山奋步喜巍峨。工程科技勤求索，摄影吟诗乐趣多。"这首七律很生动地道出了作者亦工亦文的甘苦。

　　玉明的诗题材广泛。数量最多，给我印象最突出的是山水诗、旅游诗。他首先是写自己母校的校园 —— 秀丽优雅的清华园，从二十出头一直写到古稀之年，百写不厌，常写常新。在玉明那里，简直是"情人眼里出西施"，他所深恋的清华园就是天底下最美的地方，一丘一水，一草一木，都充满着灵气和诗情。他把对哺育之恩的感念，对师辈的崇敬，对科学与学术殿堂的景仰，都熔铸于对校园的赞美之中。四年前，清华大学精密仪器系建系七十五周年的时候，他写了一首《清平乐》：

> 繁花丽鸟，绿水高楼绕。微纳卫星灵准巧，莺燕轻飞春晓。　　东来紫气清华，百年桃李天涯。传统学科老树，于今怒放奇葩。

今年元宵节，他写了一首七律：

> 爆竹烟花闹万家，九州佳节乐无涯。
> 先人像拜思恩泽，母校园游踏月华。
> 初绽腊梅香淡淡，犹残瑞雪响沙沙。
> 荷塘绕罢闻亭倚，举目瑶台桂影斜。

前一首以科学术语入诗，镶嵌得十分自然，犹如浑然天成。后一首更见作者状物绘景之功力。"初绽腊梅香淡淡，犹残瑞雪响沙沙。"对生活观察得十分细腻，完全是现代语言，却十分富有古典韵味。

玉明喜欢旅游，工作之余，经常携电脑与相机出没于青山绿水之间。摄影和赋诗是旅游的副产品。"一景难求诚守候，只词不雅苦沉吟。"这两句诗生动地道出了他觅景寻句的艰辛。古人写旅游山水诗，往往借诗明志，透露出一股出世之情。玉明没有出世之情，他用全身心领略大自然之美。作为科学家，他在享受自然美之余，也在思索着大自然的奥妙。他的山水诗，大都体现出人与自然的和谐，引领人们陶醉于水色山光之中：

老龙头下浪淘沙，万里长城赤子家。

沧海痴寻三岛客，苍山醉赏四时花。

雪峰银月前朝梦，大漠黄河千古霞。

嘉峪关西红日落，风光满眼境无涯。

　　当然，他的旅游诗不仅涌动着水色山光之美，也有丰富的人文情怀。两年前，他远涉南非，写了一首五律。寥寥数语，就把那里的自然风光和风土人情栩栩如生地勾勒在读者面前：

草碧天青处，北冬南夏时。

矿丰金铂钻，野沃象羚狮。

人类发源早，文明绚烂迟。

大同期世界，冷暖友朋知。

　　他漫游俄罗斯，写了八首组诗，都很动人。其中的《山楂树》，体现出苏联解体后北方邻国风土人情的巨大变迁，令人回味无穷：

白花开四野，约会梦魂幽。

一曲《山楂树》，几年学府楼。

俄乡音渺渺，华夏韵悠悠。

佛祖生梵域，禅宗盛九州。

　　玉明的旅游诗中有好几首是对古迹的凭吊。作者对于文人留下的风流韵事似乎不大感兴趣，令他激动不已的首先是那些关系到民族兴亡的人和事。和写山光水色的诗章不同，这些诗沉郁、雄浑，展示出作者诗情的另一面：

> 强大秦兵马，奔驰似飓风。
>
> 吼声冲地府，杀气撼天宫。
>
> 霸业千秋继，皇权万代承。
>
> 谁知方二世，好梦竟成空。
>
> ——《观秦兵马俑有感》

> 萧瑟秋风扫雾霾，登高何虑鬓毛衰。连天叠嶂一襟阔，满目颓垣半壑哀。　追逝水，抚残台，万山夕阳忆雄才。杨公戚帅传千古，铁骑烽烟入梦来。
>
> ——《鹧鸪天·登古北口长城》

集子中写亲情、友情的诗数量不多，都很耐人寻味。如：

> 慈父升天整九年，返乡拜谒墓碑前。
>
> 雾凇似玉辉红日，溪水凝冰绕故园。
>
> 寸草春晖心永暖，深恩冬雪体无寒。
>
> 夜来挥手辞亲去，遥向星空念感言。
>
> ——《慈父辞世九周年恰逢感恩节》

> 微吟幸有知音赏，淡味犹能著意尝。
>
> 漫论古今云变幻，闲评中外水苍茫。
>
> 倾谈难尽嫌时短，浮想无眠觉夜长。
>
> 常慕园中花似锦，独羞苑外草无芳。
>
> ——《赠友人》

玉明轻易不写政治抒情诗，偶尔为之，也能给人以"出手不凡"之感。1976年"四五"运动期间，他写了三首诗，贴于天安门人民英雄纪念碑前。两年半后，党中央为"四五"运动平反。玉明激动不已，写下这样的诗句："愁满关山怨满天，悲潮怒卷故园寒。小诗曾向刀丛觅，千古奇冤案已翻。"2003年，美国攻打伊拉克的时候，玉明写了一首七绝："'行道替天'人道否？两河烽火世人思；可怜母丧童悲日，正是桃红柳绿时。"这些诗显示了一位科学家的正义与良知。

集子的最后一部分是新诗。玉明酷爱旧体诗词，也不薄新诗。当格律体适于表达感情的时候，他就写诗词。当需要自由体来抒情言志的时候，他就写新诗。在他那里，旧体新体是互相补充的，各有各的用处。新诗如何写得更凝练，更有形式美，让人好记好诵？这是许多作者都在探索的问题。不能说，集子中的新诗已经完成了这些探索，但其中确有富有新意、富有吸引力的篇章。如《礼赞》：

　　旭日　我礼赞

　　你笑靥的明丽

　　你云裳的烂漫

　　你暖意的融融

　　你赤心的拳拳

　　秋湖　我礼赞

　　你纯真的透明

　　你温柔的蔚蓝

你睿智的深邃
你幽怨的漪涟

深山　我礼赞
你幽兰的芳馨
你流莺的婉转
你佳木的葱葱
你清泉的涓涓

大海　我礼赞
你月夜的珠泪
你神秘的波澜
你生命的律动
你永恒的辽远

　　显然，作者不满于浮躁、急功近利的世风，他通过对自然景观的礼赞，含蓄而深沉地呼唤真善美。

　　三年多前，杨叔子先生在"《王玉明诗选》序"中写下这样的话："王玉明同志的诗有着强烈的民族性、时代性与群众性。加上他又是学理工的，栖于科学，所以，科学人文交融的诗句，诸如，'自然人类和谐处，鹤阵排云上碧霄''沙滩卧赏晚来涛，日落霞烧，星现天遥'之句，在他心灵中更有深意、深情。"我完全同意杨院士的精辟之见。玉明今年整整七十高龄。祝愿他身笔两健，在科学与文学上取得新的双丰收。

2011年3月

喜读《新声韵作品集》

　　为庆祝中国共产党成立九十周年，贵州省诗词楹联学会隆重举办"新声韵中华诗词大赛"，以党的九十年光辉历程为主题，以新声韵诗词为表现形式，在全省广泛征集稿件。共收到省内外寄来的三千多首参评作品。经过评委会认真评选，评出一等奖五名，二等奖十名，三等奖二十五名。现在获奖作品即将结集出版。这是一件可喜可贺的事情。

　　中华诗词学会成立以来，一直提倡新声新韵。其道理很浅显：诗韵和语言是分不开的。两千多年来，汉字的语音发生了很大的变化。过去押韵的字，今天未必都能押韵。诗歌为什么要押韵？只有一个目的，为了达到音调上的和谐，使之可吟、可诵、可歌，增强作品的形式美。语音变了，诗词的韵谱也要随之发生变化，否则就难以达到音调上的和谐。所以声韵改革是顺应艺术发展规律的一件势在必行的事情。

　　人们要问，既然提倡新声韵，为什么还要实行"双轨制"？因为情况是复杂、多样的。许多人多年学的是平水韵，使用的是平水韵，已经在这条路上走惯了。要他们改用新声韵，一时会觉得很不适应，甚至会影响艺术思维的顺畅。押韵毕竟是形式问题，既影响不了艺术的大方向，也左右不了作品的思想内容。我们提倡和推广普通话，无须一律废止方言。诗韵问题与此相类似。应当承认，用新声韵能够写出好诗，用传统声韵也能在今天写出好诗。只要感情真挚、思想高尚、形象鲜明、意境优美，不论采用什么样的表现形式，我们都应当承认它是好诗。

贵州的同志在提倡新声韵上是走在前列的，如果说，在这个问题上，有些地方存在着雷声大雨点小的现象，那么在贵州，却是既有雷声又有雨点，雷声长鸣，大雨长注。省诗词楹联学会的同志和他们所主办的刊物，既有理论上的倡导，又推出了大量新声韵作品。这次评奖就是一个提倡新声韵的有力举措。它用实践证明了新声韵同样能写出好作品，能体现出淳厚的诗词韵味。

和声韵问题比起来，表现新时代是一个更带有根本性的问题。一个时代有一个时代的诗歌。我们弘扬民族文化的优秀传统，一是要普及和传诵前人所创造的优秀诗词作品，使它们在今天的社会生活中继续发挥作用。二是要利用前人的艺术经验和前人所创造的艺术形式，表现今天的新生活，表达当代人的思想感情。在诗词表现新时代上，这些获奖作品同样取得了可喜的收获。我伏案捧读，深深被吸引住了。有激情似火的佳作，有清新隽永的佳句，使人刮目相看。贵州是个经济不算发达的地区，但千万别小看这个"地无三尺平，天无三日晴"的偏远山区，这里藏龙卧虎。一年前，贵州梵净山举行诗词大赛，我应约写了几句话。现在把它抄录于此，作为这篇短文的结束语：

> 路远潭深有潜龙，寒冬腊月隐其踪。
> 一朝大地春雷动，劈浪凌霄舞浩空。

2012年2月

沈鹏《三余再吟》序

　　喜欢沈鹏诗词的人，大约都是先知道先生的书法，后接触先生的诗作。记得五年前在京郊大觉寺召开沈鹏诗词研讨会，马凯同志说，他第一次接触沈诗是在新华书店，深深被架子上的诗集吸引住了。脑子里马上冒出一个问题：此沈鹏（诗人）是否就是彼沈鹏（书法家）？书法的名声比诗词大，并不意味着后者只是副产品，更不意味着后者的成就低于前者。依我看，沈老在诗词上的成就绝不亚于书法。过若干年后，人们在谈论沈先生的时候，也许会先背诵他的几句诗，然后才谈到书法、评论，等等。

　　古人把诗人分成豪放、婉约两大派。已故美学家王朝闻在给沈老的信中说，沈诗既不是纯粹的豪放，也不是纯粹的婉约，而是两者兼得，偏于豪放。我很赞同朝闻先生的意见。据夫子自道，诗人近四十岁才开始写旧体诗。作为饱经忧患、饱览沧桑的中老年人，沈先生一直保持着一颗赤子之心。"心潮时共风雷激，腕底曾驱虎豹游"，诗人的诗章和他对祖国和人民的赤子情怀一直是不可分割的。然而，诗人不喜欢作赤裸裸的自我表白，他的风格也不是山呼海啸、大开大合。先生的诗，多是写身边所发生的平常事，信手拈来，略加铺排点染，就成为一首动人的诗章。很含蓄，很内敛，笔底藏锋，秀中有刚。在对景和事的描述和叙述中，很自然地透露出作者的情怀。散淡中见筋骨，随意中见匠心。宋人姜夔说："诗有四种高妙：一曰理高妙，二曰意高妙，三曰想高妙，四曰自然高妙。"沈诗无疑追求的是"自然高妙"。譬如那首《上海南京路漫步》："又是春风拂柳腰，比肩接踵亦逍遥。新铺路石应知否，'五卅'枪声黄浦潮。"似乎脱口而出，讲得很随意、很自然，其中却蕴含着深沉的历史感悟。

诗词是一种比较高雅的艺术，没有一定的文化素养是难以进入它的殿堂的。然而，它同样要求"大众化"，要求拥有尽可能多的欣赏者。和一切艺术一样，诗词直接诉诸人的感官，要让人第一眼就被吸引住了。这里有个"度"的问题：怎样既弘扬凝练、隽永的特色，又达到明白、晓畅？沈先生在本书后记中写道："古人评诗说到底常归结到格调。格调的低下尤以'俗'为大忌。也有以'浅'为病者，可能要看何等意义上谈'浅'。倘若'浅近''浅显'并无不可，甚或是长处。倒是表面深奥莫测，不知所云，掩盖着实际的'浅俗'与'肤浅'最为可怕。"这是上升到理论高度的经验之谈，他自己在创作中也是努力这么做的。他的诗偶尔用典，但决不用那些偏僻生冷的典故，一般人不用翻书就能领会其中的含义。语言鲜活生动，能够达到雅俗共赏。先生在诗中写道："俚俗方言皆入谱，三余棘草伴花开。"这种精神很值得弘扬。

沈诗还有一个万万不能被忽视的特点——幽默。幽默不仅是一种艺术风格，也是一种人生态度，一种艺术家不可或缺的风度。不仅喜剧家、相声演员需要幽默，诗人也需要幽默。沈老很崇敬聂绀弩，花大量精力整理他的《马山集》。当代诗人中有许多人学聂绀弩。我以为，既能继承聂的精华，又有新创造的，首先是沈

先生。聂绀弩以幽默的笔调写历史悲剧，写人生磨难，在苦涩中
透出达观和希望。沈先生用幽默应对当代生活的诸多领域，在给
人以会心一笑时也给人以深刻的生活启迪。譬如他写当代咸亨酒
店，读罢既让人开心，也让人皱眉，更让人深思：

有客皆西服，无人着布衫。
茴香豆味减，绍酒性微甜。
黑板无余债，红绫不负廉。
门前孔乙己，顾影尚羞惭。

　　这本集子多为绝句、律诗，亦有少量古风、长短句。特别令
我惊喜的还有几副楹联。有的是他人出上联或下联，沈先生对上
另一半，有的是沈先生到名山胜景题的联。楹联（长联除外）一
般比绝句还要短，却要求在短短两行字里概括出描写对象的精气
神。我过去没有见过沈先生撰的联。从集子的打印稿中第一次见
到，给我的印象是出手不凡。如：

禅寺包山山包寺，
太湖浴佛佛浴湖。

　　　　　　　　　　　　——《太湖包山寺题联》

明知乌托邦还来觅路，
愿作武陵客不负迷津。

　　　　　　　　　　　　——《常德桃花源题联》

2012年3月

读赵国明《诗说台湾》

去年初冬，赵国明先生带着自己的著作到我家，自我介绍道：他供职于《北京青年报》，爱好历史和诗词，写了一本关于台湾历史的书，每段文字前面都有一首诗，已于近三年前出版。最近，他把书中的旧体诗抽出来，加上过去和新近写的关于台湾的诗章，共一千多首，打算出一本诗集。临走时，他把诗稿留在我这里，希望我提点意见。

我首先读了他那本《台湾台湾》，很是惊讶。作者是办报纸的，哪有那么多时间坐冷板凳！不夸张地说，这是我看到的一本关于台湾历史的材料最丰富、叙述最完整细致的著作。从浩如烟海的考古资料、古代典籍、当代报刊书籍中挖掘出有关台湾的材料，加以梳理，进行分析研究，然后构建一部史文并茂的著作，要付出多少汗水！我从这本书中获益多多，它大大丰富了我关于台湾和东南亚的知识。

他的诗多为绝句、律诗，亦有少量词曲，还有一首新体诗。从内容上看，都是关于台湾的咏史诗。在我国，咏史诗有悠久的传统。《诗经》中的商颂、周颂、鲁颂，都有关于祖先来源的叙述。左思的咏史诗、杜甫的《咏怀古迹》，更是传诵千古的名篇。这一题材的诗要解决好咏史和咏怀的关系。有的诗人只是拿前朝的事当由头，借古人之事迹，抒胸中之积郁。赵先生走的不是这条路。

他十分尊重历史，绵绵诗情都是从悠悠青史之中激发出来的。有以史鉴今之心，无借题发挥之意，是史识和诗情的结合。

在《台湾台湾》中，赵先生把台湾从远古至今的历史分成七个阶段来阐述。诗也按这七个阶段来排列。一千多首诗，涉及台湾的历史、现状、经济、政治、文化、自然景物、风土人情……可以说，这是一部诗化了的台湾全景图。据作者介绍，三万年前，台湾海峡远没有今天这么深，有陆径把大陆和台澎连接起来，不时有人从大陆东去狩猎、采集，并在那里定居。怎样用诗的形式反映这段遥远的历史？赵先生的诗既有翔实的历史地理资料为依据，又有很浪漫的想象力：

陆桥逐鹿到台湾，光景自足人未还。
百越延绵南岛进，密了平埔密高山。

三万年前闽越"猿"，游居逐肉到台湾。
菜寮溪畔多繁衍，东垦平原西向山。

无论表现哪一段历史，作者都很注重刻画人物形象，特别是那些曾为开拓或保卫台湾这块热土做出突出贡献的人物。我们从诗集中可以看到一大串光耀青史的名字：卫温、汪大渊、沈有容、陈弟、颜思齐、郭怀一、郑成功、沈光文、施琅、朱一贵、林爽文、姚莹、沈葆桢、刘铭传、丘逢甲、刘永福、徐骧、蔡清琳、余清芳、于右任……作者用澎湃的诗情为他们树碑立传，虽然多是短短的绝句、律诗，却有着丰厚的历史容量。像写郑成功主持复台会议的一首律诗：

胡尘三面近，勇者未彷徨。

海阔天光满，江浮剑气张。

登高激壮志，归队诉衷肠：

明日云帆挂，合围猎海狼。

写丘逢甲那一首，深沉而凝重，写出了这位大英雄、大诗人在民族灾难面前的悲壮与无奈，悲剧之中透出冲天的豪气：

携手同仇向蟒龙，飘摇风雨数英雄。

黑云染指屠刀举，铁马冲关战剑横。

无尽血流溪涧过，不竭怒火海中生。

援绝渡海哭明月，夜夜思乡到五更。

集子中唯一的一首白话诗（歌词）——《台湾老兵与布娃娃》，读罢令人潸然泪下。诗的背后有一段真实的故事："两岸开放探亲后，台湾老兵刘先生决定回故乡定居。就在女儿去台北接他时，发现他已死在自己的屋里。悲痛欲绝的女儿带回几只大箱子，里面装满了布娃娃。原来当初离别时，女儿只有六岁。在孤独飘零的父亲心中，女儿被永远定格在那个喜欢布娃娃的年龄。"作者很会捕捉生活中的美，他不但写了歌词，还以此配了一首乐曲。据作者介绍，"此歌曾被中国移动音乐门户网做成手机彩铃上线"。

国明先生在台湾这块热土上耕耘得非常执着，为它写历史、赋诗章、谱歌曲。这位"台湾专业户"将来还会冒出什么使人眼睛一亮的新作，我们翘首以待。

2014 年 12 月

《杨居汉诗词稿点评集》序

去年11月到海南开会，邦利介绍我认识杨居汉先生。返京后，收到先生寄来的打印稿 ——《杨居汉诗词稿点评集》。展卷品读，颇为惊讶。不夸张地说，这是我海南之行的一大收获。过海南而不知有杨诗，这对于一个在诗坛工作多年的人来讲，无疑是一种失察。感谢邦利，帮助我弥补了一项阅读的缺失。

杜甫说："语不惊人死不休。"知道这句话的人多得很，真正把这句话作为创作追求的人不算多。我以为，杨先生确实在追求"语不惊人死不休"，每一首都力求有新意、有独特的意蕴。虽不可能每一首都达到理想境界，但这种追求是可以从字里行间看出来的。

艺术生产是一种创造性劳动，每一首新作都应当是前所未有、独一无二的。可以说，创新是作家、艺术家的普遍追求。怎样才能达到创新？臧克家和贺敬之都提出，诗人应当"与时代同步，与人民同心"。反映新时代是艺术创新的一个根本要求，但这并不意味着只要写了新生活，就笃定能步入创新的殿堂。同样是写新生活，可以写得很生动、很有新意，也可以写得很一般化，甚至很蹩脚。作者是否敏于捕捉生活中的新人、新事、新问题，是否对生活有深入的观察和深刻的感悟，是否善于把自己的所见、所

闻、所感、所思熔铸为新鲜而独特的诗歌意象？这是决定创作成
败的重要问题。

　　杨先生做过多年"父母官"，他了解老百姓，关心国家大事，
诗中有浓厚的家国情怀，然而他很少用直白的政治语言写天下大
事。集子中有好几首写海外旅游的诗，其中一首写日本，一首写
俄罗斯：

　　　　碧海蓝天草木深，通衢百里净无尘。
　　　　一衣带水千波绿，忽见乌鸦乱鸽群。

——《东京》

　　　　十月惊雷声已茫，千秋史册韵悠长。
　　　　虽无赤帜陵墓上，仍有朝晖满广场。

——《莫斯科红场》

　　前一首写景，后一首叙事。没有一句政治术语，没有半点
慷慨激昂的政治褒贬，作者的政治态度和政治情绪隐藏在行云流
水般的状物与叙事之中。两首都是最后一笔画龙点睛。一句"忽
见乌鸦乱鸽群"，点出了复活军国主义的噪音；一句"仍有朝晖
满广场"，道出了作者对革命先驱的不尽缅怀。作者用形象思维
来思考，用诗的语言来作诗，所以，他的作品有别于那些"口号
诗""应景诗"。德国音乐家舒曼称赞波兰作曲家肖邦的音乐是"埋
在花丛中的大炮"。用这句话来形容杨居汉的政治抒情诗，我以为
也是比较贴切的。

　　居汉的诗有大气，也有哲理性。诗当然不能直接用来宣讲大
道理，它应当"润物细无声"，达到"潜移默化"。但好诗不能排

斥哲理。南宋大诗人姜夔说："诗有四种高妙，一曰理高妙，二曰意高妙，三曰想高妙，四曰自然高妙。"诗的哲理性不是逻辑推断出来的，而是妙悟出来的。居汉先生善于从人所共知的平凡事物之中，引出人所未悟之哲理。譬如他的《人生》：

> 苦短人生似水流，敢穿岩谷涧春秋。
> 凭君莫以高低论，沧海总居河下游。

作者把人生比作流水，四句诗紧扣流水做文章。"凭君莫以高低论，沧海总居河下游。"何等精彩，何等意味深长！作者似乎参透了人生的沉浮穷达。在诗人看来，水就是要川流不息，至于位置的高低是不重要的。浩瀚无垠的大海，不是居于地球的最低处吗！这里，写的是一种自然现象，也是一种人生态度。诗情的背后蕴藏着一种豁达的人生观、积极的价值观。

他的《游比萨斜塔闻人语》同样富有哲理性，却有着另一番情趣：

> 闲来览胜至天涯，古塔惊奇众人夸。
> 谁晓世人多变态，不怜身正却怜斜。

评点者说："借观景针砭时弊，妙！""借景抒怀，构思绝妙。"我也觉得写得很妙。与其说，诗人抨击建筑物的不正，不如说，他借景说事，讽刺人间风气不正，讽刺人间的正邪颠倒。写诗，有时需要"脑筋急转弯"。碰到一个可以入诗的题材，从哪里切入，怎么切入？作者找到了人们意想不到的切入点，收到了出奇制胜的效果。

集子中有不少写亲情、友情的诗，在儿女情长之中透露出战士的情怀。如《送战友》：

> 临行相拥抱，欲语却无言。
> 暖暖杯中酒，茫茫路上烟。
> 心悬半弦月，梦系一方天。
> 但愿重逢日，江楼品巨澜。

短诗从饯别写起，一步步展开感情的画卷。娓娓道来，波澜不惊，貌似平淡的叙述之中蕴藏着一股浓浓的战友亲情。结尾处奇峰突起，"但愿重逢日，江楼品巨澜"把全诗引向高潮，道出了共同的期待与共同的雄心。

他的《从军》是一首明志诗，同样是儿女情长和战士情怀的结合：

> 投笔从戎去，人生又一程。
> 天涯迎暴雨，海角伴涛声。
> 肩上乾坤重，胸中日月明。
> 倾心为社稷，亮剑见豪情。

点评者说："节奏明快、格调高昂，颇有军旅诗阳刚之气。""赤子心、战士胆、国士魂，豪气逼人。"这的确是一首难得的好诗。前几句都妙，颔联颈联单独抽出来也可以挂于高堂。唯结尾稍露稍弱。豪情要自然流露出来，不一定由抒情主人作自我表白。

居汉已经达到可喜的诗境。当然,他的面前还有广阔的可提升的空间。我总的感觉是:短制比长制更耐读,律绝比长短句更精彩。最后,我以杨先生的两句诗回赠先生:"秋高驰骏马,万里闯诗关。"愿君更上一层楼。

2014年12月

第四辑

关于新诗

在"崛起"的声浪面前
——对一种文艺思潮的剖析

一、诗歌理论的三次"崛起"

诗歌是很敏感的地带。每当兴起一种新的社会思潮，诗歌往往首当其冲。在"五四"新文化运动中，诗体解放是文学革命的先声。1976年春天的天安门诗歌运动，揭开了我国新时期文学的序幕。进步的思潮会迅速地反映在诗歌上，病态的思潮也会迅速地反映在诗歌上。法国波特莱尔于1857年问世的诗集《恶之花》，开了西方现代派文艺的先河。近几年来，在我国文坛"崛起"的所谓"新的美学原则"，其旗帜也是首先从诗歌界打出来的。

"我郑重地请诗人和评论家们记住1980年，这一年是我国诗歌重要的探索期，艺术上的分化期，……带着强烈现代主义文学特色的新诗潮正式出现在中国诗坛。"好！那么我们就来看看，这股现代主义的"新诗潮"是怎么"崛起"的吧！

1980年5月，谢冕同志在《光明日报》发表《在新的崛起面前》一文，第一次发出了"崛起"的声音。这一年12月，他在《诗刊》发表《失去了平静以后》一文，进一步阐述了自己的主张。谢冕同志的文章主要是阐述中国新诗的发展道路问题。那么，为什么需要"新的崛起"呢？据谢冕同志说，中国新诗的处境是很不妙的，"经过长时期梦魇般的挫折"和"令人窒息的重压"，已经"失去了平静"，直到八十年代伊始，仍然盛行着"偏狭的诗的观念"，充斥着"内容平庸形式呆板"的诗作。他进一步断言，新诗"六十年来不是走着越来越宽广的道路，而是走着越来越狭窄的道路"。"中国诗歌自'五四'以来没有再出现过'五四'那种自由的、充满创造精神的繁荣。""在'五四'的最初十年里，出现了新诗历史上最初一次(似乎也是仅有的一次)多流派多风格的大繁荣……可惜的是，当年的那种气氛，在以后长达半个世纪的时间里，没有再出现过。"请注意六十年这个年限，它上溯五四运动下至党的十一届三中全会之后。在文章作者看来，作为中国新文化的一个重要组成部分的革命新诗，六十年来走着每况愈下的道路，已经到了再也不能令人容忍的地步了。既然历史已经"证明"此路不通，就需要改弦更张。那么，新诗的出路在哪里呢？谢冕同志把希望寄托在写某种"古怪"诗篇的青年诗人的身上。他在猛烈抨击六十年来中国新诗传统的同时，对近几年来出现的一批"大胆吸收西方现代诗歌的某些表现方式"的"古怪"诗篇及其作者进行了热烈的赞扬。尽管谢冕同志也泛泛地讲到他们还存在着偏颇，但对他们的评价之高是令人惊讶的。他认为他们是诗坛的"主要的冲击力量""大有希望的新崛起""新的诗潮"的主要代表，甚至说，"群星已在前面闪耀"，"若是真理掌握在他们的手中，则我们也不可以拒绝接受引导"。他用充满鼓动性的语言写道："我们已经跨出了地狱之门。""当今的使命，是敢于向'万神之父'宙斯的神圣戒令挑战，释放出那深藏盒底的'希望'来。""潘多拉的盒子里装的不全是灾害，也深藏着对人类说来是最美好的东西——希望。"

继谢冕同志之后第二次发出"崛起"呼号的是孙绍振同志。1980年9月，他在《诗刊》发表《给艺术的革新者更自由的空气》一文，提出了和谢冕同志相类似的观点。他发表于《诗刊》1981年第三期的《新的美学原则在崛起》，则是一篇带有纲领性的文章。孙绍振同志称赞谢冕同志"富有历史感，表现出战略眼光"，同时也补充和发展了谢冕同志的观点。他认为"把这种崛起理解为预言几个毛头小伙子和黄毛丫头会成为诗坛的旗帜，那也是太拘泥于字句了。与其说是新人的崛起，不如说是一种新的美学原则的崛起"。和谢冕同志一样，孙绍振同志也抨击了新诗传统，不过，他没有把时间拉长到六十年，而是说，"二十多年来，我们的读者的趣味不是更宽容了，而是越来越狭窄了"。孙绍振同志在理论上迈出的新步子就在于把所谓"新的崛起"明确概括为一种"美学原则"的崛起，也就是一种文艺思潮的崛起，并且为这种"新的美学原则"勾勒出一个基本轮廓。他认为"艺术创新要进行到底，便不能不以异端的姿态向传统发出挑战"，需要"以外来的美学原则改造我们新诗"。这种"外来的美学原则"概括起来有两点：一、诗歌创作应当"表现自我"。因为"在年轻的革新者看来，个人在社会中应该有一种更高的地位，既然是人创造了社会，就不应该以社会的利益否定个人的利益，既然是人创造了社会的精神文明，就不应该把社会的(时代的)精神作为个人的精神的敌对力量"。二、诗歌创作应当实行反理性主义。因为"艺术的感情色彩使它有一种'不由自主的''自发的'一面，这一面有时还占着优势"，"光凭自觉意识就是光凭概念，它同时要和那'不由自主的''自发的'潜意识打很久的交道"。

第三次发出"崛起"呼号的是徐敬亚同志。1981年1月发表于

《福建文学》的《生活·诗·政治抒情诗》一文，阐述了他对诗歌的初步看法。1983年1月，他在《当代文艺思潮》发表《崛起的诗群》一文，这篇文章长达两万数千言，十分明确、十分系统地提出一整套诗歌主张。和前几位"崛起"者一样，徐敬亚同志也对中国新诗传统进行了猛烈的抨击，其态度之放肆，否定之彻底，则是前人所望尘莫及的。他十分轻蔑地问道："三十年来，我们究竟在形式上有多大突破和创新？偌大国度，偌大诗坛，产生了多少有独创性艺术主张和艺术实践的诗人或流派 …… 从五十年代的牧歌式欢唱到六十年代与理性宣言相似的狂热抒情诗，以至于'文革'十年中宗教式的祷词 —— 诗歌货真价实地走了一条越来越狭窄的道路。"他的否定当然不仅限于形式，首先还是内容。在他看来，三十年来中国诗坛"充斥""横行"的是"帮派诗"和"红色诗"，后者同样是令人深恶痛绝的，应当和"帮派诗"一起扫除掉。他说："正是那些'吹牛诗''僵死诗''瞒和骗的口号诗'，将新诗艺术推向不是变革就是死亡的极端！"徐敬亚同志明确地提出，新诗的出路就在于发展现代主义倾向，"归根到底，现代倾向要发展成为我国诗歌的主流"。"这股具有现代倾向的新诗潮"，将与"在中国兴起的其他艺术门类中的现代萌芽一起，归入了东方和世界现代艺术潮流"。按照徐敬亚同志对黑格尔理论的"发展"，人类艺术经历了"象征主义""古典主义""浪漫主义"这三大阶段之后，必将进入最后一个阶段 —— "现代主义时期"。"现代主义"乃人类文艺的最高阶段，乃当今世界不可阻挡的潮流，"或早或晚，这种现代倾向总要出现，不在今天，便在明天，不由这一代青年开始，也要由下一代青年开始。这是毫无疑问的"。值得注意的是徐敬亚同志的文章在若干方面已经超出了讨论文艺问题。什么新诗潮的出现是"伴随着社会否定而出现的文学上的必然否定"呀！什么对生活的回答是"我不相信"四个大字呀！什么"要有与统一的社会主调不谐和的观点"呀！等等，这是仅仅表达了某种文艺观点，还是也表达了某种社会观点呢？人们不难对此做出判断。

可以看出，从《在新的崛起面前》，到《新的美学原则在崛起》，一直到《崛起的诗群》，这三次"崛起"一浪高过一浪。徐敬亚同志文章的发表，则把这场"崛起"推向高潮。有人认为这篇文章是"中国的现代派宣言"，有人认为它是"投向中共诗坛的一枚炸弹"。尽管三篇文章作者的具体意见并不完全一样，他们各自都不能为别人的文章承担责任，但他们在下列基本观点上是共同的：都否定中国的新诗所走过的道路，主张改弦更张；都要求中国的诗歌步西方世界的后尘，发展"现代"倾向。他们的观点都有一批拥护者，代表了不少人的意见，形成了完整的理论，并且拥有若干代表性的作品。可以说，已经形成了一股值得重视的文艺潮流。用徐敬亚同志的话来说，这是形成了一股"新诗潮"。

"崛起"者们是以挑战的姿态出现的。谢冕同志认为"分歧是巨大的"，他号召向"宙斯"的"戒令"挑战。孙绍振同志认为"矛盾尖锐化了"，他宣称"革新者向习惯扔出了决斗的白手套"。徐敬亚同志认为诗歌已经到了"不是变革就是死亡"的境地，诗人应拿出"冒险家的胆量"来闯荡一番。面对这股汹涌澎湃的潮流，我们应当采取什么态度？是应声附和，还是保持沉默，还是迎接这场挑战？我以为我们不能沉默，应当郑重地回答这场思想理论上的挑战。"崛起"者们提出的不是小问题。如何对待六十年来的革命新诗传统，如何看待今后新诗的发展道路？是摒弃传统，走西方现代主义的道路，还是继承革新"五四"以来的新诗传统，走具有中国特色的社会主义文艺道路？这是关系到诗歌要不要坚持为人民服务、为社会主义服务的方向，要不要坚持社会主义旗帜的重大问题。这也不仅仅是一个诗歌领域的问题。事实上诗歌界的这股潮流已经对整个文艺领域发生了影响，或者说，它和其他文艺领域的相近似的主张已经在相互影响，相互助长。正如徐敬亚同志所说的："现代倾向的兴起，绝不是几个青年人读了几本外国诗造成的，它，产生于中国最新的现实生活。"尽管它不是中国人民现实生活和思想愿望的正确反映，但产生这股潮流确实有深刻的社会历史原因。所以，应当认真地关注，认真地研究这股文艺思潮。

二、对传统的"挑战"和"亵渎"

"新诗潮"的一个重要特点是反传统。谢冕同志称赞那种"蔑视传统"的精神。孙绍振同志认为，"在历次思想解放运动和艺术革新潮流中，首先遭到挑战的总是权威和传统的神圣性"，"没有对权威和传统挑战甚至亵渎的勇气，思想解放就是一句奢侈性的空话"。徐敬亚同志认为："一种新的艺术倾向的兴起，总是以否定传统的面目出现。"

恩格斯在阐述黑格尔的观点的时候说过："每一种新的进步都必然表现为对某一神圣事物的亵渎，表现为对陈旧的、日渐衰亡的，但为习惯所崇拜的秩序的叛逆。"毛泽东同志在谈到中国新文化的发展规律时，曾经提出"不破不立，不塞不流，不止不行"的著名论断。鲁迅也曾说："新的阶级及其文化，并非突然从天而降，大抵是发达于对于旧支配者及其文化的反抗中，亦即发达于和旧者的对立中。"（《集外集拾遗·〈浮士德与城〉后记》）从表面看来，这和"崛起"者们的观点有某种近似之处。但是恩格斯、毛泽东、鲁迅的观点并不能作为反传统的理论依据。恩格斯、毛泽东、鲁迅指的首先是没落阶级的旧观念、旧秩序，"崛起"者们指的则是另外的东西。

艺术的生命在于创新，没有对于传统的发展和突破，就没有真正的艺术创造。不过，创新有各种不同的情况。当新兴的阶级登上历史舞台，进行着推翻旧制度、创立新制度的斗争的时候，他们需要创建自己的意识形态，也需要创建自己的文化艺术。肩负着这样的历史使命，他们当然要勇敢地向传统旧观念挑战。没有冲决传统思想罗网的气概，就不可能创建新的意识形态，也就不可能创建新的文化艺术。西欧文艺复兴时期的文学艺术，我国"五四"时期的文学艺术，都是在这种情况下发展起来的。当新兴的阶级已经树立了自己的意识形态，创造了自己的文化艺术之后，他们还要继续批判旧观念清理旧影响，还要不断发展和完善自己的意识形态，不断丰富和革新自己的文化艺术。但这种丰富和革新是不是意味着就要不断地进行自我否定，不断地摒弃自己的传统，不断地提出新的思想体系，不断地重建新的美学原则呢？当然不是这样的。无产阶级是在和各种剥削阶级旧观念进行最彻底决裂之中建立自己的文化艺术的。即使这样，它也绝没有摒弃人类文化的优秀传统，相反，它继承了人类所创造的一切优秀文化成果。对于无产阶级自己领导创立的文化传统，它当然更不能采取全盘否定的态度。人们都记得，林彪、江青一伙曾经打起"不断革命""彻底革命"的旗号，攻击无产阶级的文艺传统是"黑线""毒草""空白"，要在彻底否定无产阶级文艺传统和一切文艺遗产的基础上来"开创"人类文艺的"新纪元"。结果怎么样，不是导致文艺的毁灭吗？进入八十年代，我们的诗歌的确面临着如何进一步创新和突破的迫切问题。在天安门运动和粉碎"四人帮"初期，诗歌曾经走在姐妹艺术的前列，不久之后，戏剧、小说、电影蓬勃地兴起，它们在群众中产生了比诗歌更为巨大的作用，特别是小说，取代了诗歌走在各种艺术的前列。面对这样的局面，诗歌应当如何奋起直追，这是诗歌界不能不考虑的问题。即便这样，也绝不意味着诗歌已经产生了不可克服的危机，走进了无路可通的泥泞。我国的新诗运动六十多年来走过曲折的道路，犯过许多错误。但只要尊重历史事实，就不难看到，尽管它带有这样那样的弱点，革命的新诗毕竟还是适应了时代的需要，不断地在前进在成熟。十年内乱把文艺赶进黑暗王国。经过粉碎"四人帮"之后，特别是党的十一届三中全会之后的拨乱反正，诗坛的面貌已经发生了根本的变化。尽管近几年诗歌前进的势头没有前几年那么迅猛，但总的局面仍然是良好的。把新诗的历史描绘得那么不值一顾，把新诗的现状描绘得那么岌岌可危，这不是太危言耸听了吗？我们的新诗还要不断地创新和突破，但我们是在和"五四"前驱者根本不同的历史条件下进行创新和突破。我们的使命不是从头开创无产阶级的诗歌艺术，而是在前驱者创造的基础上把无产阶级诗歌艺术推向更加繁荣的阶段。在新的历史条件下，鼓吹什么亵渎传统，向传统挑战，把亵渎和挑战的目标对准无产阶级的文艺传统，并且把这种亵渎和挑战当作最最革命、最最解放的表现，这只能带来思想混乱。

那些呼唤着"崛起"的同志们是怎样对待"五四"以来的革命新诗传统呢？谢冕同志认为六十年来新诗不断走着下坡路。"三十年代有过关于大众化的讨论。四十年代有过关于民族化的讨论。

五十年代有过关于向新民歌学习的讨论。三次大讨论都不是鼓励诗歌走向宽阔的世界，而是在左的思想倾向的支配下，力图驱赶诗歌离开这个世界……片面强调民族化群众化的结果，带来了文化借鉴上的排外倾向。"请注意，这里讲的不仅仅是几次讨论的问题，而是新诗的发展道路问题。二十世纪三十年代的大众化问题，是以鲁迅为首的"左联"提出来的。四十年代的民族化问题，是以毛泽东同志为首的党中央提出来的。在著名的《新民主主义论》中，毛泽东同志把"民族的、科学的、大众的"作为新文化的发展方针。我们在具体解释和实践群众化、民族化的口号中，有过简单化、狭隘化的错误，但从根本上说，强调群众化、民族化并没有错，而且已经在长期实践中产生了显著的积极效果。否定民族化大众化，那就势必否定新诗六十年来所走过的道路。谢冕同志甚至这样地描绘八十年代的诗坛："我们已经走出了地狱之门，我们听到了但丁的歌唱。"这不能不使人愕然。难道在无产阶级领导下经过六十年的努力，我们建造的不是诗的园林，倒是一座诗的地狱，只有当某些所谓"古怪诗"出现之后，诗的"地狱之门"才被冲破了吗？难道在无产阶级领导下经过六十年的努力，我们的诗歌仍处在中世纪的蒙昧王国之中，只有当某些所谓"古怪诗"出现之后，诗坛才升起了曙光吗？这样一种估价，不能不令人想起孙绍振同志所提倡的"亵渎"。

至于徐敬亚同志，则走得更远。他不但全盘否定"五四"以来的新诗传统，说什么"如果我们仍不清醒地认识到已有的荒凉……将来的子孙们便有理由给予我们更加激愤的痛骂"，而且对于我国几千年的古代诗歌传统，也进行了彻底的否定。他断定中国古代诗歌无非是"佶屈聱牙的古调子"，是"以封建政治、道德和小生产经济为基础的古典诗词艺术"和"以封建田园牧歌为特征的民歌艺术","二者都不能成为新诗未来的发展基础"。他的否定并没有到此为止,一直反到古今中外的一切现实主义诗歌传统。他说,诗歌与现实主义"是根本对立的","百花齐放,也应该容许合理的排斥","现代诗歌,将在一定程度上排斥所谓的'现实主义'创作方法","西方现代主义诗歌的理论是根本否定'现实主义'原则的……"。主张"崛起"的同志们是喜欢讲"宽容",讲"多样化"的,可惜的是,他们对于中国的革命新诗传统,对于民族的文艺传统,对于古今中外的现实主义传统,却并不宽容,简直是鸣鼓而攻之,群起而轰之。

这股"新诗潮"是以"五四"思想解放精神的真正继承者自居的,但是不能不指出,它恰恰背离了"五四"精神。

毛泽东同志在评价五四运动时指出:"五四运动是反帝国主义的运动,又是反封建的运动。五四运动的杰出的历史意义,在于它带着为辛亥革命还不曾有的姿态,这就是彻底地不妥协地反帝国主义和彻底地不妥协地反封建主义。"毛泽东同志还指出,五四运动的代表人物也存在着历史性的缺陷,"他们使用的方法,一般地还是资产阶级的方法,即形式主义的方法"。"他们对于现状,对于历史,对于外国事物,没有历史唯物主义的批判精神,所谓坏就是绝对的坏,一切皆坏;所谓好就是绝对的好,一切皆好","以致后来分成两个潮流,一些人走上了洋教条和全盘西化的道路","崛起"者们在评价"五四"以来文艺发展道路问题上,结论和毛泽东同志恰恰是相反的。在毛泽东同志看来,"五四"的主导精神是彻底反帝反封建精神,洋八股则是"五四"精神的反动。在"崛起"论的同志们看来,毛泽东同志所肯定的,恰恰是应当否定的；毛泽东同志所批评的，恰恰是应当发扬的。谢冕同志说："就'五四'新诗的主要潮流而言，他们的革命对象是旧诗，他们的武器是白话，而诗的模式主要是西洋诗。他们以引进外来形式为武器……铸造出和传统的旧诗完全不同的新体诗。"在这里，彻底的反帝反封建精神不见了，一场轰轰烈烈的文学革命运动，仿佛就是一场用外来形式取代民族传统的运动。孙绍振同志说："在二十年代和三十年代前期，在新诗艺术上贡献大的诗人恰恰是那些脱离人民生活的，不革命的诗人，如戴望舒、徐志摩等，这种现象值得我们深思。"所以，他们认为，纠正"五四"以后出现的全盘西化的偏颇，提出民族化、群众化，是把新文艺引至狭窄的道路上去；脱离人民、脱离革命，用西方资产阶级的东西来改造我们的诗歌，这才是新诗的真正出路。值得注意的是，"五四"时代的某些人全盘否定的是中国封建时代的文化，而今天的某些同志全盘否定的却是中国的无产阶级文艺传统；"五四"时代的某些人全盘接受的是西方资产阶级民主主义的文化，而今天的某些同志全盘接受的却是西方没落的现代主义文化。这就把谬误的东西发展得更远了。

三、西方现代主义的"美学原则"

抨击传统，是为了给发展"新诗潮"、实行"新的美学原则"——即西方现代主义美学原则扫清道路。谢冕同志把"大胆吸收西方现代诗歌的某些表现方式"的"古怪诗"，视为新诗的希望所在。孙绍振同志宣扬用"外来的美学原则"和"外国现代诗歌的一些非古典的表现形式"，来改造中国的诗歌。到了徐敬亚同志，则明确地提出了诗歌现代主义化的口号。他说："中国社会整体上的变革，几亿人走上现代化的脚步，决定了中国必然产生与之相适应的现代主义文学。"他特别推崇象征主义，认为诗歌艺术应当"以象征手法为中心"。

我觉得把西方现代主义奉为新潮流、"新的美学原则"，是颇为滑稽的误会。恩格斯写过《费尔巴哈与德国古典哲学的终结》。资产阶级古典哲学终结之日，就是资产阶级现代哲学萌生之时。西方现代哲学的开山鼻祖叔本华(1788 — 1860)是黑格尔的同时代人。他的主要著作《世界之为意志与表象》问世于1819年，比《共产党宣言》早将近三十年。它所提出的反理性主义，为后来的种种西方现代主义哲学提供了重要的理论武器，也为后来出现西方现代主义文学提供了重要的思想基础。至于现代主义文学，诞生的时间稍晚一些。第一部象征主义诗集是十九世纪五十年代出版的，《象征主义宣言》是十九世纪八十年代发表的，也有了一百多年的历史。现代主义对于古典主义来讲，是新出的东西，对于社会主义来讲，绝不是什么新出的东西。社会主义现实主义文学是以高尔基的《母亲》为诞生标志的，它写于1906年。中国的无产阶级文艺产生得更晚，以五四运动为发端。怎么能说，现代主义文艺比社会主义文艺更新呢？对于中国文坛讲来，现代主义也绝不是什么最新进口的舶来品。早在五四运动之前，叔本华、柏格森、尼采等人的哲学思想和美学思想就被介绍到我国来。著名的近代学者、文艺理论家王国维，就受到叔本华的深刻影响。介绍西方现代主义思想要比介绍马克思主义文艺理论早得多。中国的新文艺诞生不久，就有一批人热衷于仿效西方现代主义文学进行创作。李金发在二十世纪二十年代就这样地宣扬法国居友的观点："诗意的想象，似乎需要一些迷信于其中"，诗歌应当"朦胧，不显地尽情去描写事物的周围"，"夜间的无尽之美，是在其能将万物仅显露一半"，"看不清的万物之轮廓，恰造成一种柔弱的美。"（《艺术之本原与其命运》）看来，他才是中国现代"朦胧诗"的真正首倡者。当时热衷于仿效西方现代主义文学的，绝不仅是"新月派""现代派"的一些人，包括创造社中的一些人，也受了这股潮流的不小影响。曾经参加过创造社，后来成为托派的王独清就说过："我很想学法国象征派诗人，把'色'与'音'放在文字中。"（《再谈章》）现代主义潮流曾经在旧中国的诗坛上风靡过一阵，但是随着抗日救亡斗争的高涨，它逐步地被冷落了。李金发在四十年代初写过一段富有感慨的话："记得自1932年以后，就没有再出版什么诗人诗集……象征派诗出风头的时代过去了，自己亦没有写诗的兴趣了。"（《异国情调》卷头语）曾经时兴而后来冷落的东西，不等于毫无可取之处，不等于以后根本不可能再时兴。但把这种东西说成是最新颖、最先进的，这无论如何不符合历史实际。

对于西方现代主义文艺，我们从来不认为应当采取全盘排斥的态度。它的某些表现手段是有参考价值的。某些现代主义作品从独特的角度揭露了资本主义的弊端，甚至表现出惊人的洞察力，应当承认它们具有一定的历史意义。但是不能不看到，现代主义文艺是资本主义矛盾不可克服的产物，它的世界观、艺术观是以个人主义、反理性主义为基础的。总的说来，它是一种对生活失去信心，失去希望的文艺。我们不能去承袭它的世界观、艺术观体系，不能让社会主义文学走现代主义的道路。"崛起"者们的问题不在于提倡借鉴西方现代主义文艺中的某些表现手段。如果仅仅是这一点，那就无须提出异议。对于这些东西，不但可以讲"宽容", 而且可以讲"欢迎"。问题在于"崛起"者们是要承袭西方现代主义的世界观和艺术观, 是要让我们的诗歌走现代主义的道路。他们呼喊要实行当代西方的"美学原则", 要步西方现代主义的后尘进行"内容和感情的更新", 这就完全不能令人同意了。

法国的现代哲学家、美学家柏格森说: "诗人歌唱的总是他自己, 仅仅他自己的某种独特心境, 一种一去不复返的心境。" 可以说, "表现自我" 是现代主义的一条重要创作主张。孙绍振、徐敬亚等同志首先是大力鼓吹诗歌的"表现自我"。徐敬亚同志说, 新诗潮 "最先引人注意的特点是什么呢? …… 发光的字出现了, 诗中总是或隐或现地走出一个'我'" 。"诗是诗人心灵的历史, 诗人创造的是自己的世界 —— 这就是新的诗歌宣言, 代表了整个新诗人的主张。" 孙绍振同志说, 要把 "重新感知自我世界当作革新者的任务"。徐敬亚等同志也承认诗歌可以表现个人心灵以外的东西, 但要 "依诗人的感情, 组合新的形象图, 而轻视真实描写"。一位年青诗人这么写道: "我的诗是生活在我心中的变形, 是我按照思维的秩序、想象的逻辑重新安排的世界。那里, 形象是我的思想在客观世界的对应物, 它们的存在、运动和消失完全由于我主观调动的结果。那里, 形象的意义不仅在于它们本身的客观内容, 更主要的是我赋予它们的象征内容, 把虚幻缥缈的思绪注入坚实、生动、具有质感的形象, 使之成为可见、可听、可闻、可感的实体。" (杨炼《我的宣言》) 在他们看来, 自我是诗歌王国中的最高主宰, 客观应当服从于主观, 为主观所任意"调动""安排""组合", 它的真正内容也应当由主观来"赋予", 一切外界景物都要销熔到我的主观中去……

也许有的同志会说, 难道诗歌中不应当出现诗人的"我"吗?

难道诗歌不能够抒发诗人的主观么？是的，文艺是对生活的能动的反映，作家必须通过自己独特的头脑来反映生活。诗歌是抒情艺术，它怎么可能不抒发诗人的主观感情呢？但是这不等于就应当去接受"表现自我"这种主张。当前，有的论者重提"表现自我"，有着特定的内容，它是作为和表现生活、表现人民相对立的口号提出来的。孙绍振同志说：诗歌应当"不屑于表现自我感情世界以外的丰功伟绩"，"回避去写那些""英勇的斗争和忘我的劳动的场景"。他很明确地把"表现自我"和表现人民的革命斗争、生产斗争对立起来。徐敬亚同志把"自我"分成两种："一种是意识到自我的存在，能够能动地创造社会、改造社会，而不是被社会改造的人；另一种是感受不到自己作为人(应该获得人所有的一切权利)而存在的人。"他甚至说，应当"轻视古典诗歌中的那些慷慨激昂的'献身宗教的美'"。一位青年诗人说道："表现世界的目的，是表现'我'。你们那一代有时也写'我'，但总把'我'写成'铺路的石子''齿轮''螺丝钉'。这个'我'，是人吗？不，只是机械！只有'自我'的加入，'自我'对生命异化的抗争，对世界的改造，才能产生艺术，产生浩瀚的流派，产生美的行星和银河。"（顾工《两代人——从诗的"不懂"谈起》）在徐敬亚等同志看来，人如果为人民、为社会做出牺牲，就是"感受不到自己作为人而存在"，就是"自我"的一种丧失和"异化"，歌颂这种精神，就是宣扬"献身宗教的美"。只有懂得享受"一切权利"，满足一切个人要求，只有按照"我"的需要来改造周围环境，拒绝按照社会需要来改造主观世界的人，才是充分体现了人的价值，才是真正值得歌颂的。可以看出，这是一种很露骨的唯我主义哲学。

　　"崛起"论者们热心提倡的又一条"美学原则"是反理性主义。孙绍振同志认为，写诗"不能光凭自觉意识"，"它同时要和那'不由自主的''自发的''潜意识'打很久的交道"，"这一面有时还占着优势"。应当"追求某种朦胧的意象，好像在照相时故意把焦距对得不太准确，使感情和意象的联系比较模糊和隐秘"。徐敬亚同志认为，"新诗潮"的特点是"反写实、反理性"，他强调"表现感觉及意识的原始状态"，表现"潜意识的冲动""思维搅乱的灵魂""高速幻想""意象直觉感"等等。他大声宣布："诗是非常独特的领域，在这里寻常的逻辑沉默了，被理智和法则规定了的世界开始解体"，新诗人应当向"理智和法则挑战"。一位青年女诗人写道："我总希望让人们立刻感受到我的原始性的冲动和情绪。"（王小妮《我要说的话》）

　　关于如何对待反理性主义的哲学思想和美学思想，前人已经做过许多阐述，本文不准备多作探讨。好诗当然不可能简单地靠逻辑推理写出来，文艺创作离不开具体的生活形象，离不开作者对生活的直感，离不开诗人丰富的感情和想象。这一切都是众所周知的道理。本文只想就这个问题讲一点看法："崛起"者们宣布要向理性挑战，要靠潜意识和下意识进行创作，这和他们大力宣扬的诗歌"现代化"是根本矛盾的。人和动物的重要区别之一就在于人是有理性的。人的物质生产和精神生产活动，都是在理性的指导下有目的地进行的。倘若把文艺创作这种复杂的、高级的精神生产降低到靠下意识和生理本能来进行，这绝不是文艺的前进，只能是文艺的倒退；绝不是文艺的"现代化"，只能是文艺的"原始化"。五十一年前，苏汶在《望舒草》序中写下这样的话："如果真是赤裸裸的本能流露，那么野猫叫春应该算是最好的诗了。"这句话讲得太粗俗了。但苏汶认为诗歌应当提供比生理本能高得多的东西，却不无一定的道理。

社会主义文艺必须坚持下面两点：一、作家、艺术家深入人民群众的斗争生活，表现新时代的群众；二、用马克思列宁主义、毛泽东思想指导我们的文艺事业，指导我们的文艺创作。诗歌艺术有它的特殊性，但社会主义诗歌在上述两点是不应当有什么例外的。倘若只能"表现自我"，不屑于表现个人小天地以外的东西，那还有什么深入群众斗争生活的必要性，还谈得上什么表现新时代的群众呢？倘若实行反理性主义，向一切理性和法则挑战，那就要取消一切科学理论的指导，还谈得上什么马克思主义的指导地位呢？取消了和新时代群众的结合，取消了马克思主义的指导地位，我们的文艺也就不成为社会主义文艺了。

四、对青年诗人的两种引导

关于诗歌发展道路问题的讨论，是由对一批青年诗人的创作的评价引起的。粉碎"四人帮"不久，诗坛出现了一批引人注目的年轻新秀。他们肯于思考、勇于探索，用自己独特的创作给诗歌界带来一股冲击波。但是他们中的某些人的创作也存在着这样那样比较明显的问题。如何正确地评价他们的创作，如何正确地对待他们给诗坛所带来的冲击？这是人们普遍关心的问题。

1979年，诗人公刘在《星星》复刊号上发表《新的课题》一文，比较早地对这个问题进行了分析。公刘同志肯定了顾城等人诗作的某些长处，也坦率地指出他们在思想和艺术上需要注意的问题。他说："既要有勇气承认他们有我们值得学习的长处，也要有勇气指出他们的不足和谬误。视而不见，固然是贵族老爷式的态度，听之任之，任它自生自灭，更是不负责任的态度。到头来，灭者固然自灭，生者呢？也许倒会以三倍的顽强，长成我们迄今未曾见过也不敢设想的某种品种。"公刘同志的文章不可能十全十美，但基本精神是很好的，对青年人充满着爱护与鼓励，也体现出严格要求和耐心引导的精神。这篇文章发表后，议论"朦胧诗"的文章逐步多了起来。固然有个别文章存在着对青年人过于生硬的指摘，但不少文章和公刘同志的文章的基本精神是一致的，既肯定青年诗人身上的某些长处，也诚恳地对一些原则性问题提出了批评意见。

对于某些有才华、有潜力，但在思想上也存在着某种迷惘的青年作者，需不需要进行积极的引导呢？我以为引导才是真正的爱护，一个劲地吹喇叭，抬轿子，只能贻误了他们。正如胡耀邦同志所说的："要正确地引导他们，对青年不要一味捧场。我们要像培育鲜花似的爱护他们，可是不要无原则地吹捧他们，不能迎合一部分青年中的错误思想倾向和低级趣味。"看来，有些同志对于引导是很不以为然的。正当诗歌界努力对一些青年作者做工作的时候，谢冕、孙绍振等同志的文章发表了。谢冕同志说："对于这些'古怪'的诗，有些评论者则沉不住气，便要急于出来加以引导。有的则惶惶不安，以为诗歌出了乱子了。"字里行间，流露出对于"引导"的嘲讽。他大声疾呼："我们希望在艺术上讲点宽容，讲点仁慈，我们更不赞成以偏执代替批评的原则，从而对青年的作品施以贬抑。"当时，只是正常地就一些创作发表不同的意见，根本没有采取什么强制性的措施对这些作品进行压制，怎么能说是不"宽容""仁慈"呢？难道一讲"引导"、一进行批评，就意味着不"宽容"、不"仁慈"吗？！谢冕同志这样地用历史来启迪青年："我们的前辈诗人们，他们生活在一种无拘无束的自由开放的艺术空气中，前进和创新就是一切。"似乎在旧中国，诗人的创作可以不受任何限制，想怎么写就怎么写，没有任何社会舆论来匡正他们。这简直是天方夜谭。著名诗人殷夫、闻一多是怎么死的，谢冕同志总不会不清楚。他们连生命都被剥夺了，何谈"无拘无束"地写诗！人们可以想一想，"前进"要不要有一个正确的方向，"创新"要不要有一个正确的目标。如果真像谢冕同志所说的那样，"前进和创新就是一切"，那么的确任何引导都不需要了。孙绍振同志呼吁"给艺术的革新者更自由的空气"，他认为"政治追求一元化"，艺术追求"多元化"，"传统的美学原则比较强调社会学与美学的一致"，"革新者则强调二者的不同"。按照他们的观点，对于诗歌创作，是不能从政治上、从社会伦理道德上提出要求的，因为这二者本来就应当是不一致的。总之，他们不赞成对青年诗人提出任何原则性的批评，仿佛一批评就是"左"，就会破坏那种"无拘无束"的美好"艺术空气"。

"崛起"的诗论是以青年作者的真正支持者、保护者、捍卫者的面目出现的，为一些青年作者奉送了大量溢美之词。什么"一番大有希望的新崛起"呀！"文艺的又一次重大改革"呀！甚至"灿烂的群星"呀！"和新的霞光一道升起"呀！等等。为了突出"新的崛起"的重大历史意义，不惜大肆贬低"五四"以来的革命诗歌，以显示旧之大不如新。人们可以想一想，像这样地把某些青年捧向云端，是对青年的真正爱护吗？问题不仅在于过分的颂扬，更在于颂扬的是什么。近几年来，青年诗人的创作中确实有不少好东西。包括某些被列为"崛起的诗群"的成员的人，也写了不少好诗。像舒婷的《致橡树》《这也是一切》，梁小斌的《雪白的墙》，无疑都是很值得传诵的佳作。遗憾的是有些同志偏偏对这些东西兴趣不大，恰是把那些带有很大偏激性和消极性的东西拿出来颂扬，甚至问题越突出，他们就越起劲地加以颂扬。他们在文章中列举了许多作为"新的崛起"的代表诗作，其中有不少篇章内容是很不健康的。谢冕同志说，青年中有某种"畸形心理"，"但它毕竟是不合理时代的合理产儿"；他们有某种"偏激"，但"青年的偏激，是对于企图引导新诗向旧诗投降的反抗"。这么说来，什么不健康的思想、偏激的情绪，都是"合理"的。谢冕同志在谈到"新的崛起"时甚至说："他们不约而同地都对现实持怀疑的态度"，"他们对生活的回答，是'我不相信'四个字"。这样的概括，不能不令人惊讶。一位青年诗人写过一首题为《回答》的诗，其中有"告诉你吧，世界，我不相信"的诗句。这首诗写于1976年4月，这恰是爆发天安门事件的时候。当时，"总理有知应笑慰，擎旗自有后来人"这一类洋溢着坚定革命信念的诗句，贴满了天安门广场。正因为坚信马克思主义的真理，坚信人民的力量，才有了天安门事件和天安门诗歌运动。怎么能说，当时的青年诗人"不约而同"地都对生活持怀疑的态度呢？即使少数人有怀疑一切的思想，也绝不代表青年人的思想主流。把这种在"四人帮"横行时期产生的特定心理引申为青年人对一切现实包括当前现实的态度，更是十分荒谬的。粉碎"四人帮"不久，舒婷就写下这样的诗句：

> 一切的现在都孕育着未来，
> 未来的一切都生长于它的昨天。
> 希望，而且为它而斗争，
> 请把这一切放在你的肩上。

这里，绝不是怀疑一切，对现在和未来都充满着希望。上述那种产生在少数人身上的怀疑主义思想，分明是一种十分消极、十分有害的思想。它不是什么新思想，更不是什么"大有希望的新崛起"。这种思想本身就是对生活丧失信心、丧失希望的，谈何"大有希望"！把这种思想当作了不起的"新的崛起"，当作一种新生事物来歌颂，会把青年人引导到哪儿去，人们是可想而知的。

一切文艺评论都是对文艺实践的某种引导。一些同志对"引导"进行嘲讽，其实他们自己也在那里进行引导，只不过往另一个方向引导罢了。我们的青年成长在十年内乱年代，他们没有亲眼见过如火如荼的民主革命，没有亲身经历过新中国成立初期轰轰烈烈的社会主义革命和社会主义建设，大量看到的是社会主义事业前进过程中所遇到的挫折。粉碎"四人帮"之后，拨乱反正之艰巨，破旧立新之复杂，也是一般青年人所难以估计到的。他们之中的一些人产生了某种思想迷惘，是完全可以理解的。不应当简单地指摘青年人，应当耐心地向他们做工作。但是对文艺创作负有引导责任的文艺评论，无论如何不能去迎合以至助长这种迷惘。"崛起"的诗论不是努力从青年诗人身上挖掘积极的东西，加以发扬；却是努力挖掘他们之中消极的东西，加以辩护和颂扬，甚至把它当作勇于思想解放的表现，当作诗歌艺术的前进方向。有些迷误在某些青年诗人的身上只是零散地体现出来，而他们则从理论上加以概括和提升，并且把它和当代资本主义世界的文艺思潮结合起来，构筑成一套系统的文艺主张。徐敬亚同志曾经很自信地说，他的一个基本观点"代表了整个新诗人的主张"。这个牛未免吹得大了点。我们不必把这股思潮的影响估计过大，但也不能小看它的影响。事实上这种理论已经反转过来，对诗歌创作

中的不良倾向起推波助澜作用。公刘同志在四年前担心，某些诗
歌"也许倒会以三倍的顽强，长成我们迄今未曾见过也不敢设想
的某种品种"。这种状况已在一定范围内成为现实。这和错误理论
的推波助澜是很有关系的。

五、社会主义，还是现代主义

我们在文章的开头说到，诗歌的"现代主义"倾向已经形成
了一股潮流。徐敬亚同志也不遗余力地提醒人们，必须重视这股
带有强烈现代主义色彩的"新诗潮"。出现这样一股潮流，不是某
几个人主观意志的产物。我们在剖析这股思潮的时候，不能不频
繁地引用徐敬亚等同志的观点，但是如果认为这股思潮完全是几
个诗歌理论家提倡的结果，那就夸大了他们的作用。

党的十一届三中全会以来，党中央领导开展了波澜壮阔的思想
解放运动。这场运动清算了"文革"的错误，也批判了早在"文革"
之前就已经出现的"左"的指导思想。应当承认，我们的诗歌曾经
长期受到"左"的指导思想的影响，的的确确存在着不可忽视的弱
点。它有过公式化、概念化的毛病，有过狭窄化的毛病。毛泽东同
志1965年在给陈毅同志的信中说："诗要用形象思维，不能如散文
那样直说"，这正是针对我们某些诗歌不够含蓄、不够凝练，太直、
太露的弱点而发的。徐敬亚等同志是以解放思想的姿态出现的，这
些同志确实抓住了新诗的一些弱点。他们把这些弱点无限夸大，以
至从根本上否定了"五四"以来新诗所走过的革命道路，这是我们
完全不能同意的。那么，能不能认为这股思潮就是在批判"左"的
错误中出现的一股偏激情绪，就是对长期"左"的错误的一种惩罚
呢？虽然包含有上面这样的因素，但问题远远不止于此。为什么一

些同志在猛烈抨击新诗传统和现状的时候，偏偏要大力提倡走现代主义道路呢？为什么不仅诗歌界，其他文艺领域也有人不约而同地竭力主张走现代主义道路呢？一位作者说，某些青年作者并没有读过多少现代主义的书，但常常"无师自通"，对现代主义的东西一拍即合。这确实是值得我们深思的问题。

西方资产阶级处在上升时期的时候，是崇尚理性主义的。正如恩格斯所说的，资产阶级启蒙学者"把理性当作一切现存事物的唯一的裁判者，他们要求建立理性的国家、理性的社会，要求无情地铲除一切和永恒理性相矛盾的东西"。随着资产阶级取得统治地位，资本主义矛盾的逐步尖锐化，理性的诺言落空了，"自由、平等、博爱"的理想国幻灭了，人们逐步对理性失去了热忱，代之而起的是形形色色的反理性主义哲学。特别是经历了两次世界大战的大动荡，反理性主义更是像洪水一样在欧美泛滥开来。西方现代主义文学是以反理性主义为思想基础的。如果说，和理性主义紧密联系的古典主义文学对人生充满着期望与追求，那么，和反理性主义密不可分的现代主义文学则对人生充满着幻灭与厌倦。他们把世界比作一个偌大的荒原，把社会比作一堵永远穿不透的墙。艾略特在《空心人》中写道："这世界就是这样崩溃的，不是轰隆一响，而是唏嘘一声。"这股西方现代主义的哲学思潮和文艺思潮之所以能在今天中国的一部分人中引起一阵"热"，是有着内部条件的。正如胡耀邦同志所说的："在革命遭受挫折的时候，有些人产生思想混乱，甚至发生动摇，这没有什么奇怪。"十年内乱的严重破坏，使一些人的思想受到严重的扭曲。他们"看破红尘"，对马克思主义产生了动摇，对社会主义事业丧失了热忱，甚至认为什么政治斗争、革命斗争，不过是一笔谁也弄不清的糊涂账，不过是一场噩梦……对于这些同志说来，西方现代主义思潮无疑是最对胃口的精神慰藉品。徐敬亚同志在《生活·诗·政治抒情诗》一文中曾经这样地描绘他自己和一些同道者的思想状态："人们疲倦了，善良的心灵疲倦了。一切都疯狂地旋转过了，一切又仿佛突然地停了下来，社会，消耗了过多的热情，一种大动乱之后的社会疲劳感和惰性在滋生、蔓延。"谢冕、徐敬亚等同志所竭力强调的"我不相信"，就是一种看破红尘、怀疑一切的思潮。一位朦胧诗人发表了这样的诗句："期望是最漫长的绝望，绝望是最完美的期望。"（杨炼《诺日朗》）一位小说作者曾经说："随着揭发'四人帮'斗争的深入，我知道了许多原来不知道也不能想象的事情。猛然间，我感到心中的神经在摇晃，精神的支柱在倒塌。"（戴厚英《人啊，人》后记）类似这样一种精神一种状态，一拍即合地接受西方现代主义思潮，是完全顺理成章的。当然，不能认为每一个宣扬现代主义倾向的人都是看破红尘的。有的是由于不了解西方现代主义的实质，误把病态的东西当作先进的东西，因此进行了盲目颂扬。但是，现代主义倾向之所以能够在一部分人中成为一种时髦，发展成一股气势汹涌的潮流，却远远不仅是认识上的盲目性所能导致的。徐敬亚同志把"新诗潮"和"现代化"紧密地联系起来，说它植根于中国的新的现实生活。我觉得，它和社会主义现代化扯不到一起，但和当前的社会生活确有密切的联系。它不是纯粹的舶来品，而是十年内乱后遗症和对外开放带来的新问题相结合的产物。十年内乱后遗症的存在为现代主义思潮提供了传播的土壤，现代主义思潮为思想迷惘的人提供了精神药方。于是中国式的现代主义"诗潮"也就应运而生。

邓小平同志在1980年曾经指出："我们国家的面貌比之林彪、

'四人帮'横行时期已经发生了根本的变化。全党、全军和全国各族人民，在党中央的正确领导下，对于我们伟大社会主义祖国的前途，重新充满了希望和信心。谁要是不充分估计这一切，谁就要犯极大的错误。"一年多之后，他继续指出："一部分青年人对社会的某些现状不满，这不奇怪也不可怕，但是一定要注意引导，不好好引导就会害了他们。近几年出现很多青年作家，他们写了不少好作品，这是好现象。但是应该承认，在一些青年作家和中年作家中间，确实存在着一种不好的倾向，这种倾向又在影响着一批青年读者、观众和听众。坚持社会主义立场的老作家有责任团结一致，带好新一代，否则就会带坏一代人。"今天，重温这些语重心长、一针见血的话，是非常有必要的。

当前，文艺界正在展开关于如何对待西方现代主义思潮的讨论，诗歌问题是这场讨论的重要组成部分。我认为，这是实行对外开放政策之后一次十分重要的思想交锋，是抵制还是接受西方资产阶级腐朽思想侵蚀的严重交锋。什么诗歌的"现代倾向"、"马克思主义的现代主义"，这些口号提出的是如何对待西方资产阶级思潮的问题，也就是举社会主义文艺旗帜还是举现代主义文艺旗帜的问题。我们必须坚定不移地实行对外开放政策，故步自封是没有出息的，闭关锁国是十分愚蠢的。我们需要吸取外国文化中一切有益的养料，包括西方现代文艺中的一些养料，但是决不能无批判地兼收并蓄。吸收外国的东西是为了发展我们自己的社会主义文艺，绝不是要让我们的文艺成为西方文化的一个分支。我们的文艺要走自己的具有民族特色的社会主义道路，决不能跟在西方现代主义文艺的屁股后头跑。用西方现代主义的观点来对待社会主义社会，用他们解释资本主义社会那一套来解释我们的社会现象，从而得出怀疑一切、不满一切的结论，更会涣散人心，给社会主义事业带来巨大的危害。讨论是带有原则性的，不应该掩盖分歧，回避矛盾，应当通过摆事实、讲道理，把原则是非搞清楚。讨论不是为了整治某个同志，而是为了弄清是非，提高思想，团结同志，从而共同消除十年内乱的消极后果，解决对外开放所带来的新问题。

徐敬亚同志在《崛起的诗群》一文结束的时候写道："走下去！前面什么也没有，甚至没有脚印，没有道路。"不！我们的前面有一个明确的目标，这就是建设高度繁荣的社会主义精神文明，攀登无产阶级的文艺高峰。更高地举起社会主义文艺的旗帜，坚定不移地向着这个目标前进，我们一定能够结出丰硕的果实。如果背离这个目标，拿起西方资产阶级的东西当作自己的旗帜，那么，尽管有什么"旋风般的勇气"、"勇敢的碰壁"精神，到头来，只能种出扎手的荆棘，种出难以下咽的苦果。

1983 年 9 月

顾城的毁灭留给人的思索

名噪一时的朦胧诗人顾城去年10月8日死于新西兰激流岛。他先是用斧子砍死了自己的妻子，然后在一棵树上自缢毙命。消息传到国内，舆论界沸沸扬扬。仅笔者所见，至少有几十家报刊发表了有关顾城身亡的消息或文章；有十几家报刊登载了顾城的"遗照""遗作""绝笔"或"情书"；不到三个月的时间里，北京、天津等地的出版社迅速推出了顾城的《英儿》《墓床》《顾城新诗自选集 —— 海篮》《顾城散文选集》等四部书稿；《英儿》在深圳文稿竞卖交易会上大受青睐；新闻界人士把顾城之死列为去年文坛十大新闻之一。据一家报纸报道："著名朦胧诗人顾城魂断新西兰的消息在国内引起很大的震动，海滨城市大连刚刚成立的一行广告策划公司推出了一项行为广告活动以纪念顾城 …… 10月31日，在大连市大林广场，一幅长三十米宽六米，总面积为一百八十平方米的黑色幕布铺展在纪念碑前，上面印着四个凝重鲜红的大字：'诗人之死'。众多市民争相前来观看。次日，该公司又将这幅广告悬挂在大连宾馆楼顶广告栏上，把此项系列广告活动推向了高潮。先锋派诗人、该公司总经理朱凌波说，他以这种独辟蹊径的方式，一方面纪念这位开一代诗风的大陆现代派诗人，另一方面为一行广告策划公司作了一个独具匠心的开业广告。"（1993年11月24日《经济晚报》）在最近一年多的时间里，文坛相继丧失了阳翰笙、艾芜、沙汀、冯至等德高望重、成就卓著的巨匠。他们中不论哪一位逝世，都没有像顾城之死那样，引起声势如此浩大的舆论追踪。

诗人，特别是现代派诗人自杀，这并不是什么稀奇事，不论在国内还是在国外，都可以列出一长串名字来。诗人行凶杀人，却是很少见的。有文字记载，初唐诗人宋之问曾经杀死自己的亲外甥刘希夷。刘氏才华横溢，所作《代悲白头翁》中有"年年岁岁花相似，岁岁年年人不同"之句，使宋羡慕不已。趁着此诗还没有公之于众，宋想把这两句据为己有，于是命仆人用沙袋闷死刘希夷。唐代尚不具备"现代文明"，但那时候的人也知道杀害无辜是大逆不道的。宋之问虽然没有立即受到惩罚，但生前名声一直很不好，后来被唐玄宗赐死，时人言此乃"刘希夷之报也"。大约因为时代风气不同了，顾城杀妻自戕引起的舆论反响自然和宋之问杀甥大不相同。对于顾城，有人"纪念"他，有人给他辩解，有人唱挽歌，有人唱安魂曲。"纪念"顾城的当然不仅是大连的一家广告公司，就连伦敦的华人中都有人出来筹办"顾城谢烨纪念展"，以"安慰漂泊无依的幽魂"。至于国内发表的一些舆论，读来令人目瞪口呆。有的说，"顾城谢烨寻求静川"——仿佛谢烨的被杀是自己"寻求"的结果，是一种美好的归宿。有的说，顾城"实在死得像个诗人"，"是按照自己的意想完成他最终的艺术的"——照此说来，不杀人不上吊就不像诗人，杀人自戕倒可以和艺术创造画等号。有的说，"顾城有天赋，很真诚"，"顾城自是绝对的天真又真诚"，"现在我还认为他是一个善良的人"，"我毫不怀疑他们的道德品质，因为我爱他们两个人"——真不可思议，难道顾城凶残地抡起斧头向自己的妻子砍去的时候，他仍然是"真诚""善良"的吗！如果杀妻夺命可以和善联系起来，那么善和恶还有什么界限呢？有的说，"地狱不会收留他们，他们其实都很善良。善良的人偶尔做了错事，上帝也会宽恕他们。因为顾城早就自称'我是一个任性的孩子'"。——这位论者要让顾城和谢烨一起升天堂，但我想，如果顾城带着斧子和一双杀人的手升天堂，那么，像谢烨这样的弱女子恐怕宁可躲到地狱里去，也不愿意跟着杀人凶手一起上天堂。

类似这样的为顾城开脱、辩解，对顾城的赞美、颂扬，前一个时期发表得很不少。如此大张旗鼓地在公开报刊上颂扬一个刑事犯罪分子、一个杀人凶手，可以说是前所未有的。

顾城杀人，是偶尔失手，大脑失控吗？已经披露的事实说明了，这种猜测是没有根据的。"诗为心声"，顾城的诗歌早就表达过杀人的意念：

> 杀人是一朵荷花
>
> 杀了就拿在手上
>
> 手是不能换的
>
> > （《新街口》）
>
> 杀人的时候最苦恼的是时机
>
> 她追上来
>
> 干嘛
>
> 她是在楼道里被我看住
>
> 女孩子是不能杀的
>
> > （《后海》）

……斧头落下去切开骨头，白的，接着冒

出红乎乎的血，

他在澡盆里冲着，把血弄干净，

把身上的衣服脱了，烧了，

下水管也用盐酸洗几回。

(《小名》)

新闻媒体作过这样的报道："据当地新西兰人透露，顾城以为谢烨要离开他，便预谋要杀她。一个小孩已向警方做证，事发当天他看到顾城躲在他姐姐顾乡家前面的小路，等谢烨下车往顾乡家走去时，顾城便持斧从背后将她砍杀。"（1998年12月9日《羊城晚报》）可见朦胧诗人杀人的时候是一点也不朦胧的，他有预谋，有良好的自控力。我不知道新西兰的法律如何处置杀人犯。按照中国的法律，故意杀人者要偿命，他不但要受到法律的制裁，还要受到舆论的谴责。有人说，不要把顾城杀人自戕之事简单地当作刑事案件作道德评判。其实，是否构成刑事问题，要看当事人是否触犯刑律，如果干了触犯刑律的事，那就是刑事犯罪问题。在法律面前人人平等，在道德法庭面前也是人人平等的，作家、诗人在这个问题上也不能有所例外。如果作家可以享有特权，可以不接受法律的约束和道德的评判，那么，文坛还有什么公理是非可言呢？

顾城杀人自戕是一种堕落、一种犯罪，还是一种富有诗意的行为？是值得谴责、值得引以为戒，还是值得谅解、值得颂扬的？这个问题并不深奥。只要持常人见解，无须掌握很多外来的时髦观念，就可以对此做出公正的判断。最近，已有不少群众投书各报刊，对偏袒、美化顾城的言论表示气愤，对混淆是非的风气进行批评。现在，倒是要考虑这样的问题：从顾城的堕落与毁灭中，我们要吸取什么样的教训？

有人把顾城称为"童话诗人"。从"童话诗人"到杀人凶手，从"任性的孩子"到残暴的丈夫，顾城走了一条坎坷的路。《北京青年报》的一位作者在剖析顾城现象时，拿他和赴美留学、枪杀教师同学而后自尽的卢刚相比较，认为这两个人有共同之处，死于同一个价值体系，"这个价值体系的核心是极端的自我主义"。这个分析抓住了要害。

顾城刚刚步入文坛的时候，写过一些比较清新的诗章。"黑夜给了我黑色的眼睛，我却用它寻找光明。"尽管诗人对生活的认识未必很全面，但他的确向往光明，努力寻找光明。人们不难发现，越往后发展，顾城诗歌中的亮点就越来越少。他在社会生活中开掘不出光明，在自然界也感受不到光明。他看到嘉陵江上的轻舟，写出的却是："戴孝的帆船，缓缓走过，展开了暗黄的尸布……"年龄愈大，他的诗歌中的阴郁灰暗的色彩愈浓。一位很了解顾城的人说，"他的诗中，'死'是一个贯穿主题"。事实的确是如此的。

我本不该在世界上生活
我第一次打开小方盒
鸟就飞了，飞向阴暗的火焰

（《失误》）

死
死的光荣谁都需要
欢迎死神的仪式

比欢迎上帝

还要热闹

为了使母亲痛哭

为了使孩子骄傲

（《古代战争》）

死亡是一个小小的手术

只切除了生命

甚至不留下伤口

手术后的人都异常平静

（《旗帜》）

　　为什么曾经呼喊"告别绝望"，"我们去寻找一盏灯"的诗人竟去拥抱黑暗和死亡呢？顾城开始成熟的时候，我国正处在一个历史急剧转折的关头。一方面，思想解放运动冲破"左"的思想枷锁，给思想文化领域带来蓬勃生机；另一方面，悲观主义、极端个人主义的思潮也在抬头，使一些人陷入困惑和迷误。当时，既存在着正确的舆论导向，也存在着错误的舆论导向。顾城既是错误舆论导向的接受者，又用他的作品和言论来影响另外一些人。他曾经用下面这段话批评上一代人：

　　我们过去的文艺、诗，一直在宣传另一种非我的"我"，即自我取消、自我毁灭的"我"。如："我"在什么什么面前，是一粒砂子、一颗铺路石子、一个齿轮、一个螺丝钉。总之，不是一个人，不是一个会思考、怀疑，有七情六欲的人。如果硬说是，也就是个机器人，机器"我"。这种"我"也许具有一种献身的宗教美，但由于取消了作为最具体存在的个体的人，他自己最后也不免失去了控制，走上了毁灭之路……新的"自我"，正是在这一片瓦砾上诞生的。

（《他的生命不是一个》）

从上面这段话中不难看出，顾城对上一辈人持的是根本否定的态度，认为他们全部丧失了自我，是没有独立人格的机器人。我们过去犯过"左"的错误，曾经对个性、个人利益注意得不够。但不能把问题无限夸大，不能借着纠正"左"的错误而否定集体主义思想，宣扬极端个人主义。西方现代派思潮的一个重要特点是鼓吹以自我为中心，鼓吹把自我凌驾于一切之上。他们把个体和集体、社会、国家对立起来，认为只有冲破集体、社会的一切规范和秩序，人才能走向真正的自由。顾城受这股思潮的影响是很深的。他的"自我"是膨胀的，也是专横的。他占有了谢烨之后，还要占有英儿，在他看来妻妾同堂是天经地义的。他甚至忌妒自己的亲生儿子小木耳，嫌他分走了谢烨的爱，为了使谢烨的爱更专注，不惜把儿子送到毛利人那里去。他高扬着自己的自我，却不许谢烨维护她的自我。当谢烨不能忍受他把自己的自我强加于人，准备离他而去时，他竟凶残地杀害了她。一个极端个人主义者和社会、和他人是无法达到和谐的。他要求以自我为中心、一切服从于自我，这在现实生活中是无法实现的。因此，他必然会感到环境对自我的压抑以及自我的无法实现，必然会和社会、他人发生尖锐的冲突。这种矛盾走向白热化，就要导致自我对他人的严重伤害以及自我的爆炸与毁灭。顾城的所作所为很典型地体现了极端个人主义者的发展逻辑。他在国内找不到"光明"，在西方世界也找不到"乐土"，他的诗歌只能是朦胧加阴暗，此外还有几分癫狂。顾城认为上一代人忘我地为民族为人民的事业做出奉献是自我的毁灭，事实证明，真正走向毁灭的是顾城这样的极端个人主义者。顾城的堕落与毁灭，自己要负主要责任，但社会思潮的影响也是不可忽视的。邓小平同志在1983年曾经批评文艺界某些人"大肆鼓吹西方的所谓'现代派'思潮，公开宣扬文学艺术的最高目的就是'表现自我'"（《邓小平文选》）。江泽民同志也曾反复强调，要反对拜金主义、享乐主义、极端个人主义。那种极端个人主义的人生观、价值观、文艺观，难道不是对顾城的堕落与毁灭起着催化作用吗？

三十七岁的顾城的生命已经停止了，但对顾城现象的讨论还没有停止。我们应当认真地思考一下：为什么会出现顾城现象，为什么一个"童话诗人"会成为杀人凶手？倘若真能从中引出教训，使后人有所警醒，那便是幸甚、幸甚。

1994年1月

一掬拳心唱大风

——读易仁寰诗歌

锦州是英雄的城市。在英雄的城市讨论诞生在这里的壮丽诗篇，实在是一件有意义的事情。

我和仁寰同志过去没有机会见面，只是从诗歌中认识了他。记得去年收到他的一本诗集。我在睡觉前翻看当天寄来的邮件，本来没有特别留意这本诗，读了几页，竟怔住了。我很少被新诗所俘虏，但这一次却例外。他的诗像一块磁铁，吸引着我一口气读下去，居然心潮激荡，如饮琼浆，如遇知己，以至夜不能寐。我觉得，他的诗有大气，有正气，有灵气。那里，有大视野、大胸襟，有雄浑之气、阳刚之气，有沉甸甸的思考、火辣辣的感情。我想起了李白的两句诗："大雅久不作，吾衰竟谁陈。"李白不满于诗坛的浮艳、颓靡之风，大声呼唤着"大雅"。可以这么说，易仁寰的优秀诗作是新时代的"大雅"，二十世纪九十年代的"大风歌"，是改革开放年代的"黄钟大吕"。他的"黄钟大吕"靠的不是嗓门大、调门高，诗的感情很深沉，意境塑造得很精巧、很别致。所以，不但有大气、正气，还有灵气。

在仁寰同志的诗歌中，政治抒情诗占很大的比重。如何看待政治抒情诗？这是诗歌界同仁非常关心的问题。有人对政治抒情诗持冷漠以至鄙夷的态度，这是不公正的。在"左"风盛行的年代，诗歌受到"左"的思想的严重干扰，政治抒情诗首当其冲，不少诗歌宣扬阶级斗争扩大化，在艺术上表现出标语口号化的倾向。这些教训，当然应该牢牢记取。但这是创作实践中的过错，不是政治抒情诗本身的过错。任何一个时代、一个国家，都有属于自己的政治抒情诗——正如有属于自己的爱情诗、田园诗一样。有健康的政治抒情，也有不健康的政治抒情——正如男女之情、亲子之情也有健康与不健康之别一样。怎么能因为过去出现了一些内容不够健康的政治抒情诗，就把整个政治抒情诗统统否定了呢？作为文艺家、诗人，应当关心人民的命运、国家的前途。中国古代有"诗言志"的传统。所谓言志，就包括抒发自己的政治抱负和政治理想。屈原的《离骚》，难道不是地地道道的政治抒情诗吗！白居易的《长恨歌》，既有爱情，又有政治抒情。"五四"以来，中国诞生了郭沫若、艾青、臧克家、柯仲平等著名新诗人，他们的诗歌都有着鲜明的政治色彩。五六十年代郭小川、贺敬之等人的政治抒情诗，至今仍在群众中传诵。"天安门诗歌"拉开了新时期文学的序幕，它们恰恰都是政治抒情诗和讽刺诗。新时期以来，诗坛出现了《一月的哀思》《周总理，您在哪里》《小草在歌唱》等名篇，它们难道不是政治抒情诗吗？所以，不能轻视政治抒情诗。要为政治抒情诗"正名"，恢复它在诗坛的重要位置。现在的诗坛缺乏大气，缺乏雄浑的时代之声，这和轻视、无视政治抒情诗有很大的关系。仁寰同志有热情写政治抒情诗，也擅长写政治抒情诗。这是他的特点，也是他的特长。我殷切地希望仁寰同志发挥这方面的特长和优势，写出更多更美好的政治抒情诗。当然，也希望他在其他方面有新的突破。

仁寰同志不是被舆论传媒炒热了的诗界明星,《诗刊》编辑部和锦州文联为他的作品举行隆重的研讨会，这是很有眼光和魄力的。在今年年初的全国宣传思想工作会议上，江泽民总书记提出，要"以高尚的精神塑造人，以优秀的作品鼓舞人"，要"弘扬主旋律，提倡多样化"。这次研讨会，可以看作是诗歌界的一次贯彻、落实宣传思想工作会议精神的会议，一次弘扬正气、顺应民心的会议。可以预计，它不但会对锦州市的文艺工作，也会对全国的诗歌事业产生影响。我相信，通过与会同志的认真研讨，取得成果，一定会对端正诗歌风气，促进诗歌创作的健康发展和繁荣昌盛起积极的作用。

1994 年 9 月

请品尝《一碗油盐饭》

作家刘醒龙几次提到一首短诗，说这首诗给他很大的启迪，甚至影响了他一生的创作道路。全诗只有三句话：

前天，

我放学回家，

锅里有一碗油盐饭。

昨天，

我放学回家，

锅里没有一碗油盐饭。

今天，

我放学回家，

炒了一碗油盐饭，

放在妈妈的坟前。

刘醒龙说："我从未读过也未见过只用如此简单的形式，就表现出强大震撼与穿透力的艺术作品，那么平凡的文字却能负载起一个母亲的全部生活质量，而这种在贫寒与凄苦中尽全力给后人以仁爱、温馨和慈善，正是千万个中华母亲的人性之光。"醒龙坦言，他曾经在文学探索的道路上"迷失"过，正是这首小诗，使"在先前的创作道路上春风得意"的他"警醒"起来。

我也深为这首诗所感动。诗的作者是谁？是名人，还是无名小卒？诗发表在哪里？是大刊物，还是墙板、黑板报？我一概不知道。就诗论诗，它的确非同凡响。那么朴素，那么深沉，那么含蓄，那么隽永。诗歌写的是母子之间的深厚感情。耐人寻味的是，它并没有直接写母亲如何充满着爱心，儿子如何充满着孝心，只是叙述了生活中一件极其平凡的事情：母亲给儿子做油盐饭。母亲死了。儿子做了一碗油盐饭放在母亲的坟前。油盐饭并非高级食品，它的味道当然赶不上龙虾、三文鱼，大约也赶不上北京街头的"加州牛肉面"。然而在贫困地区的孩子看来，它简直就是天底下最好吃的东西，何况它又是妈妈亲手做的！一碗油盐饭，凝聚了多少母亲的关切和儿子的思念。作为一首抒情诗，《一碗油盐饭》没有一星半点的心理描写，完全通过叙事来抒情。人们从诗中，看到的只是三个镜头，而这三个镜头组接起来，却令人回肠荡气，产生了巨大的感情震撼力。

诗要凝练，越凝练就越有穿透力，也才能达到精粹。这个道理似乎人人都懂，做起来却很不容易。我不知道作者是否反复推敲过自己的诗稿，作为成品，它的确十分精粹。譬如说，母亲如何省吃俭用，她做油盐饭的时候心里是怎么想的？儿子吃了油盐饭有何感想，他做油盐饭祭奠母亲时又有何内心活动？又如，母亲是怎么得病的，怎么去世的？这一切，作者都省略去了，摆在读者面前的只是白描的三个画面。省略去了心理描写，却能让读者从画面中领略到人物丰富的内心世界，达到了更深入的心理揭示。诗的内涵比诗的画面要丰富得多。这大概就是"不着一字，尽得风流"吧！

中国传统诗歌中有不少通过叙事、状物以达到抒情的生动例子。譬如唐人的一首五言绝句："打起黄莺儿，莫教枝上啼。啼时惊妾梦，不得到辽西。"又譬如近代的一首民歌："姐在河边洗胡葱，郎在高坡做早工。郎在坡上把歌唱，姐的胡葱被水冲。"它们都没有直接的心理描写，而是截取生活中某个意味深长的场景，加以艺术的勾勒，从中体现出无限丰富的情感和情趣。当然，艺术表现生活的角度是多种多样的。诗歌的抒情也是多种多样的。可以直抒胸臆，也可以通过叙事、状物来抒情。《一碗油盐饭》走的是后一条路子，而且达到了很高的境界。它的文字很简单，内涵却很丰富；场景很小，意境却很深。

近来，诗歌界的不少同志议论起诗歌如何摆脱困境的问题。其实，生活中还是有不少好诗，《一碗油盐饭》不就是其中之一吗！当然，由于脱离时代、脱离生活、张扬小我、故弄玄虚的诗论、诗风日炽，诗歌确也存在着尴尬、窘迫的一面。如何摆脱困境？我以为很需要提倡《一碗油盐饭》这样的诗风。我不敢断言，这首诗一定能流传千古，但可以斗胆地说，这是一首时代所需要的好诗。一、它是从生活中来的，带有浓郁的泥土味；二、作者对普通老百姓怀有深厚的感情，抒的是人民之情；三、它既朴素、自然，又经过艺术锤炼，有诗味，有意境。因此我建议，诗歌界的同志如有兴趣，不妨来尝尝这碗"油盐饭"，从中吸收些营养。它不能包医百病，却能治诗歌的"虚脱"症。当然，要吃油盐饭，就要到普通老百姓中间去。如果成天住的是高级宾馆，吃的是山珍海味，就会觉得油盐饭粗糙，难以下咽。猛然吞下去，是会倒胃口的。

1997年8月

《易仁寰诗选集》序

易仁寰同志逝世后，锦州的朋友整理他的遗作，将已出版的诗作集中起来，拟印一本《易仁寰诗集》。翻阅这本沉甸甸的诗稿，我很不平静，想起了他十五年前写的一首《墓志铭》：

> 这里安顿着一个赶路人，
> 太累了，只需要片刻的宁静；
> 躺下又不甘寂寞，
> 做着风雨兼程的梦；
> 因为跋涉，脚下硬茧层层，
> 除了征尘，背上行囊空空；
> 他还要起身——
> 别把土盖得太重……

一

仁寰生于1936年，比我大一岁零几个月。十四岁参军，同年在报刊上发表第一首诗作，从此放歌不息，直到他去世，整整笔耕了五十七年。他生于江苏，在江南水乡度过自己的童年。脱下抗美援朝的军装后，一直在东北工作。曾任锦州市委统战部部长、锦州市文联主席。他的诗引起全国注意，是上世纪九十年代初。1994年初夏，锦州文联和《诗刊》联合召开易仁寰诗歌研讨会。主办单位把他的作品寄给冰心、臧克家、贺敬之等老诗人以及文艺界有关人士，引起他们的震惊。冰心在给易仁寰的信中写道："大作很好，没有'昵昵儿女语'，而且有一股雄浑之气。我尤其喜欢《闪光的衬衣》和《一则寻人启事》……"臧克家在信中说："首先，肯定你路子走得对！不随风飘荡，这一点不容易。你的诗，写得很深沉，也颇用力，想象力丰富，一般化的东西少，我是喜欢的。人家朦胧，你明朗。人家古怪，你平易近读者。在字句的锤炼上，也颇费苦心。有些佳句，令我眼明。"臧克家也指出："但我觉得，你应该注意精练、朴素，铺开写，有些段落应该审其可无……"贺敬之是这么说的："你的诗作我以前读过的不多，仅就读过的来说，我认为写得很好。它使我感受到一种向上的精神力量和壮美的艺术境界，是若干年来我特别盼望读到的能使我读懂并确实为之所动的好诗。""我自然不会认为你这种风格的诗是唯一的好诗，同时也不认为你已经达到了你创作的高峰，但我之所以不能不感到鼓舞的是：诗，像所有文艺创作一样，应当与时代同步，和人民同心，应当在多样化的发展中唱响时代的主旋律——这样的认识看来还是对的，这样的盼望并没有落空。"可以看出，三位老前辈讲的都不是客套话，都是认真读诗之后发出的大家之感言。三位诗坛泰斗不约而同地赞美一位并不知名的诗家，这在新时期诗歌史上是极为罕见的。

　　我也是在那次研究会前集中读了易仁寰的诗，欣喜与激动难以用笔墨来描述，好像听到盼望已久的佳讯，见到阔别多年的老朋友。记得在研讨会上，我和仁寰挨得很近。当听到有的发言把他的诗归入当时很时髦的某一潮流的时候，我很快写了四句诗，用纸条递给仁寰。他看了之后，马上伸过手来和我紧握，四目相视，会心一笑：

金曲银歌映酒红，诗坛处处说朦胧。

关东犹有壮夫在，一掬拳心唱大风。

二

新诗的内容风格是多种多样的，但毋庸讳言，直到上世纪六十年代，豪放派、政治抒情诗一直在新诗中居于龙头的地位。郭沫若要"站在地球边上放号"，田间被称为"擂鼓诗人"，贺敬之要"放声歌唱"。即使是"新月派"中的闻一多，现代派中的戴望舒，也写出了《红烛》《死水》《狱中题壁》《我用残损的手掌》等富有战斗色彩的诗章。这与其说是诗人的个人秉性决定的，不如说是中国社会历史的特点决定的。近百年来，中华民族饱经忧患，饱受凌辱。有识之士高擎民族解放和民族振兴的大旗，进行了前仆后继、不屈不挠的斗争。诗歌作为人民的心声，不可能和如火如荼的民族解放潮流相脱离。诗魂与民魂、国魂、军魂的紧密结合，是中国新诗的特点，也是它的优点。

新时期以来，诗风发生了巨大变化。在相当大的范围里，"个人化写作"取代了对重大社会历史问题的思考，委婉纤细取代了豪放刚劲，成为很时髦的诗风。出现这种状况，大约与以下几点有关系：一、新诗在自己的发展历程中，长期受到"左"的思想影响，题材、风格、样式不够多样化，诗人的个性受到一定的束缚，标语口号化的无味之诗数量颇多，在拨乱反正的思想解放运动中，难免出现逆反心理，即使带有矫枉过正的色彩，也是很难避免的；二、随着商品经济的发展和市场竞争的加剧，人们对个人利益的追求大大强化了，它不能不反映到文艺创作和诗歌创作中来；三、随着对外开放的加大，西方各种思想蜂拥而入。一方面，人们的眼界开阔了，努力吸取外国的新鲜经验，拓宽诗歌创作的路子，丰富诗歌的表现手段。另一方面，西方资产阶级的人生观、历史观、价值观、艺术观也乘势而入，给我们的文艺创作和诗歌创作带来很大的冲击。

易仁寰的诗歌创作，具有一定的反潮流色彩。党的十三届三中全会前后，仁寰和许多正直的共产党员一样，对社会、历史、人生、艺术问题进行了认真的思考。他坚决拥护党中央的正确方针，对"左"的危害有深切的认识。作为一名久经风雨的老战士，他有着坚定的理想与信念。他认为在纠正"左"的错误的同时，不应把正确的东西也当作"左"的遗物而一并扔掉。在他看来，中国革命诗歌的主流是健康的，不应借着纠"左"而抛弃革命诗歌的优良传统。正是这样，在种种时髦的潮流面前，他没有随风而动。"风吹云动天不动，水涨船高岸不移。""你走你的阳关道，我过我的独木桥。"当不少人已经背向时代，面向自我的时候，他却依然"与人民同心，与时代同步"；当诗的闹市上已经风行以晦涩为高深，以怪诞为新颖的时候，他却依然以朴素的语言倾诉着那些妇孺皆能领悟的诗情。正像臧克家老人所讲的："人家朦胧，你明朗。人家古怪，你平易近读者。"仁寰不曾发表过创作谈，更没有搞过什么创作宣言。他与世无争，默默耕耘，只想做一棵肥田的小草，从来没想过要当什么大诗人、大文豪。但他却以真挚而朴素的诗章，感动了锦州，感动了长城内外，成为一名深入人心的优秀诗人。

<h1 style="text-align:center">三</h1>

臧克家在给易仁寰的信中说："首先，肯定你路子走得对！"创作方向、创作道路很重要的，它决定了艺术家的奋斗目标和价值取向。但正确的创作道路是成功的前提，还不是决定成功的全部因素。创作道路相近相同，创作成就却大有悬殊，这种状况在诗歌史上是屡见不鲜的。决定作品的成败高低，除了创作道路外，生活积累之厚薄，艺术素养之高低，作家的个人天赋、秉性，也是很重要的。好诗要有真挚的思想感情、积极的人生态度，还要有淳厚的韵味、灵感的闪光、独特的诗歌意象。仁寰的诗是中国革命诗歌传统的继承与发展，但他绝不是简单地在那里重复前人。他要寻找时代的新血脉，展示他自己独有的东西。他不抽烟、不喝酒，工作之余，唯一的爱好就是写诗。他酝酿诗、揣摩诗，简直达到如痴如狂的地步。他深深懂得，诗意不要直白地说出来，而是通过独特的诗歌意象来表达。读仁寰的诗，你会感到他十分注意捕捉、营造诗歌意象。我们不妨一起品味他的几首诗：

> 你背负起沉甸甸的脚步，
>
> 你托起巍峨的建筑，
>
> 在底层的底层，
>
> 默默地含辛茹苦！
>
> 谁说你卑微！
>
> 谁说你"土"——
>
> 你立起来是万仞高山，

你躺下来是金色大道。

——《泥土》

我赞美核桃——
即使皱纹纵横，
还有充实的大脑；
我鄙薄葫芦——
尽管额头光俏，
只能做掏空的水瓢……

——《皱纹》

  仁寰的诗属于豪放派，他的豪放有自己独特的风格。他不是呼啸呐喊、电闪雷鸣式的歌者。呼啸呐喊也能产生美。在民族存亡的紧急关头，出现了许多呼啸呐喊的好诗、好歌。周恩来就给冼星海写过这样的题词："为抗战发出怒吼，为大众谱出呼声。"仁寰的诗有大气，但蕴藉、内敛，是沉思，是倾诉，是哲理性与抒情性的结合，既明白晓畅，又含而不露，耐咀嚼，耐回味。他继承了政治抒情诗的优秀传统，又把它加以发展，形成了自己的独特风格。

  当然，诗的内容、形式、题材、风格应当多样化。我们需要大气，也需要柔美；需要放声高唱，也需要轻吟低唱。百花竞艳，各展芳华，这才是生气勃勃的花圃。现在的问题是：对于易仁寰这样的政治抒情诗，要不要在当代诗歌史上给它以一定的位置？我不知道掌握"话语霸权"的舆论媒体和"掌门人"会怎样评价这些诗。但我坚信：凡是感动过人民的诗人，人民是会记住他的。

2009年6月

也谈新诗的年龄

最近，不少媒体发表文章，纪念新诗诞生一百周年。好几位专家指出，1917年胡适等人在《新青年》发表的一组白话诗，是中国新诗的开山之作。胡适在提倡新诗方面是有功劳的，《新青年》在推荐新诗上也起了重要作用。不过，新诗是否只有一百年的历史？这个问题似乎需要进一步研究。

新诗和白话文运动是分不开的。"五四"运动大张旗鼓地鼓吹白话文，但是，提倡白话文不始于"五四"，而始于维新运动。早在1887年，"诗界革命"的倡导者之一黄遵宪就著文指出："语言与文学离则通文者少，语言与文学合则通文者多。"1898年，裘廷梁在《苏报》发表了轰动一时的《论白话为维新之本》，明确提出"崇白话废文言"。此后，各地陆续出现了白话报纸。如《无锡白话报》《杭州白话报》……连少数民族地区也出现了《伊犁白话报》《蒙古白话报》等。用白话写文章，逐渐在一部分人中通行起来。

在光绪后期，人们就开始用白话写文章。那么，用白话写诗、写歌谣，肇始于何时？笔者没有专门研究过新文学史，就阅读所见，起码在《新青年》创刊前好几年，在清末民初，白话体的诗歌就出现了。

清朝末年废科举兴学堂，许多学堂学习西方，开设音乐课，所唱的歌曲叫"学堂乐歌"。此类歌曲大多借用外国曲调（特别是从西欧传到日本的歌曲），由中国人填上新词，供学生歌唱。李叔同、沈心工等都是"学堂乐歌"的著名代表人物和作家。沈心工曾在日本留学，潜心考察日本的音乐教育，学习流传到日本的西方音乐。1903年回国后，先后在多所学校任教，编写学堂乐歌。他写的歌词有不少使用白话，和传统的绝句、律诗、长短句大不相同：

> 小小儿童志气高，
> 要想马上立功劳。
> 两腿夹着一竿竹，
> 洋洋得意跳也跳。
>
> ——《竹马》

> 男儿第一志气高，
> 年纪不妨小。
> 哥哥弟弟手相招，
> 来做兵队操。
> 兵官拿着指挥刀，
> 小兵放枪炮。
> 龙旗一面飘飘，
> 铜鼓咚咚咚咚敲。
> 一操再操日日操，
> 操得身体好。
> 将来打仗立功劳，
> 男儿志气高。

——《体操—兵操》

（以上二首均转引自：汪毓和《中国近代音乐史》第二次修订版，人民音乐出版社，2002年10月第3版，第46页）

　　沈心工编辑出版过多种学堂乐歌集，其中有他自己的作品，也有他人的作品:《学校唱歌集》（共三集，1904—1907）、《重编学校唱歌集》（共六集，1912）、《民国唱歌集》（共四集，1913）。沈心工从1903年就开始用白话文和自由体写歌词，并在公开出版物中留下创作成果。他配乐的白话诗，比胡适、刘半农、沈尹默的作品要早面世十几年。

　　辛亥革命元老于右任既精于古典诗词，也擅长写新诗。他比胡适大十二岁，写新诗也比胡适早。据有关媒体介绍，早在民国成立之前，他就用"大风"这个笔名在报纸上发表了一首新体诗：

　　　　一个锭，

　　　　几个命，

　　　　民为轻，

　　　　官为重。

　　　　要好同寅，

　　　　压死百姓，

　　　　气的绅士，

　　　　打电胡弄。

　　　　问是何人作俑，

　　　　樊方伯发了旧病。

请看这场官司，

到底官胜民胜。

　　　　——《元宝歌》（载1909年5月13日《民呼日报》）

　　上述这些作品，都不是很成熟的新诗，但都带有明显的白话诗特点。它们是不是最早的新诗？笔者没有做过专门研究，不能随便下断语。新诗是怎样萌生的？显然还需要进一步挖掘材料，进一步探讨研究。

　　中国诗歌在几千年的发展过程中，产生了多种新诗体，如隋唐以后的近体诗（绝句、律诗）、长短句（曲子词）。谁是近体诗的创始者，是宋之问还是沈佺期？长短句的开山之作是哪一首，是梁武帝的《江南弄》还是隋炀帝的《纪辽东》？不少专家趋向这样一种看法：一种新诗体的产生，需要经历从孕育、萌生，到发展、成熟的过程，需要诸多作者承前启后的努力，不可能由单个人完成新诗体的全部创造。所以，不必把发明权专门赏赐给某一个人。新诗是否也有类似的情况？以上拙见，仅供新诗的研究专家们参考。

　　　　　　　　　　　　　　　　　　　　　　2017年5月

　　作者附记：朱自清在《中国新文学大系·诗集》导言中写道，中国新诗诞生于1917年。那一年7月，"新诗第一次出现在《新青年》四卷一号上，作者三人，胡氏（胡适之）之外，还有沈尹默、刘半农二氏，诗九首，胡氏作四首"。这大概就是断言新诗百岁的文字依据。1919年，胡适写就《谈新诗》一文，它的副标题叫"八年来一件大事"。在当年的胡适看来，新诗已有八年历史，他没有把自己和沈、刘二位说成新诗的首创者。

　　　　　　　　　　　　　　　　　　　　　　2018年7月

铁面无私背后的似水柔情

——读"全国法官原创诗文大赛"参赛作品

一

　　"全国法官原创诗文大赛"已经揭晓。最近，在首都举行了颁奖和获奖作品朗诵会。作为一名年过八旬的老文艺工作者，我一生参加过许许多多的文艺评奖。至于耳闻目睹的奖项，就更多了。并不是每一次评奖都能给人带来感动以至震撼。这次大赛却给我留下很深的印象。如果说它有什么与众不同之处，那就是作者全部来自法院系统，由法官自己写法官。执法判案和创作文艺是性质完全不同的两项事业，后者需要澎湃激情和大胆想象。审案判案却容不得感情用事，更来不得半点虚构。不过，法官并非只有"铁面无私"的一面，他们也有似水柔情。他们既要依法打击邪恶势力，也要为老百姓排忧解难。作为个人，他们有各自肩负的工作，也有自己的家庭和私生活，还有友情、亲情和爱情。这次参赛的作者，有的是现职法官，有的是从法院退下来的老干部，还有少量法官亲属。几乎每一篇作品都带有来自生活第一线的泥土芬芳。题材虽离不开法官的生活，却十分广泛。有直接写办案庭审的，有写庭审背后的工作的，有写他们的理想与梦幻的。作品的体裁十分多样，有新诗、旧体诗、散文、辞赋……可以说，这是继五年前鞍山大赛之后的全国法官诗文创作的又一次大检阅。

二

　　数量最多的是新诗。从中可以看出，当专业诗家为新诗的出路感到种种疑惑的时候，新诗在群众中仍有强大的生命力。许多作者从自己身边所发生的事情切入，以不同的视角，以各具个性的艺术形象，展现了当代法官的凛然正气，歌颂了他们刚正不阿、亲民爱民的精神。《听，阿妈在天边呼唤》是一首饱含深情的叙事诗，写的是内蒙古草原上一位老大妈。这位老大妈既不是原告，也不是被告，作为一名草原的长者，她深感法院在为老百姓排忧解难上的重要作用。老人全心全意支持"巡回法庭"的工作，像爱护子女一样关爱着年轻的法官。这首诗用生动的语言和鲜活的诗歌意象，表现了法官和老百姓的血肉亲情，也表现了法制在我国大地上的日益深入人心。《致法庭大门前的皂角树》不直接写人，而是写法庭前面的自然景物。这棵树不但点缀了风景，更是法官的精神象征："……你像长者在门前伫立，宽大的肩膀，为信仰法律的人挡风遮雨。你的精神叫不屈，苍老的身影，仍在钢筋水泥中毅然挺立……"这是一首意味深长、言简意深的优秀短诗。《父亲的大盖帽》写两代法官。一顶大盖帽不仅象征着刚正、威严，也意味法官们永不消退的担当。父亲退休了，有一次出门遇上械斗，他大喝一声上前制止，为此付出了宝贵的生命。诗的最后写道："父亲的这趟远门，再没回家。从此，有一顶大盖帽，总留在我的记忆里……"《调解书》是一首题材比较特殊的新诗。在一般人眼里，法官就是审案、判案，他们铁面无私，威严无比，干的就是给坏人定罪判刑，给好人申冤解屈。其实，法官不仅要断

案，还要调解民事纠纷。他们不仅是惩恶扬善的利器，也是人民
内部矛盾的调和剂和黏合剂。《调解书》这三个字似乎不像诗的题
目，更像文件的题目。然而就是在这样一个不太像诗的题目下，
流出的却是出人意料的暖暖诗情：

> 相当于，一条河，
> 你是这边的岸，
> 而你，是那边的岸。
>
> 因为水的汹涌，
> 岸与岸，找不到灵魂的衔接。
> ……
> 一座桥，就这样升起。
> 是一首凝固的诗吗？
> 远看，如一架天平。

人们经常把执法者比作天平，作者认为光当天平还不够，还
要当桥梁。这是很独特又很大胆的想象，也是很美好的诗歌意象。
是的，当代法官既要当天平又要当桥梁 —— 而且是心灵的桥梁。
参评和获奖作品中，还有不少令人心动的新诗，我不可能在短文
中一一列举。

在参评和获奖作品中，有不少旧体诗。可以看出，有的作者
能够自如地驾驭诗词格律，有的还处在学步阶段。作为业余作者，
他们都有着真挚的诗情。五律《夜怀》在朗诵会上获得广泛好评。
这是一首悼念已故优秀法官的诗。逝者生前患绝症，却勉力支撑，

继续拼搏，工作到最后一刻。诗歌没有具体描述主人公的先进事迹，写的是人们对逝者的怀念。"秋雨初收恻恻寒，沉思往事夜将残。昂藏已逐蓬山远，案卷争消墨迹干……"感情真挚深沉。在行云流水般的叙述之中，映衬出主人的坚毅与高尚。全诗没有什么豪言壮语，有的是剪不断甩不开的思念，不动声色地传递出强大的正能量。我以为这是一首颇为老到，能令人反复回味的佳作。五律《竹品》，写的是被历代文人墨客歌颂过无数遍的山林之客。古代文人大多把它和清高、孤傲联系在一起。这次获奖的《竹品》却赋予它新的品格：清廉、正直、谦恭、豪迈。

> 四季清装绿，
>
> 虚怀道不偏。
>
> 忍寒犹敛气，
>
> 破土直冲天。
>
> 刚直凌云志，
>
> 昂藏厉雪肩。
>
> 风霜何所惧，
>
> 七子独称贤。

其他如《满江红》《五律·登南岳》《天平颂》《鹧鸪天·早春》《沁园春·情醉审判》……也都各具特色，受到人们不同程度的称赞。

参评作品中还有好几首赋，如《竹赋》《法院文化赋》《女庭赋》《园廊赋》《人民法院赋》，等等。在两汉魏晋南北朝，赋曾经红极一时，几乎是各种文体中的挂头牌者。陆机的《文赋》、刘勰的《文心雕龙》，尽管是学术论著，却是用骈体文写成的。"赋者，铺也"，古代的辞赋讲究铺叙，把有关描写对象的种种景物、人物、事物，用华丽的语言尽情铺叙出来。这在古代也许是可行的。今天是否仍要大讲铺叙？我以为，赋也要讲精粹，无节制地铺叙很可能流于冗长。今天应当尽力把赋和言志抒情结合起来，给人留下一见难忘的妙语警句。在我读到的参评作品中，有好句、好联，尚缺一气呵成、一靓到底的力作。现当代写赋的人比较少。本世纪初以来，一些同志大声疾呼，四处奔走，创办杂志，为这个文学品种的复苏做了大量的工作。现在，写赋的人多起来了，时有动人之作问世。但要达到新的历史高度，还需要继续努力。

三

这次大赛的参赛者全是法官，全是业余作者，这让我不能不思考一个问题：要十分重视业余作者。

振兴我们的文艺事业，既需要专业作者，也需要业余作者，两条腿缺一不行。专业作者有丰富的创作经验和娴熟的艺术技巧，这是他们的长处。业余作者大多处在社会主义现代化建设的第一线，天天接地气，这是专业作者所欠缺的。大型作品，如长篇小说、长篇报告文学；技术性很强的艺术行当，如戏曲、芭蕾舞、交响乐，需要经过长期专业训练的人才。至于诗歌、散文，并非只有专业人士才能写。古代大诗人，如屈原、陶渊明、李白、杜甫、白居易、苏轼、辛弃疾、陆游，都不是专业诗人，都或长或短地在政府部门任过职。我们要大力培养优秀的专业文艺家，也要大力支持群众文艺活动。鲁迅说，从唱本里可以出托尔斯泰。法官写法制，各行各业自己写自己，这有什么不好？随着群众文化水平的提高、业余时间的增多，群众文艺创作队伍必然越来越壮大，质量也必定越来越提高。这次"全国法官原创诗文大赛"是一个创举。法律界可以搞，别的行当为什么不能搞？专业和业余这两条腿都阔步前进，新时代的社会主义文艺就一定能更上一层楼。

图书在版编目（CIP）数据

诗论与诗评 / 郑伯农著 . —— 北京：作家出版社，2019.10

ISBN 978-7-5212-0330-1

Ⅰ. ①诗… Ⅱ. ①郑… Ⅲ. ①诗词研究－中国－文集 Ⅳ. ① I207.2-53

中国版本图书馆 CIP 数据核字 (2019) 第 004968 号

诗论与诗评

作　　者：郑伯农

责任编辑：罗静文　张　平

装帧设计：意匠文化·丁奔亮

出版发行：作家出版社有限公司

社　　址：北京农展馆南里 10 号　　邮　　编：100125

电话传真：86-10-65067186（发行中心及邮购部）
　　　　　86-10-65004079（总编室）

E-mail:zuojia@zuojia.net.cn

http://www.ZUOJIACHUBANSHE.com

印　　刷：北京汇瑞嘉合文化发展有限公司

成品尺寸：152×230

字　　数：240 千

印　　张：22

版　　次：2020 年 1 月第 1 版

印　　次：2020 年 1 月第 1 次印刷

ISBN 978-7-5212-0330-1

定　　价：69.00 元